创业韬略

退役军人企业家的闪光足迹

退役军人事务部宣传中心 / 主编

中国出版集团有限公司
研究出版社

图书在版编目(CIP)数据

创业韬略:退役军人企业家的闪光足迹/退役军人事务部宣传中心主编. -- 北京:研究出版社,2023.7
ISBN 978-7-5199-1453-0

Ⅰ.①创… Ⅱ.①退… Ⅲ.①通讯 – 作品集 – 中国 – 当代 Ⅳ.①I253

中国国家版本馆CIP数据核字(2023)第072201号

出 品 人:赵卜慧
出版统筹:丁　波
责任编辑:寇颖丹

创业韬略
CHUANGYE TAOLÜE
退役军人企业家的闪光足迹

退役军人事务部宣传中心　主编

研究出版社 出版发行

(100006　北京市东城区灯市口大街100号华腾商务楼)
北京隆昌伟业印刷有限公司印刷　新华书店经销
2023年7月第1版　2023年7月第1次印刷
开本:710毫米×1000毫米　1/16　印张:23
字数:335千字
ISBN 978-7-5199-1453-0　定价:50.00元
电话(010)64217619　64217652(发行部)

版权所有·侵权必究
凡购买本社图书,如有印制质量问题,我社负责调换。

Preface ☆ 前言

不少战友退役后，将目光投向了创业。可当他们真正闯入商海，会发现自己面临着诸多棘手问题：如何寻找适合自己的创业领域？如何筹措资金？如何招兵买马？如何设计企业的组织架构……就算上述问题逐一解决，后期的困难又接踵而至。创业并非易事，其风险不可估量。如何渡过最艰难的创业初期？如何夯实品牌根基？面对失败如何东山再起？

有位刚刚退役准备创业的战友，拿到这本书，眉头慢慢舒展开来。

这本书几乎回答了前面提到的所有问题。这是一本值得每位心怀创业梦的战友阅读的经验之书，也是一本给人以鼓舞和力量的勇气之书。

本书是对59位2021年度全国退役军人创业光荣榜的退役军人企业家们深度采访的成果，旨在为每一位在创业领域欲展宏图的战友降低试错成本。书中汇集了来自各行各业的企业家们在商海中摸爬滚打的教训与收获，帮助战友们了解创业如何起步？难点在哪里？如何破解难关？

要说明的是，本书并不是一本枯燥乏味的释义解读和工作指南，而是59位退役军人企业家的成功前传——一篇篇跌宕起伏的创业故事。你可以在故事里阅读、寻找、感悟。细细品味阅读，就会被故事深深吸引，甚至泪水肆意。慢慢寻找，就会不畏山高、不惧水深，找到属于自己的"木鱼石"。静心感悟，方知天地广阔，鹰击鱼翔，一览众山之小。在每篇故事后，还随附了退役军人企业家们多年来累积的创业"干货"，解你困顿，引你深思。

书中每一篇故事讲述了每一位企业家从0到1的创业历程：从闪现想法

到付诸行动，从凑足资金到寻找场地，从落魄小屋到大厦数顷，从资金紧缺到救助他人……可以说，这是一本不可多得的创业实战案例书。

书中的内容虽然是退役军人的创业案例，但并非仅仅适用于退役军人。也许你并不是退役军人，而是一个试图创业的有志青年；也许你还没有创业打算，只是正在为谋一份合适的工作而感到迷茫；也许你只是好奇，想领略退役军人企业家的风采……无论你目前处于什么样的人生阶段——或是跃跃欲试，或是身心困顿——相信你都会在书中得到一些直面现实、谷底反弹的勇气。因为几乎每则故事中的主人公都遭遇过黑暗的日子，相信他们的拼搏和勇气可以点亮人们的心灯，照亮他们前行的道路。

感谢各级退役军人部门和各位典型、各位作者在本书出版过程中的支持和帮助，愿我们所有的努力，都能化作战友们前行的动力，助力他们扬起风帆，追逐梦想。

现在，请打开此书，开启这趟心灵之旅吧。

编者

Contents ☆ 目录

北京·董瑞
兵心如炬，照亮"医"路风华　　　　　　朱旻鸢　001

北京·顾玲
一竿翠竹自清新　　　　　　马晓琳　仇秀莉　008

天津·王维栋
挺起生命的脊梁　　　　　　　　　　　周玉明　014

天津·高福忠
守卫美好生活　　　　　　　马晓琳　李恩航　020

河北·潘存业
为梦想"保温"二十年　　　　　　　　孙玉春　026

河北·于阔
曲线的青春，直线的梦想　　　　　　　王子冰　032

山西·张俊平
一个人，一座山　　　　　　　　　　　　　　范珉菲　038

山西·路振国
策马追逐英雄梦　　　　　　　　　　　　　　周玉明　044

内蒙古·王金达
穿越沙海观巨澜　　　　　　　　　　　　　　时义杰　050

辽宁·邓立国
"帮"出来的事业　　　　　　　　　　　　　　姜玉坤　055

辽宁·汪兆海
"飞马"奔腾，使命必达　　　　赵　雷　李景光　张　生　061

吉林·刘春生
锚定梦想，做创客的"摆渡人"　　　　　　　　王子冰　067

吉林·韩德生
创业花香别样浓　　　　　　　　　　　　　　彭化义　073

黑龙江·王洪
却顾所来径，苍苍横翠微　　　　　　　　　　张　猛　079

目 录

黑龙江·梁国义
关不住的雪城春风　　　　　　　　　　赵艳萍　赵　姬　085

上海·李树辉
"泥"饭碗端出新"稻"路　　　　　　　　　　　公维同　091

上海·向奎
雷厉风行，铸造安心之盾　　　　　　　　　　公维同　097

江苏·倪加明
"一号手"的人生眺望　　　　　　　　　　　　王子冰　103

江苏·邢青松
固城湖畔立青松　　　　　　徐殿闯　高珂生　陆雪峰　109

浙江·张国标
凤凰归巢　　　　　　　　　　　　　　　　　郎丽晴　115

浙江·戴虎斌
"戴班长"的转型足迹　　　　　　　　　　　　竹雨君　121

安徽·王怀彬
晶莹的世界　　　　　　　　　　　　　　　　吴永煌　127

III

安徽·李志 让"拦路石"成为"垫脚石"	董志文	133
福建·吴建利 当军人精神遇到物业管理	周燕红	139
福建·郑光亮 47载耕耘,迎来杏林花开	谢嘉晟	145
江西·金定粮 车轮上的梦想	贾 芳	152
江西·刘家盛 向光而行,奔赴电瓷之约	李根萍	158
山东·董利锦 逆火而上,为生命铸淼盾	王向荣 张志强 赵艳萍	164
山东·柳富林 拥军鞋"将"柳富林	赵艳萍	170
河南·成全明 到中流去击水	时义杰	176

目录

河南·张万民
驯"鹰"猎人的天与地　　　　　　　吕彦吉　　182

湖北·常秋生
东风吹梦到楚襄　　　　　　　　　王子冰　　188

湖北·宋述领
"镖师"在都市　　　　　　　　　　公维同　　194

湖南·刘奇
湘军如铁，诚信似金　　　　　　　罗胜天　　200

湖南·易志刚
变废为宝，看餐厨垃圾雕出技术之花　赵艳萍　　206

广东·刘利华
道阻且长，行则将至　　　　　　　陈延山　　212

广东·李炳方
开往春天的皮卡车　　　　　　　　王安润　　218

广西·王世全
祥云飘过雪域高原　　　　　　　　王安润　　224

V

海南·吴汉陵
蹈厉风云一戎衣 .... 王子冰　230

海南·陈云
环卫"专家"，冲锋一线 .... 任　旭　235

重庆·周中余
七年奋斗路，一颗创业心 .... 周艳红　241

重庆·向绍军
三次请辞，只为铿锵创业梦 .... 杨辉隆　247

四川·寇健
点燃梦与爱的"星火" .... 王子冰　253

四川·熊建新
仰望星辰大海，锻造军工特钢 .... 赵艳萍　259

贵州·官智敏
诚爱写在山水间 .... 吴永煌　265

贵州·王明礼
独腿老兵走过40年山路 .... 马晓琳　271

目录

云南·李侠
一个退役士兵的职场孤勇　　　　　　　　　　　李朝德　277

云南·夏宇
老兵夏宇的"鲜花世界"　　　黄思敏　白书瑜　宋海军　283

陕西·王振峰
三尺讲台，一方世界　　　　　　　　　　　　　胡　铮　289

陕西·张文潮
他来了，菜绿了，果甜了　　　　　　　　　　　周玉明　295

甘肃·王都成
生命中有杆不倒的旗　　　　　　　　　　　　　王子冰　301

甘肃·张宁
二手车老兵的"航母"梦　　　　　　　　　　　马晓琳　306

青海·孙万红
红心赤胆再砺剑　　　　　　　　　　　　　　　毕华明　312

青海·晁沐
荒山"油画师"　　　　　　　　　　　　　　　高茹钰　318

宁夏·王欢
退役工兵的硬核力量　　　　　　　　　　　　王子冰　325

宁夏·聂广进
"聂团长"的低姿突击　　　　　　　　　　　　李　方　331

新疆·郑晓峰
于远方，奔赴山海　　　　　　　　　　　　　吴永煌　337

兵团·马卫忠
商海泛舟，用人有道　　　　　　　　　　　　姜玉坤　343

兵团·向阳
乌伦古湖畔的牧歌　　　　　　　　　　　　　王安润　349

兵心如炬，照亮『医』路风华

★ 朱旻鸢

北京·董瑞

　　董瑞，曾服役12年。全国政协委员，首都名中医，享受国务院政府特殊津贴专家，北京康益德中西医结合肺科医院董事长兼院长，世界中联中医膏方专业委员会会长。创立"中医肺络病"学说，将肺纤维化与尘肺病、肺结节与肺癌、哮喘与慢阻肺归属到"肺络病学"范畴，确立了病因、病机、证型及治疗法则；精于"以脉定方药"，擅于膏方治疗中医内科疑难杂症。先后获得北京中西医结合学会"突出贡献"专家称号、首都"五一"劳动奖章、北京榜样等诸多荣誉。

　　胸前贴着"265"，手里举着"飞扬"。2022年2月，董瑞在北京冬奥公园完成了圣火传递。

"中医药与冰雪息息相关，自古就有'冬至冰''腊月雪'治病之说。"谈及担任冬奥火炬手的感想，他流露出本职的"自觉"。

从求医、学医到创业建院，这位退役军人同样高擎红色火炬，"医"路前行……

▍病患、军医、主治医师
"坚决不截肢，西医行不通，我就从中医寻找治疗方法！"

说起与中医的缘分，董瑞笑言："缘于小时候的一场大病。"

1976年，13岁的董瑞在村里的水池中玩耍后，双腿关节肿胀，很快发展到疼痛难忍、无法站立的程度，只能休学求医。

坐上从生产队借来的驴车，从当时居住的河北省丰宁县黄旗镇出发，他和父亲在丰宁、怀柔一带辗转多日，最终来到六叔（父亲的六弟）工作的天津市人民医院。

X光片上，已变黑三分之二的双腿触目惊心，医生提出截肢保命的方案。父亲和六叔不忍直说，只告诉董瑞是抽取关节积液。

直到被推进手术室，听到护士小声嘀咕"这小孩真可怜，才13岁就要截肢"，他急得一下子坐起来，猛地挥手一扫，将手术台上的物品打了个稀碎，大喊道："坚决不截肢！"

那晚，父亲的眼圈一直红肿着："你这孩子……"

"我才13岁，如果截肢了，人生就难有出路。"小小少年语气坚定，"西医行不通，就从中医寻找治疗方法！"

最终，他们决定保守治疗，从中医寻找突破口。也正是在治疗的这段时间，董瑞在六叔董万英的支持下开始接触中医学。

董万英是1943年入伍的"老八路"，转业后在天津市人民医院从事中西医结合研究。治疗期间，董瑞从中医学"四小经典"学起，逐渐熟读《黄帝内经》等传统医学经典，练就了中医"童子功"。

两年后，中医不仅给了董瑞奇迹般痊愈的双腿，还为他指明了"医"路方向。

1981年，在天津中医学院就读的董瑞应征入伍，开启了十余年的军医生涯。

在基层部队，他积累了丰富的救治经验；在部队所在地河北省承德市隆华县中医院，他跟随汤文义老师进修经脉学说等；在承德市军用两地人才中医培训班，他在焦树德等名医课堂上继续夯实中医理论基础。

学路漫漫，行则将至。董瑞以全省第三的成绩通过中医师考试，正式踏上行医之路。

1994年，董瑞回到老家北京怀柔，入职怀柔县卫生局健通门诊部，逐步晋升为高年资主治医师。

在当时京北地区颇有名气的下元市场，门诊部人来人往，平脉开方的、针灸的、艾灸的……成为下元市场独特的风景。

■ 遗憾、奋发、玉汝于成
"一定要用老祖宗传下来的医术治好肺病。"

正当董瑞想在风湿骨病专业大显身手时，一件令他遗憾终生的事发生了。

1995年初，时值农历年腊月，到处洋溢着欢乐的年味。董瑞陪父亲看望一位肺癌晚期的老人。老人不仅是父亲的战友，还曾在董家最困难时慷慨接济。老人确诊后，访遍京城中西医几十人，却失望而归。

见了董瑞，老人紧紧握住他的手说："孩子，你从小学中医，我没有别的请求，只求你让我多活几天，好好和儿孙们过个年。"说完，老人泪流满面。

当时的董瑞在治疗肺癌与肺结节方面尚处于普通医生水平，但看着老人渴求的眼神，他含着眼泪，竭尽心思开具了两周的处方。

两周后，老人还是带着遗憾离开人世。走时，离过年只差三天。

这件事给董瑞烙下了刻骨的伤痛。他开始全力探索中西医结合治疗肺结节与肺癌。他从医圣张仲景《伤寒杂病论》的古典经方入手，一年时间查阅了近400部中西医书籍，拜访了20多位名医学者，研创了"董氏温阳化结通络方"和"董氏金甲散结通络方"。

真正给了他信心的，是次年年底发生的另一件事。

1996年冬，董瑞得知家住河北丰宁的堂兄董仁患肺癌晚期的消息。当时，"董氏温阳化结通络方""董氏金甲散结通络方"已初见雏形。接到电话后，他带着两个方子的各十五服中药，雪夜驱车200多公里来到堂兄家。

面对骨瘦如柴、胸痛咳血的堂兄，董瑞立即投入救治。董仁的亲弟、身怀众多民间单方验方的董里助诊，提出用超过常量十倍的猫爪草和猫眼草配合治疗。仔细斟酌后，董瑞同意了。

这次，奇迹终于出现了——一个疗程止住咳血，三个月转危为安。

用这种方法为堂兄治疗肺癌的效验坚定了董瑞以"经方加验方"治疗肺结节与肺癌的信心，也孕育了一个更大的目标。

▎ 难关、韧劲、四处奔走

"坚持做自己的事，即使最后没实现目标也不后悔。"

"要说退役军人创业什么最难，我认为是资金。"

2001年，国家民办医院政策出台，董瑞创建了民营医院——北京康益德中西医结合肺科医院，任董事长兼院长。

医院成立初期，由于投入多、病人少，很快陷入"钱荒"。为了让医院"活"下去，董瑞到处借贷。最困难的时候，孩子的压岁钱、学费都被他挪用给员工发工资。

债台高筑，医院随时面临破产。董瑞没有放弃，继续四处奔走。

一次，一位企业家答应借给他100万元。董瑞兴冲冲地跑去，哪知见了面，对方却变卦了，直截了当道："钱有，但不能借给你。刚才有朋友告诉我，康益德欠钱太多了。现在得罪你，比到时追着你要账强。"

董瑞的脸一下子红到耳根，但他很快镇静下来："您说得有道理，不借就不借吧。我请您吃个饭？"

我是来借钱的，不是来偷来抢的，无论借与不借，军人的腰杆都要硬。

董瑞不卑不亢的回应让对方不好意思了："饭就不吃了，要不你在我们公司饭堂吃吧。"

尽管听得出是客套话，董瑞还是爽快地答应了——他要让对方知道自己坦坦荡荡，没有什么心虚理亏的。

对方显然有些意外，只好领着他到饭堂，让伙房炒了四个菜，又说："喝两盅吧？"

"行。"董瑞依旧很爽快。

客人吃得香、喝得爽，主人反倒有些食不知味。但酒过三杯之后主人也放开了，换了个桌，添了新菜，边喝边聊。聊着聊着，主人便拉着董瑞上楼："开支票，不打借据了，100万元你现在就拿走。"

这位企业家后来与董瑞成了莫逆之交，每每提及此事，他都说："董院长能干大事，是大医者也。"

正是靠着军人的韧劲，董瑞带领医院渡过了一个又一个难关。康益德由十多人的小医院发展为拥有200多名医护人员和349张床位的二级甲等中西医结合肺科医院。董瑞也晋升为中医主任医师，成为享受国务院政府特殊津贴的专家，荣获"首都名中医"称号。

在医疗资源丰富的北京，董瑞有了一方立足之地。

▎ 危难、担当、初心依然

"只要抗疫需要，整个医院都可以无偿交给国家！"

2020年春节，弥漫着与往年不同的气氛。

1月26日，大年初一，正在贵州会诊的董瑞接到北京市怀柔区主管文教卫生的副区长的紧急电话。副区长在电话中说，区委、区政府研究决定紧急征用康益德医院大明星分院作为怀柔区抗疫医学留观点，问他有什么要求和条件。

大明星分院拥有150张病床，主要收治北京市尘肺病工伤患者，如被征用，100多位尘肺病住院患者就得全部转移。

当时的董瑞已经感觉到新冠疫情的严峻形势，国家有难，作为退役军人，哪能提要求、讲条件？

无条件同意将大明星分院作为留观点使用！和副区长通完电话，他立即向大明星分院负责人致电，要求他们在最短的时间内做好卫生消毒和生活保障服务，全力配合区政府做好新冠疫情防控工作。

"只要抗疫需要，整个医院都可以无偿交给国家！"他对同事们反复强调。

放下电话，董瑞连夜乘飞机返京，带领全院员工投入到新冠疫情防控阻击战中。

一日戎装在身，终生家国情怀。创业以来，董瑞帮助退役军人及军属200余人就业，并积极参加抗震救灾、扶贫助困、爱心助学、义诊捐赠等活动。

"其实，我不是好的企业家。"采访中，董瑞的话令记者有些意外，"好的企业家都挣到钱了，但我没有。"

顿了一下，他继续说："但我认为自己是个好医生。我开医院不是为了挣钱，而是将传统医学发扬光大。这些年我最欣慰的，就是从退役军人成为首都名中医。"

意料之外，又在情理之中。

创业感言

支撑我一路走到现在的，是我的中医情结和军人情结。

我13岁因病步入杏林，是中医给了我第二次生命，从此投身于它，矢志不渝。

我18岁参军入伍，是部队筑牢了我守法诚信的理念，磨砺了我坚强的意志，培育了我的社会责任感。我认为这三点对于创业者来说非常重要。

要有守法诚信的理念。这几十年，无论是对患者、员工、企业，还是对社会，我都以诚信为本，守时守法守信，赢得了患者和员工的信赖，赢得了社会认可，也为医院赢得了生存和发展空间。

要有坚强的毅力。要创业就会遇到困难，怕困难就不要创业。我不怕失败，自己想到了就坚持去做，看准了就坚定地往前走。医院从最初的十几人到现在200余人，就是这样一步一个脚印走过来的。

要有强烈的社会责任感。作为医生，我以治病救人为己任；作为政协委员，我参政议政，积极推动行业发展；作为民盟盟员，我热心慈善公益，主动参与社会服务。只有心怀天下，企业才能做大做强。

一竿翠竹自清新

★ 马晓琳 仇秀莉

北京·顾玲

顾玲，曾服役20年。中共党员。退役后先后成立北京元知禾生物科技有限公司、戎元（北京）健康管理服务有限公司，是公司品牌创始人兼董事长。曾荣获"北京市优秀退役军人"称号。公司创办以来，累计带动就业291人，其中退役军人105人。

穿行于办公楼走廊，两边是挂满荣誉的白色墙壁，走在中间的顾玲身着一套剪裁利落的青绿西装，加之从军20年锤炼出来的挺拔腰杆，风姿宛如一竿翠竹。

办公室、会议室、"荟"客室、直播间……作为北京元知禾生物科技有限公司的董事长，她对办公区域的各处布置如数家珍。

"公司一直都在这里吗？"听到记者的询问，

一丝苦笑道尽了光鲜亮丽背后的辛酸历程："6年前，我们就窝在路边摊，像打'游击战'一样……"

嫩笋欲凌空

"万一成功了呢？"

6年前，一句话助燃了顾玲心中的一团火，也引爆了她与家人之间的"战争"。

这句话是顾玲的嫂子说的。嫂子带着从河南驻马店玫瑰花田提取的纯露来到北京，这份伴手礼让从事保健军医20年的她眼前一亮：纯露是活性小分子，玫瑰精粹具有活血化瘀、消炎杀菌、美容养颜等功效。

从那天起，玫瑰的香气和嫂子的话久久萦绕在她心头："如果充分利用那片花田，或许能够打造出一个民族护肤品牌。"这番话让她联想到大宝等老品牌转型、化妆品市场大部分被国外品牌占领的现状。

她的心开始躁动。

闭上眼，静下心，脑海里慢慢浮现出一幅印在岁月深处的画面——

天已擦黑，年幼的顾玲和父母、姐姐一家四口扛着大麻袋，走在扬州某个农村的羊肠小道上，旁边不远处就是墓地。

"怕吗？"父亲问她。

她稚嫩的声音里满是坚定："不怕！"

父亲是做外贸皮包生意的，家就是工厂。她也是剪线头、穿拉链、修扣子的熟练工之一。还有一些工人分散在别的村子，他们这一趟，便是要去回收皮包。

"那一幕，我这辈子都记得。"童年的经历让顾玲深知创业的不易，也在她心中种下了奋斗的种子，等待着有朝一日破土而出。

睁开眼，回到现实，她看到与当年的自己差不多大的儿子，一股强烈的冲动激励着她迎难而上：去创业！给孩子做榜样！

她将自主择业的想法告诉了嫂子，对方说："万一成功了呢？"

"万一成功了，你们二老就能在家享福了。"受到鼓励的顾玲回扬州和父母商量时，迎来的却是父亲的怒斥："胡闹！我跟你妈吃了这么多苦，就为了让你活得安逸些！"

她强忍眼泪，倔强道："爸爸，我还年轻。您给我三年时间，如果失败了，我回来做乖女儿。"

父亲沉默半晌，然后抄起纸笔，写了满满一页：工厂怎么做，公司怎么注册，财务怎么管理，还有守德、守信、守品质……

带着一纸心血和三年誓约，顾玲当天就赶回了北京。她卖掉三套房产，凑了近千万元，作为公司的启动资金。

■ 立根破岩中

元，一元复始；知，知而善用；禾，希望之苗。

顾玲给公司取名为北京元知禾生物科技有限公司，带着董事长的崭新头衔，她站在了美妆护肤赛道的起点。

说是董事长，其实整个公司包括她在内就3个人，还都是门外汉。

越是门外汉，越是能较真儿。白天，她们任到处奔波收集全球化妆品资料、寻找生产厂家；晚上，没有办公室，就以某个路边小店为"据点"，聚在一起汇总考察结果、讨论品牌定位，"吃点小菜一晚上还不挪窝，经常被人赶"。

每轮"游击战"结束后，顾玲都会开车送走2位合伙人，再回到自己家时常常已是凌晨一两点。

披星戴月，终见曙光——"孩子"生出来了！

"从注册公司到办理资质，从产品研发到加工生产，从包装设计到打样试用，这个过程就像孕育一个孩子一样。"顾玲拿来一个装满产品的礼盒，向记者展示了以专研植物养肤为理念的品牌"知禾"的探索成果。

有了"孩子"，继续"流浪"不是办法。在热心战友的帮助下，她们终于有了固定的办公场所，公司的招牌挂上了墙，一套套知禾样品也有了暂时落脚的地方。

很快，顾玲开始给"孩子"另找"新家"。拎着装有品牌小样的手提袋，她跑遍了北京大大小小的超市、美容院、医院及各部委机关，也尝尽了酸咸苦涩：有的人赶她，有的人见到她关了门就走，有的人说"给你5分钟，快讲吧"，而更多人是摆摆手道"我没时间，东西就放这儿吧"。创业初期的资金，就在一次又一次跑腿销售中"蒸发"了。

海水蒸发成云，云化雨滴落下。渐渐地，发放出去的样品广受好评，不少朋友、退役战友开始拿着10万元、20万元投资本金找到她，期待加入这份美丽的事业，几近枯竭的资金流终于得到了滋润。

信任多了，责任也更大了。乘着"中国制造"的东风，公司不断加大科研力度，与多家专业机构及高校合作成立研究院，同时自主研发出应用软件，形成可视化的科学数据及评价体系。

在顾玲的带领下，知禾走进全国100多个城市，多次亮相上海美容博览会等大型美容护肤品展销活动，受到西班牙等国外采购商的青睐。2020年9月，她受邀参加第三届中国民族品牌全球推介大会，知禾荣获"2020中国优秀民族品牌"。

北纬33度，河南驻马店知禾自有花田芬芳馥郁，飘香万里。

修竹引春风

持枪、抬腿、甩臂、踢正步……猎猎国旗下，仪仗队步伐铿锵、整齐划一，向世人展示中国军人的威武形象。

国家威仪的背后，是不分寒暑的严格训练。烈日暴晒的皮肤、寒风冻伤的手脚，军医出身的顾玲看在眼里、记在心里："你们的健康，我来守护！"

经多方协调，她带着一批知禾护肤品走进仪仗队，现场为战士们讲解使用方法、演示护理步骤。她还根据军人的训练及工作环境，专门研发了针对性的防护膏、脚气包等。

继仪仗队之后，知禾陆续走进武警驻京部队、驻沪部队、国庆70周年阅兵女民兵方队等，为官兵皮肤健康带去一份守护。

守护不止于此。

2020年初，一通来自武汉抗疫前线战友的求助电话让顾玲深感形势严峻。她很想做点什么，可北京各大药店的医用防护服、口罩等已被抢购一空。她突然想到，知禾的洋甘菊护手霜具有药用价值，可以修复医护人员因长期浸泡消毒液而受损的双手。

事不宜迟，她当即到库房清点货物，跟留在北京的合伙人何艳一起打包。

2个人，50箱，上千支护手霜。整整一下午，顾玲和何艳把原来的箱子全部拆开，待消杀完毕后，再按快递公司的要求装进指定的包装箱内。很快，价值10多万元的知禾物资送到武汉医护人员手中，这群白衣天使也拥有了自己的守护者。

守护国民的美丽健康是知禾品牌的初心。转眼间，顾玲细心呵护的"孩子"6岁了，当年向父亲许下的三年誓约早已到期，她说："我还'活着'。"

活着，就有希望。"你们听过竹子精神吗？它在地里扎根的那几年，没人看得到。但等它扎稳了根，很快就会从小竹笋长成大竹子。"

慢即是快，这是顾玲喜欢竹子的原因，也是知禾品牌行稳致远的生存之道。

长路漫漫，最令她欣慰的是自己并非孤身一人。除了有战友同行，家人们也逐渐从反对到理解。

"妈妈辛苦了，妈妈是最棒的妈妈！"想起儿子的话，这位"榜样妈妈"的脸上泛起满足的笑容……

创业感言

首先我想给大家泼一盆冷水——不要贸然创业。创业是创造出来的事业，它并非想象中那么光鲜亮丽，创业之路充满荆棘坎坷。如果深思熟虑后，仍决定像我一样走上创业之路，那么我有四个关键词跟您分享。

第一是方向。我在创立知禾品牌的过程中花费了很多精力去做市场调研，才逐步摸清了方向。对于创业者来说，选择比努力更重要。

第二是执行力。方向确定了，就要发挥军人雷厉风行的作风和迎难而上的毅力，发扬部队铁一般纪律的优良作风，才能攻无不克、战无不胜。

第三是团队。要做的事摆在那里了，跟什么人做很重要。要感谢我的战友，在我看来，战友是可以把后背交给对方的人。我的团队中有80%是退役军人及军人家属，跟战友们一起做这项事业令我充满力量。

第四是信念。无数个披星戴月的夜晚，让我懂得成功道路上遍布荆棘。但我从未后悔，我坚信挥汗奋斗过后一定会有鲜花盛开，在此也与战友们共勉。

挺起生命的脊梁

★ 周玉明

天津·王维栋

王维栋，曾服役36年。中共党员，天津市北辰区政协委员。1988年创办天津北辰北门医院。个人曾获评全国模范退役军人、天津市"最美退役军人"。医院创建以来，累计带动2000余人就业，其中退役军人139人。

冬日5点，天光未亮，76岁的王维栋像往常一样，端坐在写字台前。

腰杆笔直，神色专注。灯光照着他鬓角的白发，也照着他奋笔疾书的手。

直到朝阳初升，他起身准备上班。

王维栋有着1.85米的个头儿，身材魁梧，腰背挺拔。

很难想象，这位习惯于清晨读书写作的中医院院长曾被疾病折磨得几乎站不起来。

▌ 病中求变

失落、迷茫、悲观、痛苦、恐惧……这些负面情绪在王维栋35岁那年扑面而来。

那年，他刚刚当上某导弹师政治部主任。

1965年，19岁的王维栋成为空军某部一名雷达操纵员。1967年3月，他随部队参加边境战争，冒着生命危险爬上10米高的地方保护天线，保证雷达正常工作，为后方指挥提供数据支撑，荣立三等功。

后因表现突出，他多次获破格提拔，前途一片光明。

正当这位师职干部准备在岗位上大展拳脚时，突然感到四肢疲软，头晕眼花。

到医院一检查，结果不啻五雷轰顶：他患上了重度脂肪肝、早期肝硬化，转氨酶超出正常值8倍。

"打击实在太大了！"远大前程被疾病阴影所笼罩，种种负面情绪和失眠、厌食等问题缠绕着王维栋，人生跌入谷底……

"你是一名政工领导，经常给他人做思想工作，怎么轮到自己就'熄火'了呢？"妻子的一席话让他幡然醒悟：上过战场，怎能畏战？就是躺着，也要战斗！

从此，他一方面积极配合治疗，另一方面钻研起了中医。

"与中医结缘，不无巧合。"养病初期，王维栋在一家医院接受西医治疗，住院15天后，病情不仅没有好转，还不断恶化，转氨酶从300上升到1200。

这时，一名病友推荐他尝试中医调理。让他惊喜的是，病情很快得到控制，各项指标开始向好发展。

神奇的疗效给了他战胜病魔的信心，也激发了他学习中医的热情。他买来针灸、推拿、按摩、护理等方面的中医书籍，没日没夜地"啃"，直到对人体经络、穴位烂熟于心。

然而，中医博大精深，光靠自学成长几乎不可能。

随着身体逐渐恢复，他利用宝贵的假期，跑遍北京、天津、河南、云南、四川、湖北等地。总计65000里的行程，留下了他拜师学医的足迹。他还以身试"针"，密密麻麻的针眼和日渐娴熟的针法都是他的战绩。

天道酬勤。王维栋苦心钻研"手诊"这一中医分支领域，摸索创立了手、足、脊"三诊查体法",能够在三五分钟内对数十种疾病做出早期预测。同时,攻下中医专业学历和中医医师资格证。

1988年,王维栋基本康复,上级机关建议他重返领导岗位。他向部队首长递交了一份长达35页的申请,主题只有一个:立志从医!

躺下也要战斗,站着就要冲锋。经上级批准,他脱下绿军装,换上白大褂,开赴人生"第二战场"。

▌ 干中求进

没有贺信,没有礼炮,没有庆典。

1988年8月,天津市红桥区西于庄的一间单元房里,一个隶属于北京空军的中医门诊部悄然开诊。

"参军多年,我经常看到官兵因巡逻、训练造成伤病。作为久病成医的过来人,我有切肤之痛。"在王维栋的组织下,门诊部有专家坐诊、有惠民政策、有优质服务,成为军人疗养治病的驿站。

王维栋清楚地记得,门诊部接待的第一个患者是他所在部队一名从事新闻工作的干部。随着剪贴本越摞越高,这名干部身上的毛病也越来越多:脖子僵硬、腰椎疼痛、便秘痔疮、静脉曲张,还伴有口干口苦。凡是久坐引起的疾病,没有一个不来"问候"他的。他四处求医却不见好转,愁得寝食难安。

针对他生活不规律、久坐少运动导致的气血淤滞问题,王维栋在颈痛穴、肩痛穴和阿是穴等重点部位施以针灸,运用"升肝降胆"等传统中医辨证思路,在太冲穴、足临泣穴等穴位扎针。针到病除,新闻干事写起稿子来又思如泉涌了。

"门诊部技术了得!"一传十,十传百,许多官兵纷纷上门求诊。一战成名的王维栋乘胜追击,利用中医技术帮助更多患者脱离苦海。

北方冬寒夏干,官兵容易患上过敏性鼻炎。一到尘土飞扬的训练场,喷嚏声打得一个比一个响,严重影响训练效果。王维栋通过上网查找资料和询问老中医,摸索出一套专门针对过敏性鼻炎的中医治疗方法,利用祛湿排寒、宣肺通窍的原理，为战友们减轻了痛苦。

还有从内蒙古边防线慕名而来的战士，几乎天天在马背上风里来雨里去，落下一身毛病，每次巡逻回来都疼得龇牙咧嘴。面对关节炎、腰椎间盘突出、颈椎病等顽疾，按摩、烤电、贴膏药只是权宜之计。王维栋为他量身定制了一套中医治疗方案。不久，巡逻路上又出现了他生龙活虎的身影。

在硕果累累的诊疗记录里，王维栋还创下了一项特殊的战绩——成就了一桩美满婚事。

男方，某部士官，高大帅气，活泼开朗，奈何平日无辣不欢，年近三十，青春没了，痘痘还在。

女方说："什么时候脸上的坑平了，什么时候结婚！"

"媒人"王维栋利用中医调理内分泌紊乱的方法，吹灭了男方脸上的"星星点灯"，点亮了姻缘灯。

品尝着这对新人用特快专递从老家寄来的喜糖，他体会到服务患者的甜美滋味。

危中求胜

退役军人许新军，空军某基地原司令员，慕名到天津北辰北门医院参观。一进门，就有人向他敬了一个军礼。

这使他倍感尊重，好像又回到了部队。他欣喜地来到北门医院工作。"一个军礼，改变了我的后半生！"

北门医院就是原中医门诊部因部队精简整编而移交地方后新组建的医院。行军礼，则是担任院长的王维栋实行军事化管理的一个缩影。

在北门医院，医务人员早晨需列队出操，新职工要参加军训。医院优先选用退役军人，像许新军这样在北门医院拥有新"站位"的老兵并非个例，建院以来共聘用退役军人139名，目前仍有39名在院工作。

用王维栋的话来说："我们的医院永远姓'军'！"

姓军为战，特殊的管理方式锻造了一批素质过硬的医疗"尖兵"，在危难关头挺身而出，践行着护佑人民健康的初心使命。

汶川、玉树地震发生后，北门医院医疗小分队23人两次"出征"，携带价值40多万元的药品，在断壁残垣中抢救百姓，共救治群众2600名。

2020年1月22日，中国工程院院士、天津中医药大学校长张伯礼来北门医院调研座谈，王维栋与他探讨起中医在抗疫中的重要作用。在张伯礼院士的指导下，王维栋牵头研制出一剂"抗疫处方"，并嘱托医师根据患者体质适量调整。经主管单位同意，北门医院加班加点为后方防控人员和有需要的市民群众煎煮汤药近万服，同时开通网上诊疗，将汤药快递到家。

抗击疫情，中医有"方"。共克时艰，北门力量。

"大病一场，大难不死，悟透了许多人生道理。"如今追忆当年立志从医的决定，王维栋感慨颇多，"当领导与当医生，哪个更能发挥我的长处？哪个能让我更好地为部队建设、为人民群众服务？"

无须多言，答案赫然在目。

创业感言

创办医院这些年来，我有以下几点体会，与战友们分享：

必须高度重视党组织建设，党组织建设是一切工作之纲，党组织的战斗堡垒作用和全体党员的模范带头作用是推动民营医院发展的核心动力。

必须用高级唯物辩证法处理好发展自己与回报社会的关系。坚持在发展中回报社会，在回报社会中发展自己。

必须探索与时俱进的办院方针和管理理念。我们创立了"五个品牌"（政治品牌、管理品牌、技术品牌、服务品牌、文化品牌）和"三个示范点"（党建工作示范点、民兵工作示范点、拥政爱兵示范点），以社会美誉度、医疗满意度、运行安全度为工作机制，以多元技术为结构性格局，以全面创新为源泉动力，以三个"永远在路上"为发展的基本思路，以礼仪文化为气质特色的发展方向。

必须高度重视人才队伍建设，用特色专科技术构建自己的核心竞争力。我们创立了手诊技术研究室、中国中医脊诊和整脊技术，手法技术水平已经达到第三、第四代层级。

守卫美好生活

★ 马晓琳　李恩航

天津·高福忠

高福忠，曾服役6年。中共党员。1990年任天津市依依卫生用品厂厂长，现任天津市依依卫生用品股份有限公司董事长，主营业务为一次性卫生护理用品及无纺布的研发、生产和销售。曾获评"天津市退役军人创业先进人物"。公司创立以来，累计带动5400余人就业，其中退役军人45人。

"**咱**有嘛说嘛！"采访刚开始，高福忠就展现出一名"老天津"的直爽性情。

从1990年成立天津市依依卫生用品厂，到如今的依依卫生用品股份有限公司，对于这位年近古稀的长者而言，创业时光几乎占据了他人生的一半。

光阴流转，而他仍如少年一般，思维活跃，口齿伶俐，再艰难曲折的往事，在他口中也会化作一个个幽默而不失深刻的故事。

结霜的鞋，脚下的路

窗外大雪纷飞，屋内星火点点，高福忠抬起脚，几乎把军靴伸进灶膛里。

当兵之苦，远远超乎他最初的想象。

1973年，刚满20岁的农村青年高福忠抱着一腔卫国热忱，刚踏进军营不久，就随部队奔赴雪山。

一支队伍，一片树林。他和战友们手握斧子，斧起刀落，树干上留下一道道斧痕，他们的军大衣也被树枝剌出一条条口子，棉絮冒出头来，与漫天雪花融为一体。

等夜里回到营房时，军靴的鞋带早已冻成"冰棍儿"，只能借助灶火把冰烤化。

好不容易脱下鞋，爬上床，却难以入眠——屋里冷得根本睡不着觉。高福忠只能跟一位战友挤在一个被窝儿里，盖着两床被子，被子上再叠着两件皮大衣。可就算这样，也必须戴上皮帽子，才能勉强入睡。

这段如同生活在冰窖的日子却令高福忠满怀感激："部队锻炼了我的意志和耐力，为往后的人生奠定了基础。"

按他的说法，当兵回来更能"扛事儿"了。

1978年退役后，他扛下的第一件事就是担任天津市西青区张家窝镇西琉城铁厂生产厂长，这一扛便到了1987年春。

早春新气象，他当上了天津市利华车具厂厂长，带领工厂创下良好业绩。随着车具市场日趋饱和，他开始尝试化工项目。

后来，为了响应国家防治污染、保护环境的政策，他把生产方向放到创造健康美好生活上，推动工厂业务朝卫生用品转型——天津市依依卫生用品厂就这样诞生了。

全新的生产方向意味着全新的设备需求。工厂建成的半年内，他远赴福建省三明市不下5次，经过多次商谈，终于以合理的价格买下了生产设备。

机器轰隆隆地运转起来，高福忠站上了新的起点，可脚下却是一条充满曲折的路。

以前经营工业产品时，大多是点对点产销，现在却是以点对面。没有经验，他便找来很多业务员，还去批发市场找代理商。代理商不情愿，无奈之下，他答应赊账："你先卖货，卖完货再给钱。"

不料，最后钱货两空，代理商也消失得无影无踪。一时间，创业陷入僵局。

就像在部队时用灶火慢慢融化鞋带上的冰霜一样，高福忠带领工人们一点一点摸索，投入生产、注册商标、寻找客户……1997年，由天津市依依卫生用品厂生产的卫生巾等个人一次性卫生护理用品上市销售，利润可观。

僵局解冻了。但他没想到，又一场风暴正蓄势待发，在短短几年后席卷而来。

▍难眠的夜，难舍的梦

凌晨一点，万籁俱寂，整个城市沉睡时，高福忠睁开了双眼。

失眠，对于2005年的他来说是家常便饭。

那一年，随着超市兴起，渠道费用陡增，账单如雪花般飘落到高福忠的手上：进店费、货架费、堆头费、条码费……

同时，企业改制浪潮方兴未艾，天津市依依卫生用品厂勇当时代弄潮儿，却因经验不足而呛水，刚成立便背负500万元债务。

公司经营受阻，贷款压力巨大，"到了人生中最难的时候"。

渺茫的前景折磨着高福忠的神经。晚上十一二点睡觉，凌晨一点"自然醒"，他在床上辗转反侧，一个难解之谜萦绕在他的心头：出路到底在哪里？

最煎熬的时候，他甚至想过直接跨越到终点——死亡。

这时，他想起了那些同样难以入眠的夜晚：大雪，营房，战友，皮帽子……

当过兵的人，怎能做生活的逃兵？

又是一个不眠夜，他从床上爬起来，穿好衣服，发动汽车。很快，公司车间出现了他检查设备的身影。直到四五点，姗姗来迟的困意将他拖回家。两个小时后，他再一次从床上坐起，准备上班。

抑郁情绪有所克制，但要从根本上解决问题，唯有调整发展方向。

通过调研，高福忠了解到宠物卫生护理用品的海外市场颇有潜力。恰巧，他经人介绍认识了一位海外客户。在饭店里，他跟客户从下午谈到晚上，初步摸索出对方的合作意向。

尽管生意尚未一锤定音，但机遇不容迟疑，他请来内行人士，一同前往浙江省杭州市选购生产设备。

内行不解："业务还没谈妥，怎么就订设备？"

他这半个门外汉反而坚决："无论这笔订单能不能做成，我都要开辟宠物卫生护理市场。"

那时，公司负债累累，他四处借钱，终于拼凑出资金购买了新的设备，不料实际生产效果并不尽如人意：粉碎机、充棉箱做出来的宠物垫棉芯薄厚不均，铝片机、折叠机也亟待升级。

质量当头，高福忠不仅请其他工厂帮忙改良装置，还亲自当起老师，凭着从业多年的工业知识和技术基础，指导公司功底薄弱的工程师设计图纸、革新设备："你找一张白纸，画一条中心线，打一个基准点，从基准点向两边延伸，量好尺寸……"

经过改造，设备生产的产品达到质量标准。客户收到打样后，敲定了订单。

随着业务起步，高福忠一手抓质量，一手抓效率。他要求厂家将设备的生产速度从每分钟30米调整到100米，并承诺："如果设备坏了，一切损失由我来承担。"之后，逐步提升至150米/分、200米/分……如今达到300米/分，是初始速度的10倍。

这也是公司发展的速度。生意蒸蒸日上，彼时的郁结早已被充实替代。2016年，公司变更为天津市依依卫生用品股份有限公司。

一个更大的梦想在高福忠心中孕育。

■ 年轻的心，"卫"爱而行

不吃、不喝、不睡，这位精力充沛的"工人"已持续工作了数十个小时，动作依然精准干练。大手起落间，原料被稳稳地搬运至生产线。

机械臂自动上料系统是依依股份厂区智能化运营的一个缩影。

"虽然我的年龄比较大，但我的思维一直紧跟社会发展的步伐。"近年来，高福忠加大自动化生产设备投入，构建智慧化管理模式。这背后有一场不见硝烟的"内战"和两份出人意料的账单。

是传统平面库，还是智能立体库？两个选项在高福忠心里打架，令他头疼不已。

他先后找来不下8家工厂，由他们预估立体库的建设费用，并提供配置清单。拿着单子，他四处走访市场，比对设备价格。同时，对平面库的综合花费进行统计。

两个数目摆在一起，结果令高福忠大为振奋：立体库的造价不但在预算内，而且比平面库低。

不久，两座智能立体库在厂区拔地而起，成为公司现代化建设的地标。

在这两座仓库之间，蔓延着一条长长的延长线：从原料库出发，途经全伺服智能生产线，产品经过入包、封口、装箱、封箱、码垛等一系列自动包装流程，最终抵达成品库。

往更远处延伸，既出海，又到"家"。

2020年新冠疫情暴发后，口罩资源紧缺。高福忠调用原先为宠物垫供给物料的无纺布生产线，转产口罩，共克时艰。疫情期间，公司先后向西青区教育局捐赠2万只口罩支持教育工作，向张家窝镇中小学捐赠2万只口罩用于学生复学，向西青消防支队捐赠1万只口罩。同时，将口罩平价出售给有需要的群众。

从怀抱卫国梦想的战士到守护卫生健康的企业家，始终不变的是一颗保卫美好生活的爱心。

"未来，公司将在持续深耕宠物卫生护理市场的基础上，通过智能制造升级产业模式，重点关注宠物、养老等消费领域，加速公司外延式发展步伐。"

谈及卫生护理这项事业，高福忠依然雀跃如少年，期待着往后的激情岁月。

创业感言

很多人问我："创业难吗？成功创业难吗？"

我想说，难，真的太难了！首先，寻找正确的创业方向很难。确认了正确的方向，能够坚定不移地坚持方向也很难。在发展中不断地学习、不断地积累经验，诚实守信，一步一个脚印地走下去更难。但是，坚持住，就一定能够成功！

还记得每个辗转反侧的夜晚，还记得每个一心扑在车间生产一线的夜晚，是六年的军营生活给予了我无穷的力量，是军营的经历磨炼了我的意志，让我无论多么困难都能坚持下来，永不放弃！

创业成功离不开国家的好政策，作为一个退役军人出身的企业家，更应该坚持对党忠诚的信仰，永远跟党走，坚定建设家乡、回报社会、报效国家、报答党恩的理想。

为梦想『保温』二十年

★ 孙玉春

河北·潘存业

潘存业，曾服役5年。2007年创办唐山君业耐火保温材料有限公司，主营保温管研发及销售，后更名为河北君业科技股份有限公司。个人曾获评河北省"最美退役军人"、唐山市"最美双拥人物"。公司成立以来，累计带动200人就业，其中退役军人52人。

潘存业摸遍全身，只找到了五角钱。

他垂头看着手里最后的财产，又抬眸，含泪望着刚建成不久的新工厂。

这是他的第二家工厂，虽然面积只有2000平方米，但已比第一次创业借来的小厂房，有所进步。

这时，距离他重启第三次创业，并拥有一家占地超过11万平方米的龙头企业，还需要将近十年的努力。

此刻，无法预知未来的潘存业只能擦干眼泪，将这仅剩的五角钱揣进兜里，跑到几里地外的小摊买回一个烧饼，跟妻子杨智丽你一口我一口，啃着烧饼谈梦想……

▎始于深坑

"把那套房子卖了吧！"

听见妻子的话，潘存业夹菜的手停在空中。

杨智丽添了一筷子菜到他碗里，笑着说："有你在的地方就是家，房子嘛，不重要。"

他没有说话，只是把脸埋在碗里，强忍着眼中不断打转的泪水，使劲将饭菜扒拉进嘴里。

杨智丽所说的房子是他承诺给妻子的一个家，前不久刚买下，两人还从未住过。

那是2005年，距离潘存业作为志愿兵被调到唐山某军工厂生产保温管已经过去了五年。军工厂的岁月，在他心中孕育了热腾腾的保温梦，直到工厂改制，他选择退役，随后承包了改制后的9058工厂的一小块破旧厂房，继续专注保温事业。

也是这一年，他迎来了自主创业以来的第一个重大机遇——承办唐山市滦南县南大街集中供暖管线铺设部分工程。

签订项目合同的那一天，潘存业和杨智丽的心情如同坐过山车一般：白天面对甲方时，他们难掩激动的心情；可到了夜里，夫妻俩却辗转反侧久久无眠——资金，成了摆在面前最现实的难题。

那时不允许贷款，两个年轻人厚着脸皮向亲戚借了个遍，还是凑不够启动资金。开工之日迫在眉睫，某天在饭桌上，杨智丽主动提出卖房，也就有了本节开头的一幕。

于是，在颤抖着手签好项目合同后，潘存业又忍痛签下了卖房协议。他将心中的愧疚化作奋斗的动力，很快借到一亩半土地，一家临时小厂就这么建了起来。

工厂有了，生产设备成了第二个难题。"小庙容不下大佛"，外厂定制的设备造价昂贵不说，还不符合临时小厂的生产要求。潘存业当即决定："咱们自己做一套生产设备！"

迎着众人质疑的目光，从未学过机械制造的他结合自身生产经验和买来的图书自绘图纸，废寝忘食地研究如何设计和改进机器。

早年在军工厂的经历教会他，生产保温管要求最严格的工艺是保温材料的涂裹，传统经验都是采用刷涂工艺，上料不均匀、生产效率低。为了解决这个问题，他将自己关在屋子里整整两天，在昏暗的小台灯下翻来覆去地查阅图书，在脑海中反复演示机器生产的每一个环节和流程，在图纸上不断勾画、修改、推敲。一遍遍改良设计后，他找到当地一家机械加工厂，将图纸变成了设备。

看着原料流入设备，机器开始运转，众人质疑的目光也变成了惊讶、震撼、佩服。

潘存业的设计成功了！他不仅自造了机器，还用滚动工艺改善了蘸料不匀的难题；此外，他通过将生产槽上面的盖子从12米长重组为3米长一段共四段，巧妙地便利了生产过程中的质检工作。

随着设备正式投入使用，生产如火如荼地展开了。然而，"小庙"终究太小，成品管和原材料都无处落脚。潘存业站在这一亩半地上发愁，突然间，不远处大沟里曳缠绵絮的芦苇荡挠得他心痒痒：这不是现成的仓库嘛！

说干就干，他叫上杨智丽，两人挽起裤脚、抄起镰刀，跳进比人还高的芦苇荡里，用一下午时间清理出一片深坑，又拉来沙子盖住坑底淤泥，以免放置成品管时磕碰损坏。他还自制了运输小车、跑道和龙门吊，大大提高了运送成品和原料的效率。

工厂终于有条不紊地运转了。从生产的每一个步骤，到成品的运输，包括调度车、吊装、装车，他都亲力亲为。手工灌料时黑白料粘在头发上根本洗不掉，他的小平头被剪得坑坑洼洼，杨智丽的一头秀发也不知不觉变成了短发，他俩却嘿嘿一乐："咱们可是名副其实的结发夫妻了！"

慢慢地，成品管在深坑里堆成了几米高的小山，等待安装。夫妻俩直接住进深坑里进行管道补口（安装保温管的一个环节），泥为床土为被，困了倒"沟"就睡，醒来继续干活儿。等全部完工后从深坑里出来，他们的脸已经被蚊虫叮得面目全非，连熟人都认不出来了。

潘存业人生中最重要的一桶金就这么从深坑里"挖"了出来。

"兼职"老板

"哎，你是老板？！"

前来结账的原料供应商看着从机器底下爬出来的满身尘土的潘存业，惊讶得半天合不拢嘴。

对，他是老板，掌管着一家新公司的未来，为几十位工人的生计负责。

2007年，在唐山市区最西部的三亩土地上，潘存业成立了唐山君业保温耐火材料有限公司。弹丸之地，凝结了他的全部希望。第二次筑梦之旅，就从这里启航。

从"小潘"变成"潘总"，听起来风光，可也仅仅停留在"听起来"。

第二次创业伊始，潘存业用石棉瓦搭了六间简易宿舍，带着妻子和七八个月大的孩子，一住就是一年。宿舍里刚摆上两张单人床，只剩一条窄窄的过道。外面下大雨时，屋里就下小雨，雨点淅淅沥沥地落在宿舍的土地上，和成了泥。在公司听着"潘总好"，下班后却只有屋外风声雨声、屋里孩子哭声，汇成他耳畔的独特交响。

即使是上班时间，外人也总认不出这个一直在干活儿的人竟是"潘总"本人。

他是老板，也是搬运工。9米长的钢管，每根重达300斤，他跟工人一抬就是一天。炎炎夏日，挥汗如雨，汗水顺着他的脸颊、脊背和裤管滴落在土里。

他是搬运工，又是天车工。那时公司只有室外天车，下雨天会有漏电危险，他多次冒雨爬到十几米高的天车上检测电线。

他是天车工，还是维修工。哪台生产机器出了故障，他第一个钻到机器底下，再出来时全身都是尘土和机油，工作服破得比普通工人都快。

不想当业务员的维修工不是好老板。一次，他和杨智丽顶着西北风蹬着自行车碾过厚厚的冰面，往返二十多公里到唐钢跑业务。先是吃了顿闭门羹，再是在寒风中吃完路上已经冻成冰碴儿的午饭。好不容易等到负责人下班，看对方还是没有面谈的意向，他俩一路跟着对方回家，在人家家门口拿出君业的资料和样品，以军工品质为产品质量打包票，并提供免费试用的机会，这才换来了宝贵的机会。

到头来，谁也说不清是这位老板身兼数职，还是老板这个职位才更像他的"兼职"。

▍天，亮了

2012年，渤海湾边，唐山市丰南经济开发区临港工业园所处的沿海滩涂上堆放着集装箱，里面住着潘存业。

这一年，潘存业被丰南区招商引资政策所吸引，就在这集装箱搭起的临时宿舍里开始了第三次创业。

不同于泥床土被的阴湿深沟，也不同于漏雨漏风的石棉瓦房，这一年，是全体君业人满怀期望与希冀的一年。

在潘存业的带领下，仅用一年时间，一座占地超170亩、拥有职工168名和工程技术人员58名的现代化工厂拔地而起。2016年，公司更名为河北君业科技股份有限公司，一家专业生产节能保温管的龙头企业正式诞生。

这下，"潘总"又成了"潘董"。但在宽敞舒适的办公室里，依旧难以见到这位年轻老板的身影，除日常必要的坐班办公外，他仍然日夜坚守在生产一线。穿着工作服、戴着工作帽，昂扬的军姿、铿锵的步伐、严肃的表情，是他的真实写照。

在潘存业的领导下，君业公司稳步发展。如今，君业已成为行业标杆，潘存业也成功登顶中国保温行业领军地位，实现了"君业保温，军工品质"的铮铮誓言和打造中国保温行业第一品牌的梦想。

这个梦想至今已"保温"了二十余年。

创业感言

创业多年，有以下几点感想和战友们分享：

第一，要创业就得有拼命精神。要创业就要有创业精神，创业精神说到底就是拼命精神，我的口头禅是"拼不了爹，就拼命"，任何不劳而获或停止前进，都不可能创业成功，只有拼命奋进才能闯出一条成功之路！

第二，要创业成功就得有心无旁骛和科技领先的定力。不被外界所惑，不人云亦云，不朝三暮四，坚定不移，还要科技先行，创新创造，在本行业内捷足先登，苦干、实干、巧干、精干、高效，成为行业先锋，取得绝对话语权。

第三，要使企业永续发展就得有自己的企业特色和符号文脉。我们要用文化的力量来支撑企业未来的发展，让企业有灵魂、有特质；让员工的心灵有归属，境界有提升，劳动有收获，生活有跃进！

第四，要使企业成为百年企业，就得有居安思危、行稳致远的德行。企业完成原始积累以后，要不断扩大再生产，居安思危，同时要从自身做起，以俭养德，培育自己的大商之道和大德，使企业在正确的轨道上行稳致远！

曲线的青春，直线的梦想

★ 王子冰

河北·于阔

于阔，曾服役2年。2017年创办河北维迪自动化技术有限公司，主营直线导轨及配套滑块。个人曾获辛集市五四青年奖章。公司创办以来，累计带动200余人就业，其中退役军人40人。

辛集，一座历史悠久的商埠重镇。从这里离开到归来，于阔用了8年时间。

"坚持，军魂就不会改变；奋斗，青春就不会褪色。""90后"于阔举手投足间有一股洒脱与自信，这是军营里塑造出来的气质，也是深耕直线传动行业十余年换来的底气。

昔日20多平方米的小公司，如今成为占地2万余平方米的现代化企业；昔日只有一个销售人员，如今发展成为年营业额3.4亿元的生产型、贸易型公司……于阔完成了从0到1的突破，也实现了离开部队前对自己的承诺。

多流汗，少流泪
做着创业梦，4228元退役费他分文未动

鹰竞天高，鱼凭海阔。

当看到退役证上自己的名字时，于阔知道自己又站上了奋斗的起点。

差旅费、安家补助、当月剩余伙食费……全部退役费加起来是4228元，他向自己保证："分文不动，留着创业。"

2010年9月，于阔结束2年军旅生涯，告别昔日战友。他第一时间不是回家，而是中途转车去了济南。

"选择退役的那一刻，我就知道我要走的路在哪里。"于阔一直做着工业强国之梦，而中国重要的装备制造业基地——济南，正是他寻梦的出发点。

于阔对工业知识十分痴迷。新兵刚入营时，战友们围着营区的一辆军用悍马赞叹不已，他一开口就惊呆了大家："这辆车变速箱里面用到了滚针轴承，座椅调节用到了丝杠和导轨……"

新兵第一次投手榴弹，他都会把拉火环留作纪念，班长开玩笑让他保存好，以后送给对象当定情信物，于阔却说："拉火环远远不够，我以后找对象，定情信物得是交叉滚子轴承，那样才有共同语言"。

退役来到济南后，于阔来到一家制造公司，担任产品销售经理。

白天，他拎着电脑包游走于工业园区、制造厂、各大工业展会、各行业机械设备厂之间；夜里，他苦心"啃"读专业书籍，研究设计图纸。忙碌之余还结交了一堆从事技术工作的朋友。慢慢地，他对产品了然于胸，自主创业的念头也开始萌生。

"如果这个念头出现在当兵之前，我肯定会掂量掂量。但当过兵，我就有了成功的信心，也有了面对失败的勇气。"

带着攒下来的一万多元工资和4228元退役费，于阔转战青岛，创办公司。

说是公司，其实只是一个20多平方米的办公室，他一个人兼任着董事长、项目经理还有保洁、保安。

他买了一辆有点漏油的二手摩托车，辗转在青岛的大街小巷。6块钱一份的蛋炒饭一天吃两顿，15块钱一双的皮鞋穿一年，鞋跟都磨没了……

多流汗，才能少流泪。在行业竞争日益激烈的传动领域，于阔浇灌着梦想的种子。

凤还巢，人还乡
踩着故乡土，6.2公里乡村路他自掏腰包

0.1秒，能做什么？

于阔给出的答案是："在观察哨位上看到一个人，脑海里预判他接下来的各种动作，列出不同的处置方案。"

他曾服役于北京某警卫部队，负责重要警卫任务。处变不惊的心理素质和把控细节、行事果断的能力，是自新兵连就着重进行的基础训练。也正是因为心态好、能力强，于阔在入营不久就当上了副班长。

从军时锻炼出来的本领让他在跑业务时面对各种处境游刃有余。

"每天拜访100个客户，遭到拒绝的可能性有90%！"在拓展市场的过程中，于阔长期奔波于青岛、上海、南京、佛山等地，每天跋涉四五百公里，还常常碰壁。但他心态非常乐观："被拒绝，当然会有失败感和挫折感，但还有10%的客户接受了你的意见，你就是成功的！"

有时，于阔还会跟细节"较劲"。一次他给客户打电话，询问是否需要产品，对方称已经找到了供货商，他又以产品价格、售后保障为附加条件，对方仍然拒绝了。

其实，对方找到的那家供货商就是于阔的公司，那么，他为什么还要打这个电话？"我只是想知道，我们做得够不够，客户对我们的信任够不够"。"较真儿"背后，全是用心。就这样，他牢牢地"锁"住了部分固定客户。

带着这些创业经验和各项专利技术，2017年，在辛集市政府"凤还巢"项目政策的支持下，于阔返回家乡，成立河北维迪自动化技术有限公司。

时隔8年，再次踏上故土，他将梦想扎根熟悉而温馨的土壤。

对于直线传动行业来说，家乡的创业环境并不是最好的，却是最亲切的。"当年乡亲们送我参军，才有了我的今天。常怀感恩，才能在这片土地上站得踏实。"回乡创业第一年，在资金紧张的情况下，于阔做的第一件事是个人出资一百多万元，为村里修了一条6.2千米的水泥路。

怀感恩之心，走共富之路。新公司成立后，配套产业缺乏、员工业务素质偏低、产品销路没打开，于阔通过公开招聘、整顿纪律、建立激励机制、完善公司各项制度等措施，带动200余人就业，其中90%来自附近农村。

一心向着目标前进的人，整个世界都会给他让路。2020年初，公司"年产300万米线性滑轨及配套滑块"项目上马，于阔大刀阔斧地引进国际先进的生产线，革新工艺流程。公司迎来跨越式发展，现在销售网点已覆盖全国，有6个分公司、11个办事处、16家代理商、500多个固定客户。

▍以兵心铸匠心
念着战友情，52名退役军人和他并肩战斗

高歌猛进，一日千里。

随着科技的发展，全球智能化时代到来。直线导轨作为一种高技术、高精度产品，被纳入新兴产业项目。面对巨大的市场需求，于阔一直在筹划着发展之路。

"直线导轨属于中国'卡脖子技术'领域的高精度传动装置，只有加大研发投入，才能延长产业链条，在行业内保持优势。"于阔告诉记者，这项产品的精度以微米为单位，也就是一根头发丝的六十分之一。严格把握产品的标准，需要一颗"匠心"。

创办河北维迪自动化技术有限公司前，于阔有一段在深圳打拼的经历。当时他供职于一家台湾企业，但它的产品在精细化和标准上不符合客户的需求。他热心向管理者建议加大研发力度，却被无情打断："我们生产的芯片是全球最先进的，你知道什么是精细化？"

于阔气得想笑，没过几天就离开了这家企业。

先弯下腰再站起来。在辛集创办公司后，他高薪聘请我国台湾地区专家担任技术总工，并配备十余名机械、自动化、材料等相关专业技术人员投入技术研发，严格把控技术标准。

如今，研发团队突破了20多项技术难题，取得了15项专利，研发的产品不仅更加适应国内市场需求，而且带来了更低的价格，在国内已处于行业领军地位。

以兵心筑匠心，于阔身上始终有军人的影子。随着公司品牌知名度的不断提升，公司的规模已经满足不了市场需求。在扩大招聘时，于阔与新兵班长王大卫通了一个电话。

"干这行就得专心、细心、耐心，当过兵的战友正是我想找的合作伙伴！"在于阔的劝说下，王大卫来到了他的公司，经过培训后很快上岗，目前已升任分公司的高管。

对待战友，于阔毫无保留。有的战友入职后又离开公司创业，他不仅提供资金帮助，还将业务端口、管理经验、产品工艺倾囊相授。战友廖建辉在台州拓展市场时遇到困难，他二话不说，派遣公司销售精英前往，帮战友在当地站住了脚。

每年退役季，于阔都会回到老部队，为即将走向社会的战友提供就业机会。这些年，52名来自五湖四海的战友走进于阔的公司，成为结伴奋斗的一员。

"人要始终知不足，才能往前走。"于阔的事业成功了，但他的目标远不止于此。他的梦想之根从故土出发，继续朝国际市场的广阔土壤蔓延而去。

创业感言

我从部队离开时，有战友提出过合伙创业，但我深思熟虑后觉得条件不成熟，因此婉拒了他的好意。很多战友在刚退役时都有过创业的想法，但创业需要勇气和智慧，所有的创业公司中，能够存活下来的只有5%，而这一部分存活下来的公司，10年后还健在的只有5%。所以我建议，战友们退役后如果选择创业，要做好以下三个方面的准备：

一是先看天再看路，把梦想融入社会需求。清楚自己要干什么、喜欢干什么、能干什么，成功的基数才会更大。先抬头看天，清楚宏观大背景，再低头看路，选择具体行业和岗位，把个人梦想融入社会需求，会让你打开新局面。

二是先就业再创业，不急于进入市场。容易创业的有两种人，第一种是好的销售员，赢得市场；第二种是专业技术人员，凭产品赢得客户。创业之前，不妨先以打工人的身份进入同行业，积攒社会经验和技术，为创业做好充分准备。

三是先立足再扎根，坚持才有成功机会。目前创业，竞争比过去激烈得多，坚持下来的不一定是你，但成功的一定是坚持住的那个。

一个人，一座山

★ 范珉菲

山西·张俊平

张俊平，曾服役22年。1998年创立山西晋峰供热有限公司，2009年认养太原西山废弃矿山并进行环境治理，后建成玉泉山城郊森林公园，该公园被评定为AAA级景区。个人曾获全国生态建设突出贡献先进个人、2019年度全国"最美退役军人"等荣誉称号。公司累计招用退役军人700余名。

时近深秋，山西省太原市玉泉山绿意不减，反倒透出一股北方汉子的坚毅魅力来。不少游客往来于蜿蜒的登山步道上，望山看景，不亦乐乎。

若非存留着当年的影像，任何人都不会将"脏""乱""荒"等字眼与玉泉山联系在一起。

"这里的一草一木就像我的娃，看到它们精神抖擞的样子，我就特别高兴。"记者与太原市玉泉山城郊森林公园总经理张俊平边走边聊，随着他的思绪，一幅昔日荒山换新颜的画卷徐徐展开……

▎上山，为了一个情结

听说张俊平要认养荒山，家里顿时炸开了锅。

那是2007年，为全面治理环境污染和生态破坏，太原市在西山片区"下了猛药"：关停小煤矿76座，封堵私挖乱采黑口子2000多个，关闭、淘汰污染企业343家。

两年后，太原市出台生态新政策，鼓励社会资本认养治理荒山。

当时的玉泉山遍布大大小小的垃圾场700多个，开矿留下的废墟近200个，用千疮百孔来形容也不为过。

玉泉山地处太原市西郊，矿产资源丰富，新中国成立前便开着众多小煤矿，20世纪80年代又出现了许多采石场。几十年的野蛮开采使玉泉山矿产枯竭，遗留下众多废矿。2000年以来，每年都有上万立方米的垃圾倾倒在这里。

然而，正是这样一座"邋遢"的荒山，让时任山西晋峰供热有限公司总经理的张俊平牵肠挂肚。

在此之前，他在部队服役22年，转业后组建了一支以退役军人为主的队伍，承包太原多家单位的供暖业务。良好的口碑和信誉，让他的公司很快占领了太原供暖市场的半壁江山。

因此，认养荒山的决定一出，便遭到亲友的一致反对："不好好守着家产，非要把自己折腾得头破血流！"

这些激烈的反对声被张俊平内心深处的另一个声音轻轻地盖过去了。

那是更早的时候，当兵入伍前，他曾在林区做过6年的护林员。那段日子，让他对树、对山有了极深的情结——"这是一个农民对家乡山水最质朴的感情"。

签了合同，背上铺盖卷，带着锅碗瓢盆，张俊平头也不回地上了山。

▍战山，为了一生的抱负

俗话说新官上任三把火，到了张俊平这里，却是"老板上山三难题"。

在"荒山换青颜"的人生抱负面前，三大问题毫不留情地接踵而来：山无路、水无源、地太硬。

再难干的事，也要硬着头皮上——这是漫长军旅生涯教会他的道理。想到这里，张俊平硬生生给自己撂下一句话："难干更要干，先从种树干！"

言出即行，他开始雇用当地村民上山种树。

奇怪的是，刚过两三天，工地上的人就少了一大半。再过几天，只剩他独坐"中军帐"。

后来才知道，由于多年挖山采石，山上留下的大多是直上直下的开采面，人上去都难，更别说种树了，有谁愿意把命搭进去挣钱呢？

有人临阵脱逃，也有人迎难而上。张俊平没有放弃，终于迎来了一批新的工人——一支以退役军人为生力军的队伍。

人要上山，山上不去，那就先修路。

张俊平调来挖掘机，先把坡面削成小于60度的斜面，然后在上面架起了木栈道。

好歹有了个立脚的地方，但在矸石山上打坑，谈何容易！

"即便用电锤，打一个树坑也至少需要3个小时，有时一个工人一天就能打断5根钢制锤芯。几天下来，山崖下面便有了成堆的废锤芯。"张俊平描述道。

不过，当过兵的人，有的是逢山开路的勇气和遇水搭桥的能力。不久，荒山上多了近190万个树坑。

路修起来了，树坑挖好了，工人们顶风冒雨，把土、肥料一袋一袋背上山，把树苗一棵一棵种下去。

种下的是希望，收获的却是失望。

工程部负责人李彦锋至今难忘："树是种上了，但成活率太低。记得有一次，种下的竹子死了一大批。大伙儿看着竹子一车车地往外拉，都劝张俊平别再种了，他却吼着说，100棵竹子里哪怕只能活一棵，就要在这一棵里找经验，看它为啥能活下来。"

在一次次的失败和失望中，树的成活率有所提高。这时，解决缺水问题成了当务之急。

张俊平决定引水上山。

"一开始，我们把钢管全埋入地下，到春天亟须浇水时，仍有个别部位不能解冻；后来就改装成塑料管，但塑料管承受不了压力，经常爆管；又把无缝钢管装在地面上，但管径太细，流量太小，还是不行；直到第四次，我们把设计流量加大了十几倍，才最终成功。"

有了水的滋润，玉泉山上的林木成活率超过了95%。

与此同时，历经50多次的艰难试验，张俊平和他的团队还成功研究出了自动排水法，不仅解决了山上的干旱问题，还起到了防火作用。

如今，百头喷灌成了玉泉山上难得一见的风景。当弥漫的水雾在阳光下形成一道道"人工彩虹"时，谁又能想到，这是25千米外的汾河水通过三级泵站后引至山顶各处的呢？

守山，为了一句承诺

一脚踩空，张俊平从陡峭的山崖上摔下去，掉进了几十米深的坑里。

事故发生在2017年4月。山上要新修一段山路，他带着两个助手上山勘察路况，没想到山土虚浮，出了意外。

双腿失去知觉，张俊平使劲把腿从土里拔出来，蓦然一惊：左脚脚心竟冲着上面。

凭着小时候放羊时给羊接过腿的经验，他将完全断了的左小腿扭转一圈，比照右腿的关节位置扳正归位。然后手脚并用，顺着土崖陡坡滑到了山脚……

这段往事，他至今仍记忆犹新。

玉泉山城郊森林公园自2014年开放以来，每年接待游客达百万人次，已成为太原近郊游的一个热门景区。

按理说，张俊平终于可以喘口气歇歇脚了，可他仍然与山为伴。那次受伤后，他又多了一个长时间陪在身边的伴儿——一副拐杖。

他不是一个人在战斗。

凭着多年来绿化荒山的经历，他已经培养出了一支超千人的绿化队伍。这支队伍的绿化业务干得不比他曾经的供暖业务差，其收入是山上绿化的资金来源。

除了钱，张俊平如今最需要的是时间。每天一醒来就开始忙活，不知不觉就到了晚上十点多。虽然很累，但这些激情燃烧的岁月，让他真正感觉到了生命与理想的可贵。

站在玉泉山山顶向四外望去，一片绿海松涛映入眼帘。张俊平带着哽咽念叨："我曾跟人说过，一定要让玉泉山成为绿水青山。为了这句承诺，我也要坚持到底。"

风乍起，绿涛阵阵，仿若和声："我不干下去，对不起别人，更对不起自己。"

据统计，张俊平已在12.5平方千米的荒山秃岭上栽种树木600余万棵，治理废矿200多处，修建道路105千米，安装水网450千米，治理山体破坏面100万平方米，治理大型垃圾场2000多亩，清运垃圾1500万立方米。

他还组建了有50多人12辆消防车的民间消防队，义务灭火80余起，解决了数百名退役军人的就业问题。

"如果生存环境不好，挣再多钱又能怎样？"谈到未来，他的坚决态度一如当初，"我希望再用四五年时间，按照AAAA级景区建设标准完善服务配套设施，完成提档升级，让玉泉山成为人人向往的好地方"。

这是一个人与一座山的故事，这是一个人如一座山的故事。

遇到一座山，一个人在天地间立誓；遇到一个人，一座荒山漾出了青绿。

创业感言

一路走来，我认为自己一直在做着有意义的事情，同时也是我应该做的工作。

首先，要感谢部队的培养，感谢在军营锻炼的不惧困难、敢打硬拼的作风。想起当兵时的自己，经过部队冬练三九、夏练三伏，硬是把意志和毅力锤炼成一块钢。吃苦并不可怕，可怕的是遇到困难时不敢去面对。回想刚上山的时候，身边的亲朋好友都极力反对，但我正是凭着一股军人不服输的劲儿，终于把别人眼里的不可能变成了可能。

其次，只有经历过地狱般的磨炼，才有征服天堂的力量。治山建绿这些年，可以说吃遍了苦头、受够了磨难、耗尽了心血，但我始终保持着在困境中不消沉、在逆境中不放弃、在绝境中不绝望的精神。

最后，人生的价值不在于个人获取了什么，而是为社会做了什么。我把曾经疮痍满目的荒山变成了一座漂亮的人民公园，山变绿了，水更清了，空气质量提升了，老百姓每天都能到公园里唱歌跳舞，这是我一生中最有意义的事，选择治山，我永远不后悔。

策马追逐英雄梦

★ 周玉明

山西·路振国

路振国，曾服役3年。中共党员。2004年创办长治佳威商城有限公司。个人曾获评中国优秀诚信企业家、全国商业诚实守信道德典范、山西省劳动模范，获得山西省五一劳动奖章。公司累计带动1000余名退役军人就业，近3年内吸纳退役军人50余人，占公司员工总人数的45%。

山西长治有条英雄路，英雄路上有座英雄台。英雄台对面坐落着佳威商城，其创立者是一位心怀"英雄梦"的退役军人。

他就是长治市佳威集团党支部副书记、董事长兼总经理路振国。

军刀开刃

肩扛木制冲锋枪，扎根麻绳当腰带，腰上别着木制枪，手持一把大木刀。

装备轻简，威风不减。

1963年，路振国出生在山西省高平市一户普通的农村家庭。看着《英雄儿女》《小兵张嘎》《闪闪的红星》长大的他，虽说连饭都吃不饱，却一心想着当英雄。

这不，他模仿影视剧桥段，全副"武装"，神气活现地领着一帮孩子"打鬼子"。

"战斗"一打响，他总是冲在第一个。回家时，常常是灰头土脸，少不了挨一顿"饱揍"，但他却从不哭鼻子求饶。

1981年，18岁的路振国应征入伍。他盼望着分到野战部队，像黄继光、董存瑞一样建功战场，为此自我加压、刻苦训练。

一次，新兵进行跳火圈训练。尽管班长又做思想工作，又是示范演练，但看着呼呼的火苗和烧得通红的火圈，没有一个新兵敢尝试。

"我来！"路振国一咬牙，以百米冲刺的速度穿过火圈。

凭着这股拼劲儿，新兵结业考核时，他在体能、射击两个科目上名列新兵团第一。

正当他信心满满地准备在野战部队大显身手时，命运却跟他开了个玩笑——铁道兵学院后勤部，这个分配去向离他的梦想差了十万八千里。

他像霜打的茄子——蔫了。

"革命战士一块砖，哪里需要哪里搬。"指导员做起了思想工作，"雷锋同志是驾驶员，立足本职做了那么多的好事，难道不是英雄吗？"

路振国茅塞顿开：是啊，谁说只有战场上的才是英雄？把平凡的事做好，也是英雄！

从此，他又焕发了新训时的精气神，别人不愿意干的苦活儿、累活儿、脏活儿，他抢着干。工作之余，帮助别人清掏厕所、喂猪、清理猪粪、拉煤、打扫垃圾，成天一身泥、一身汗，从无怨言。由于表现突出，他入伍不到一年就加入党组织，在同年兵里第一个当上班长。

原以为军旅生涯就要在这平凡的日常中度过，不承想，临退役时，路振国还真体验了一把影视剧里的"英雄"戏码。

一天，他外出采购连队的生活物资，发现一名小偷正在行窃。

"住手！"他大喝一声，一个箭步飞奔上去。

小偷急忙掏出小刀，恶狠狠地向他刺来："当兵的，少管闲事！"

训练有素的路振国侧身躲过，一脚踢飞小刀，顺势将小偷摁倒在地，并在围观群众的帮助下将小偷扭送到了派出所。

他这个"当兵的"，因此成了当地老百姓眼中的英雄。

▍牛刀出鞘

然而，路振国退役后很长一段时间里，听得最多的一句话是："不要逞英雄！"

1985年10月，他来到英雄街，成为长治侨汇商店的一名普通售货员。

当时，全国兴起"文凭热"。虽然天天在商店与顾客打交道，但他从未遗忘自己的"英雄梦"。他深知，要想成就一番事业，必须有文化知识——而这恰恰是他的短板，怎么办？

学！路振国一头扎进了知识的海洋。柜台上、树木下、苞米地，都是他的"自习室"。为了不影响同宿舍的工友休息，他把白炽灯泡捂在被子里挑灯夜战，有一次竟把被子点燃了，差点酿成事故。

功夫不负有心人。1986年，他考上山西省物资管理学校，取得中专学历。

毕业后，他重返岗位，不久就当上了柜组长，后又被提拔为商店副经理。正当他干得风生水起时，领导找他谈话，想把他调到长治市百货公司妇女儿童用品商场担任副经理。

还没走马上任，家人就劝他，千万不要逞英雄，就在原单位老老实实待着。

为啥？

"再这样下去，我们就要下岗了，一家老小怎么过呀！"路振国去商场了解情况时，一名售货员含泪对他说。原来，这个商店亏损近200万元，这在当时是个天文数字。

然而，员工的泪水激荡着他的心怀："有条件要上，没有条件，创造条件也要上！"

1993年3月，一场大刀阔斧的改革在百货公司妇女儿童用品商场展开：引进新产品、改进服务方式、提高售后服务质量……路振国一年的苦心经营，换来商场扭亏为盈。

这场翻身仗，让他在商海崭露头角。1995年3月，长治市百货公司领导班子又把另一个"烫手山芋"交给他——接管隔壁的交电二部。

"兄弟，听我的劝吧，交电二部欠债120多万元呀！"昔日的战友告诫他，"英雄不是那么好当的。"

面对各方压力，路振国暗下决心：一定要让交电二部起死回生！他积极改变营销策略，找准市场定位，对接市场需求。通过一系列改革创新，交电二部很快走上正轨，年底就还清了贷款，还略有结余。

如果说挽救这两个企业是路振国牛刀小试，那么接下来接管长治市原九龙百货可以算得上是一项"壮举"了。

横刀斩棘

整个楼层空荡荡的，寥寥无几的员工思想浮动，十个指头就能数过来的零星商户还在陆陆续续地搬离……

接到银行请求自己出山的消息时，摆在路振国面前的就是这样一番惨淡景象。

九龙百货由于种种原因经营不善，严重亏损，资不抵债，2003年11月被银行收回使用权。形势棘手，无人敢接。

恰逢路振国此前供职的商场拆迁，全员面临下岗。

"反正商场已经拆迁了，员工解散各自回家得啦，何必自讨苦吃承受这么大的压力呢？"有朋友劝告他。

"九龙是个烂摊子，接手就等于背上了债。"有朋友警告他。

"凭你的能力和声望，随便找家单位，至少也能'混'个副手。"有朋友给他找"退路"。

可路振国怎么也迈不开脚步。

他深知，自己走上退路，200多个员工可能就无法找到出路。

这些三四十岁的"娘子军"，大多没学历、没技术、没特长，年龄又不占优势，去哪儿找合适的岗位？一旦下岗，没了固定收入，怎么保障一家人的生活？

军人的责任感不容他退缩。临危受命，他带领原班人马和20余名即将退休的老职工进驻九龙百货。

刚进商场，路振国先打了个冷战。已经12月了，可他们连煤都买不起，没有供暖的商场如同冰窖。

"不能冷了顾客和员工的身心！"他到处找煤老板说好话，但见不到钱，谁敢把煤卖给他？好说歹说，终于有一个煤老板允许他先交一部分定金，第二年再付尾款。他立刻拿出家里的积蓄垫付了定金。

为节省运费，他带领职工用板车拉、小车推、自行车驮、肩膀扛，三天三夜，鞋底被磨出一个大洞，硬是把120吨煤运了回来。

锅炉里填上了煤，可有的大窟窿，却怎么也填不上。

九龙百货在百姓心中已经"烂透"了，必须洗心革面，树立新形象。

"苦和累都不算什么，最难的是商场如何定位和运营。"那段时间，路振国和其他领导、员工连续15天吃住在商场，收集市场资料、商讨对策、制订计划、召开恳谈会。累了，趴在办公桌上眯会儿；饿了，泡碗方便面了事。就在这样的环境下，商城定位完成了，各项工作制度完善了。

2004年5月1日，佳威商城正式营业。

商海如战场，如何让佳威在竞争中立于不败之地，路振国有自己的"兵法"：三十六计，"诚"为上策。

一次，有一位顾客夏天买了一双皮鞋，快到冬天时却打电话到商城，说鞋小了，脚起了血疱。路振国二话不说，亲自把码数合适的新鞋送到顾客家里，并表达了歉意。

这位顾客不好意思地说，天气冷了，自己在鞋里加了一双棉鞋垫，所以挤脚了，其实不怪商城。只是当时心情不太好，就随便打了个电话，没想到董事长亲自登门道歉。"以后我就认准佳威了，什么东西都在你们那里买！"这位顾客说。

路振国还在寸土寸金的商城内部设立了茶水间、吸烟区、母婴室等，让顾客体会到宾至如归的感觉，佳威也被大家亲切地称呼为"百姓商城"。

为民行，得民心。佳威从最初濒临破产的小商场发展成为集百货、超市、餐饮等多种业态于一体的综合性现代化商贸公司，如今拥有职工1000余人，年营业额达亿元以上。

横刀立马驰骋商海之余，路振国的公益事业从未停止。春节、中秋节慰问困难员工、社区困难户，为困难群众送大米、白面、食用油，这些早在创业之初即纳入佳威年度计划。每年，他还组织开展学雷锋纪念日活动、助残日公益活动、六一"关爱下一代"主题活动、高考志愿服务活动、八一建军节慰问活动、重阳节"爱老敬老孝老"主题活动……

大爱无声，英雄有梦。

创业感言

"当兵后悔一阵子，不当兵后悔一辈子"，这个说法我非常认同。部队是个大熔炉，仅仅是新兵连的训练就能改掉好多毛病，练就一身顽强拼搏、永不放弃的硬本领，这一点对我创业帮助很大。我刚退役创业时，靠的就是在部队养成的习惯，团结同志、勤奋工作，赢得了领导的信任和同事的好评，为事业发展打下了良好基础。

创业就是过独木桥，靠的是自己，没有别的指望和依靠；靠的是自律，没有人劝导你，拼的就是自己！

创业中不管遇到多大的困难，都必须咬牙挺过去，这跟打仗一样。我退役40多年了，戎装不再，军心依旧。我想，人生每个阶段都会遇到不同的困难，只要心中有坚定的信仰，有一往无前的精神，凡事多扛一点责任，多顶一份压力，不气馁，不放弃，就一定会受益。

穿越沙海观巨澜

★ 时义杰

内蒙古·王金达

王金达，曾服役3年。中共党员。2006年创办内蒙古瑞达泰丰化工有限责任公司，主营化工产品、进出口化工产品的生产及销售。个人曾获内蒙古自治区首届"最美退役军人"、阿拉善盟劳动模范等荣誉称号。公司累计带动1000余人就业，其中退役军人70人。

"阿拉善"系蒙古语，意为"五彩斑斓之地"。可是，王金达与同伴望着眼前的景象，怎么也无法将两者联系起来。

脚下的戈壁滩荒芜苍凉，远处的沙漠向着天际延伸。狂风袭来，卷起漫天沙砾，整个阿拉善瞬间被沙尘暴吞没。张嘴就是一口沙，路人们低下头、蒙着脸，逃难似的往家跑……

"创业选在阿拉善，这事到底靠不靠谱？"王金达回忆起初到阿拉善的情景。那一年，他46岁。

■ 奔涌大潮打破"铁饭碗"

"咱工人要为国家想，我不下岗谁下岗！"1998年春节联欢晚会上，小品《打气儿》刚结束，王金达就起身离开电视，到阳台去抽烟。

除夕夜，万家灯火通明，家属院不时传出欢笑声，他却悄悄叹着气。

今年，他和妻子都失去了"铁饭碗"，成为下岗工人。他隔着朦胧的窗户望向妻儿，春节似乎多了一抹灰蒙蒙的雾色。

退役后，王金达返乡进入河北涿州某军工厂上班，每天傍晚6点下班。如此生活16年，他从司机成长为一名行政管理干部，直到有一天工厂效益下降，不少同事都下了岗。

思前想后，他向领导主动申请离岗，把岗位留给家庭更困难的工友。

彼时，同为职工的妻子冯瑞娟已经下岗一年，家人、朋友都不理解他的"叛逆"决定，这是打算让一家老小去喝西北风吗？

王金达也纠结过：大好青春献给工厂，年近四十又无特长，以后怎么办？

是部队的锤炼和军工的磨炼给了他底气：大不了从头再来！

新的起点定在山东省济南市。王金达和妻子、几位战友凑钱承包了一家小型化工企业，继续从事熟悉的氢氧化钾生产。

他凭着在军工企业积累的实操经验，和战友们齐心协力，优化技术团队，摸索改良生产工艺，用过硬的产品质量赢得了客户的认可。其间，人员由原来的5名增加到20名，并积累了一定的资金。

在山东这片陌生的土地上扎下根，王金达却始终有种危机感。

那几年，各省大力开展环境治理，危化企业的生存空间被挤压。他敏感地意识到，企业要持续发展，必须要有更长远的打算。

流淌着军人血液的王金达，又一次瞄准新的目标出发。

■ 沙漠"明珠"闪耀戈壁滩

"不行，绝对不行！"

46岁那年，王金达又成了众声反对的"叛逆者"。

2000年以后，国家陆续出台西部大开发政策，他听说有一位下游客户在阿拉善投资建厂，便向大家提出一起去西北创业的想法。

"啥，你要去内蒙古创业？"妻子和创业伙伴听说他的想法，一致反对。

但反对无效。2005年，王金达带上战友来到阿拉善，当时园区只有三家企业，周边的小煤窑孤零零地冒着烟。

广袤的戈壁滩上没有绿植，一年一场风，从春刮到冬。伴着无尽的沙尘暴，他们每天"面朝黄沙背朝天"。

也正是在这片沙漠中，王金达"淘"出了金子。

20世纪90年代后期，军工厂为何逐渐在市场经济中失去优势？他吸取经验和教训：除经济制度冲击外，还有自身规划问题。

经过审慎规划，内蒙古瑞达泰丰化工有限责任公司成立了。作为董事长，王金达从不通过低价竞争去侵蚀市场，而是凭借优质服务与客户结成战略合作伙伴。

"王总是当过兵的人，我放心！"在客户的信任和支持下，从2006年投资建厂到3万吨隔膜法氢氧化钾生产线投产，企业逐渐步入正轨，实现盈利。

就在这时，军营赋予的视野和格局让王金达再次做出惊人之举。

高耗能的隔膜法生产工艺严重污染环境，相比之下，离子膜法工艺清洁生产、能耗更低。但是，引进这项新工艺需要大量资金和技术投入，行业内尚未有人尝试。

王金达也犹豫过。

但军人的血性让他成为第一个"吃螃蟹"的人。新工艺使产能得到了实质的提升，三年间公司税收贡献过亿元，带动地方就业1000余人，现有氢氧化钾产能14.8万吨，居于国内市场第二位。年产2万吨的金属钠项目于2018年4月进行投产，产能居于同行业全球第二位。

"沙海尽头是绿洲，跨过坎坷是坦途。"2019年，内蒙古瑞达化工集团正式成立，集团及所属企业资产超过10亿元，近年来获得全国五一劳动奖章、内蒙古自治区诚信企业、阿拉善盟盟长质量奖等荣誉。

"我们不能躺在功劳簿上,要以此为契机,向更高标准看齐!"面对荣誉,王金达心中始终激荡着永不服输的军人精神。

黄河观澜激荡中国心

一夜之间,仿佛连沙漠都沸腾起来,整座城市像炸开了锅,人心惶惶。这是2020年除夕,阿拉善笼罩在新冠疫情的阴影下。

尽管两年没有和家人共度春节了,王金达还是立刻退掉了回家的车票。当时厂区还有1000多名职工,他召开紧急会议,安排专人与政府对接,主动请缨无偿捐赠消杀用品原料次氯酸钠,并调派高管专门负责监督两家生产次氯酸钠的企业日夜赶工,做好原料供应保障。

寒冷的冬夜,王金达亲自上阵,带着30多名工人露天作业,灌装次氯酸钠,使原料变成能够第一时间投入使用的消毒产品,直到满载抗疫物资的车辆驶出厂区。新冠疫情期间,瑞达共计捐献消杀用品原料88.42吨、防护服220套,总价值200多万元。

他本人也化身一名"消杀战士",亲自带领党员先锋队和志愿者20人,对车间、宿舍、小区、班车等人员聚集场所进行消毒。

在公司党组织中,现有党员52名,其中50%是公司高层、基层管理者,他自己却一直没能实现入党的夙愿,"以前因入党条件不成熟,没能入党,但我的心早已入了党"。

2018年6月,56岁的王金达饱含泪水,高举右手,庄严宣誓,加入中国共产党。

一个即将步入花甲之年的人,为什么还要入党?在他心中,有一个真挚的答案:"公司发展壮大离不开党的领导,我希望有更多有理想、有担当的人加入组织,早日实现中国梦。"

党徽闪亮,兵心不改。近年来,瑞达招录退役军人40余人,军工人员19人,按服役年限给予企业工龄待遇,近3年慰问补贴退役军人超过10万元,并设立退役军人服务站,"大家来自五湖四海,相聚在一起奋斗,我们就像家人一样"。

阿拉善是个神奇的地方，西部盘踞着广袤的沙漠，东部却毗邻黄河。闲暇时，王金达会驱车到黄河岸边观澜。

河水东奔万里，诠释着中华民族的黄河精神。望着奔腾不息的巨澜，他的心中汹涌着为梦想奋斗的源源动力……

创业感言

"践行新时代、葆军人本色、铁一般担当"是我们企业管理的座右铭，无论是现役军人还是退役军人，爱党信党跟党走，永远是首位。

我虽然退役多年，但从未放松对党的创新理论的学习，时刻紧跟党的步伐。2018年11月1日，习近平总书记召开民营企业家座谈会，不仅给我们吃了"定心丸"，更为我们指明了发展方向。

国家近年来实行供给侧结构性改革，催生了产业链发展。习近平总书记倡导的"两山理论""黄河文明"，对我们企业的发展具有极大的指导意义，明确企业要走节能降耗、绿色发展的道路。2021年能耗"双控"以来，我们深刻领会"碳达峰、碳中和"的社会意义，前瞻性规划布局，预留发展空间，绝不以牺牲地方资源为代价。可以说，我们就是紧跟党的步伐，上下团结，企业发展才取得了喜人局面。

随着国家"十四五"规划和国内国际双循环的拉动，我更加意识到，民营企业要将发展融入国内经济发展的大循环中。特别是2020年新冠疫情出现以来，人民至上、生命至上成为我们企业发展的核心要义，确定了"用优质产品为创造美好生活服务"的企业使命和"铸就安全信赖一流化工企业"的发展愿景，这既是我们的初心，更是我们发展的动力源泉。

"帮"出来的事业

★ 姜玉坤

辽宁·邓立国

邓立国，曾服役27年。2017年创办辽宁省军行集团有限公司，下辖葫芦岛军晟劳务派遣、兴城军行物业管理、辽宁军行保安服务、葫芦岛军行物流、辽宁军行绿海农业科技5个分公司，集团公司获评"辽宁省自主择业军队转业干部就业创业示范基地""葫芦岛市自主择业军队转业干部就业创业示范基地"等荣誉称号。带动就业7852人，累计吸纳退役军人600余人。

忙得不可开交，却没有工资，没有福利，甚至没有利润。

创业之初的3年，邓立国的"超常"经历令人瞠目。

也正是在这3年里，2900多名大棚种植户走出困境，16000多名海参、花生、食用菌种植养殖户找到致富之路，地处"辽西走廊"中部的辽宁省兴城市焕发生机……

撑起这片新天地的，有邓立国和11名退役老兵的

"超常"之力。

■ "帮"出创业新思路

这是永远镌刻在邓立国脑海里的一幕——

2017年夏,刚刚告别27年军旅生涯、从陆军某团团长岗位选择自主择业的他,途经辽宁省兴城市红崖子乡,来到一个瓜棚歇脚,想买香瓜吃。

可到瓜园一看,他愣住了:死秧烂瓜一片连着一片,瓜地里,一位老人伏地哭泣。

一打听才知道,年初老人家的大棚种柿子,本想春节卖个好价钱,结果因经验不足,一棚柿子全烂了。后来听说香瓜价钱好,又种香瓜,不料因开花期没有防治好灰霉病,到了成熟期,一个个香瓜从内往外腐烂。

老人哭得几近晕厥:"欠下的一屁股债可咋办啊?"

这一幕,在邓立国的脑海里萦绕许久。他通过调查发现,老人的遭遇并非个例,当地有上千户从事大棚种植的农户,由于缺少技术、不会管理、销路不畅,收益受到严重影响,甚至到了赔钱的地步。

这让邓立国想起了自己在部队主抓过农副业生产的经历。既熟悉大棚种植技术又懂管理的他下定决心,对几个种大棚作物赔本的农户进行帮扶。

从此,兴城的田间地头多了一个奔波的身影。

从选种、育苗,到浇水、施肥,再到田间管理,邓立国挨家挨户地跑,一个环节一个环节地帮,一干就是一年多。不少大棚种植户打了"翻身仗",不仅还清了外债,还赚了一些利润。

这次帮扶经历让邓立国萌生了一个想法:当地从事大棚种植的农户多,遇到的困难、需求也多,在帮扶他们的同时创业,何乐而不为?

他找了几位自主择业的战友一商量,结果一拍即合。

很快,辽宁省军行集团有限公司诞生了。

❚ "种"出致富新果实

这是一幅令人难以置信的"线路图"——

短短2个月，在昌图、梅河口、丹东、凤城、庄河、烟台，邓立国和11位退役老兵分头带领27名大棚种植户，马不停蹄地往返3800多公里，就蓝莓树苗种植和土壤改良技术等上百个问题实地向种植大户求教，还与29名中国科学院、辽宁省农业科学院的种植专家建立了热线联系。

"目的只有一个，就是对接需求，给每个大棚种植户提供定制性的帮扶。"身为军行集团有限公司总经理，邓立国率领战友打的"第一仗"就是深入千余名种植户的大棚，历时一个多月，对存在的问题"建档立卡"：土壤改良不到位、种植技术不过关、不懂市场行情……

"不破解这些问题，种植户就难以增产、增收、增效！"动员大会上，邓立国声如洪钟。

然而，帮扶之难超乎想象。有农户在海边种大棚蔬菜，受海风和土质影响，试种了几十个品种，结果都是种啥啥不长。

怎么办？邓立国请来辽宁农科院的3名农业专家实地考察、取土检测，又请来6个种植专家实地论证。

几番折腾，发现是土壤pH超过8，碱性过强。专家组最后建议：这里可以种植碱地柿子。

邓立国带着农户一试，成功了！

种出的柿子苗行情好，果实口感也极佳，上市后价格一路走高。农户乐得直拍大腿："祖祖辈辈没解决的问题，几个老兵帮咱解决了！"

那些日子，邓立国带着11个老兵日夜忙碌，动员大会上的目标悄然变成了现实。大棚种植户惊喜地发现腰包鼓了，而更令人惊喜的是，辽宁兴城农村商业银行的领导主动登门："我们银行给全市大棚种植户贷款扶持资金几十个亿，现在和你们并肩作战，我们更敢投入，也更有保障了"。

在兴城农商行的支持下，公司将主攻方向锁定为定制性地帮扶大棚种植户，负责技术、管理和销售，既帮农户增收，又协助银行降低贷款风险。

创业近3年，公司几乎没有利润，邓立国和战友们没有工资，没有福利。

"天天白忙活，什么收入也没有，将来咋生活？"每每听到有人议论，他们都默不作声，可心里有数："我们都是从营团职岗位退役的自主择业军转干部，享受国家基本生活保障，更要为国家的经济发展奋斗。"

■ "点"出古城新气象

这是一份让人振奋的方案——

2019年夏，兴城市委领导接到一份关于举办兴城海参节的建议方案，当即作了长长的一段批示，嘱咐相关部门全力支持，办好兴城首届海参节。

这份方案出自邓立国之手。

"这个主意的初衷是想帮助困难的种养殖户。"邓立国说。

兴城是辽参的发源地，全市有百余家养殖户，年产890多万斤，约占全国市场份额的三分之一。可由于别的地区出现海参药物超标事件，海参市场陷入疲软，售价始终较低，有的近乎赔光本。

他和几个老兵商量，最后想出了举办海参节的点子，还拿出了详细的活动方案。

海参节当天，全国各路商家云集。兴城市趁热打铁，推出多宝鱼、贝类、花生等农渔副产品"搭便车"。看到一笔又一笔订单飞来，笑容回到了种养殖户的脸上。

老兵的"金点子"，不止这一个。

兴城红崖子花生黄曲霉毒素含量几乎为零，过去供不应求，可后来其他地区的花生运往当地，以次充好，把红崖子花生的牌子给砸了。

如何让红崖子花生重现风采？邓立国带领老兵们几经琢磨，又研究出一条"金道道"：全市阻击假冒伪劣产品，重塑红崖子花生形象。经过一年多"阻击战"，红崖子花生慢慢恢复了往日的风采。

与辽参和红崖子花生一样，兴城多宝鱼每年产量高达5500万斤，占全国总产量的80%、世界总产量的40%。可由于前几年有人恶意抹黑，多宝鱼市场遭到挤压，养殖户损失重大。见此，邓立国和战友又出新招：统一包装、统一品牌、统一质量，建立"兴特浓"品牌，在北京、上海、广州等地设立销售终端——多宝鱼又"活"过来了！

2022年10月24日，登上辽宁省首届退役军人创业创新交流大会讲台的邓立国感慨不已："如果不是这一连串的帮扶，我们不可能积累那么多创业经验，不可能找到那么多创业项目，更不可能逐年拓宽市场。没有这些，哪有我们今天的事业？"

如今，辽宁省军行集团不仅扭亏为盈，还发展成为下辖农业科技、劳务派遣、物业管理、保安和物流等5个子公司的大型集团。邓立国还与另一家企业联手，创建了汇泉服装服务有限公司，创造了年销售额9个亿、税收3100多万元的业绩。

一连串与他有关的故事，在兴城市的街头巷尾广为流传，激发着更多创业者的追梦热情……

创业感言

由于部队军改，原本立志在部队奋斗终生的我，万般无奈之下脱去戎装，开启了创业之路。

在部队工作27年，来到地方两眼一抹黑。但我相信，只要继续发扬军人作风，一定可以再创佳绩！我横下一条心，几年如一日，披星戴月，勤奋努力，用当兵之初的恒心、决心、信心，投入每一天的工作中。

我虽然在部队接触过不少地方企业，但那只是隔岸观望，真实的创业路布满荆棘，但我也有一颗不畏艰难、愈挫愈勇的心。我在创业路上谨记以下几句话：

第一，讲政治才能创造财富。我把对党的感恩之心融入骨髓，做任何事都讲政治、树形象，把家国情怀和社会担当作为创业初衷。

第二，一日从军，一生姓军。创业初期没有经验，没有社会关系网络，没有雄厚的资金支持，但我们有军人优势，凭借谦虚厚道、待人真诚、铮铮傲骨博得口碑和好评。

第三，不违法不欠债。受部队培养多年，遵纪守法是我的底线，无论生意大小，绝不做违法乱纪的事。脚踏实地跬步前行，总会行至千里。

第四，宁可日进分文，也不日进斗金。于我而言，创业重在实现自身价值的同时创造社会价值，循序渐进，徐徐图之。

第五，保持头脑清醒，抵制诱惑。创业对于退役军人是新机遇，充满新奇和诱惑，及时控制自己想尽早干出名、多挣钱的欲望，保持清醒的头脑就尤为重要。没有天上掉馅饼的事，埋头苦干、真抓实干才是硬道理！

第六，创业的根本在于做人。要想干成事儿必须先做人，我创业始终保持做人之根本，做人讲道义、做事讲原则，做生意讲规矩、讲契约精神、讲道德情操。

战友们！自力更生、自强不息，是我们创业应永远坚守的信念。相信自己，守住自我，勠力前行，就一定能为社会创造更大的价值。

"飞马"奔腾，使命必达

赵 雷　李景光　张 生

辽宁·汪兆海

汪兆海，曾服役4年。1998年创办朝阳飞马铸造有限责任公司，主营汽车零部件产品的研发、生产与销售。个人曾获评全国劳动模范、辽宁省劳动模范，并获全国和辽宁省五一劳动奖章。公司创办以来，累计带动1560人就业，其中退役军人116人。

钻出车门，记者一眼就看到了身着迷彩服的汪兆海。

脱得下军装，褪不去眷恋。退役多年，他仍偏爱带有部队色彩的着装。

从退役军人到民企老总，他的经历正如其名：不满足于一条小河流、一片小湖泊，而要投身于汪洋大海，弄潮于时代浪尖。

波澜起伏间，一匹"飞马"疾驰而过，掀起浪花朵朵……

▍ 重启赛道

1973年3月，退役返乡的汪兆海入职以生产暖气片为主的喀左县铸造厂。

脱下军装，换上工服，他满怀激情地投入如火如荼的生产中。

一块暖气片成品，凝聚着炭火、时间和精力。

汪兆海深知，焦炭是国家的，国家现在还不富裕；时间是工厂的，工厂正在赶工求效益；精力是自己的，年轻不是可以挥霍的资本。

什么都不能浪费！抱着如此觉悟，在他手里锻造出的暖气片，片片堪称样板，从不回炉重锻。

在他的带动下，厂里暖气片的成品率由原来的50%提高到93%。

成品相关的问题解决了，销售成了下一道关卡。

为了等到客户方负责人，时任供销科长的汪兆海在刺骨的寒风中独自徘徊了3个小时。当客户看见鼻子、耳朵通红的他时，脱口而出："就冲你这个人，我订货！"

一片片成品、一枚枚铁块、一张张订单背后，汪兆海的用心被大家看在眼里。入厂四年后，他被推选为厂长。在他的带领下，工厂经济效益一路飘红。

直到1996年，暖气片市场趋于饱和，作为"当家人"的汪兆海深思熟虑后，决定让铸造厂转型生产汽车轮毂。

"啥？那玩意儿行吗？"

"现在不是挺好的嘛，瞎鼓捣啥呀！"

"哎呀，就显他能，厂子得让他干黄了。"

一时间，质疑声、反对声不绝于耳。

朋友也替他担心："兆海，搞汽车部件可不是闹着玩的，你可得想好了。"

不错，汽车部件加工精细，铸造精度高，做起来是有一定难度的。这些，他心里都清楚。

可是，抱着老饭碗啃下去，铸造厂迟早会被市场淘汰。

"人家能造轮毂，咱们凭啥不能，干！"就这样，汪兆海带着技术工人下到车间第一线，不分昼夜地研究汽车轮毂生产。

经过无数次试验，高标准的汽车轮毂在铸造厂下线了！工人们欢呼雀跃，汪兆海也露出了欣慰的笑容。

自此，铸造厂正式驶入生产汽车部件的赛道。

"飞马"奔腾

董事会上，众人愁眉紧锁，议论纷纷。汪兆海环视四周，目光凛然。

这是2009年，此时他早已从喀左县铸造厂的厂长变成了飞马集团的董事长。

当年铸造厂成功转型后，他敏锐洞察机遇，严格锻造产品，真诚结交客户。很快，铸造厂出品的轮毂、刹车毂、刹车盘等不仅现身国内市场，更是远销海外。

随着经济快速发展，他再次主动求变：将喀左县铸造厂依规改制为股份合作制企业，先后成立朝阳飞马铸造有限公司、飞马车桥配件有限公司、飞马机械制造有限公司、飞马装备制造有限公司、飞马车辆设备股份公司，最终凝聚合力，创立飞马集团。

一匹行业"骏马"，自此驰骋商海。

"我们抓不住时间，但时间可以验证一切！"到2006年，飞马集团在某国拖车车轴市场占有率已达30%。一个个标注"中国制造·飞马制造"的汽车部件，见证了集团从"量的积累"到"质的飞跃"。

正当事业风生水起时，一记当头棒令这匹"飞马"登时晕头转向——2008年，世界金融危机爆发。

由于销售市场主要在国外，飞马集团立刻遭到严重冲击，订单骤减。董事会上，面对焦虑无措的众人，汪兆海铿锵有力道："两点：一，开发新产品；二，开辟国内市场。"

简单，但字字珠玑、直中要害。

方向既定，集团研发部迅速开发适用于国内卡车、客车车轴的轮毂、制动鼓、制动盘，市场部依托"朝阳飞马"的品牌优势和良好口碑，为客户量身定制个性化服务，与国内知名企业达成合作。

这一年，飞马集团开发新产品218个，实现销售收入7亿元，创利税5027万元。

"得意时莫张狂，失意时莫彷徨"，这是军旅生涯锻造出的沉稳和刚毅。在汪兆海的带领下，"飞马"不但没有一蹶不振，反而插上了腾飞的翅膀。

汪兆海明悉科技创新的重大意义，多年前就在集团成立了技术研发中心，自主研发的"高碳高强度灰铸铁"制动鼓，填补了国内的空白，已获得专利17项。

"汪总的眼里揉不得沙子！"在集团采访时，记者了解到，汪兆海常为技术问题跟科研院所的专家争得面红耳赤，对技术人员的要求更是近乎苛刻，集团里的设计师最怕听到"全部推翻"四个字。

而这四个字对应的是一句话："'大国工匠'始于精，民企做军品更要精。"以军工品质为鞭，这匹"飞马"不仅跑得快，而且跑得稳。

使命必达

"实在不行就停药吧！"

几年前，飞马集团退役军人职工陈金奎得了糖尿病，虽然一直积极治疗，但经济负担较重。

这次，病情又加重了。就在他和家人为医药费犯难的时候，飞马退役军人服务站启用爱心基金，给他送来了救助金。

与陈金奎境况类似的，还有退役军人职工李殿江。他的妻子身患重病，他也及时收到了服务站的救助金。

"你们有难，我们来帮！"这两位退役军人得到关爱和帮助，是汪兆海要求企业退役军人服务站提高服务水平的生动缩影。

2019年5月，汪兆海设立了朝阳市首个企业退役军人服务站——飞马退役军人服务站，并专门安排两名素质过硬、勤恳敬业的退役军人负责服务站的各项工作。

自成立以来，飞马退役军人服务站一直秉持"发动和依靠群众，矛盾不上交，就地化解"的工作方针，接待退役军人政策咨询20余次，还通过工会爱心基金等方式，为家庭困难的几名职工送去慰问金和补助金，共计35000元。

飞马集团还与市、县两级退役军人事务部门签订退役军人用工框架协议。这些年，共安置189名退役军人就业。2021年8月，飞马集团被喀左县退役军人事务局评为"退役军人服务保障先进单位"。

2020年初，新冠疫情暴发，汪兆海联合三个党支部抽调27名党员，成立疫情报告组、疫情处置组、检疫组、宣贯组及后勤保障组，推动疫情防控和复工复产政策措施贯彻落实到位。3月，集团党员捐款1.5万元支持疫情防控，为喀左县中心医院驰援武汉抗疫一线的医疗队员送上慰问金10万元，向医院捐赠13800只医用外科口罩。

"一心装满国，一手撑起家，家是最小国，国是千万家……"每当哼唱这首歌，汪兆海的眼神总是柔和的、深情的。

家国利益所至，"飞马"使命必达。

创业感言

说起创业经验，我觉得唯有坚持与真诚。

要想获得成功，就必须坚持到底。每当我创业遇到困难时，总会回想起在部队的情形。由于任务紧急，行军途中不能睡觉，不能停下来做饭，有时感觉就要到崩溃的临界点了，但靠着坚强的意志，靠着身边战友的鼓舞，坚持，坚持，再坚持，最终真的成功了。事实证明，没有过不去的坎儿，尤其是现在国家政策好，团队成员也都大力支持我，有什么难关是过不去的呢？

诚者，圣人之本，百行之源也。企业是个集体，是大家聚力同心共同打造的产物，唯有真诚才能将各种力量拧成一股绳。以真诚换真诚，要创造出大家心往一处想、劲儿往一处使的企业文化，要做到换位思考，站在他人的角度来思考问题。给予温暖的南风效应永远都是双向的，温暖了别人，自己也会收获幸福。

只要顺应时代的发展，戒骄戒躁，坚定不移地走下去，就一定会有满满的收获。

锚定梦想，做创客的『摆渡人』

★ 王子冰

吉林·刘春生

刘春生，曾服役4年。2014年创建新型"双创"服务集团型企业——摆渡创新工场集团有限公司，先后获得国家级双创荣誉5项，获得省区市级荣誉30余项。直接带动8000余人就业创业，其中退役军人185人。

长春市，修正路，临街的楼宇表面，一艘小红船鼓起白色的帆，仿佛正要启航。

"我个人非常喜欢船，把有需要的人摆渡到对岸，船也是路啊！"

从一无所有，到一手创办摆渡创新工场，他掌舵着一艘满载创业梦想的大船。

修路修心，渡己渡人。如同楼宇表面那艘小红船，他时刻保持着启航的姿态。

启航
看着眼前满满当当的青石，他狠狠地甩了把眼泪

刘春生习惯睡前思考，无论白天有多累，躺到床上时都会想一些问题，然后带着一个满足的结论进入梦乡。

在这位年近六十的老兵身上，基本上看不到商人的气息，反而更像一位艺术大师，扑面而来的是岁月积淀的儒雅和智慧。

"我的学历并不高。"刘春生毫不避讳地说，参军入伍，是他人生的重大转折点。

1981年10月，17岁的刘春生坐上了前往沈阳的列车，投身军营。

不论参加训练还是外出勤务，他都冲在前头。自知空有一把力气的他，为了不落在别人后面，只能拼尽全力地干。

但刘春生还是遇上了"没文化"带来的麻烦。一次因训练成绩突出，连长让他上台分享经验，他却因为准备发言稿犯了难。

"我要扫盲！"刘春生的求知欲在燃烧。

机会很快来了，正值部队开展军地两用人才培训，上级根据官兵知识水平成立"扫盲班"，分为大班、中班和小班，刘春生进了小班，第一天学会了九九乘法表。

也就是从这时候起，他养成了睡前思考的习惯。

从部队退伍后，刘春生回到家乡辉南县当了一名装卸工，白天在工地上装卸建筑材料，晚上回到宿舍里，躺在坚硬的板床上任由思绪横飞，渐渐萌芽出了"梦"。

学会了思考的刘春生，不甘于窝在这一亩三分地里。当了四年装卸工后，他随工厂迁址到了长春，后来总觉得这样并非长久之计，于是辞了工作，来到采石场开铲车。此时距他退伍已近十年。

他工作的采石场位于村里，挖出来的泥土多、石头少，几个承包者都因亏本先后离开。眼看采石场要黄，刘春生主动找到村干部："没人干的话，让我试试吧！"

要承包采石场，刘春生并没有启动资金。但村里看到这个小伙子有股不服输的劲头，同意他把挖出来的泥土帮助村里修路，作为置换条件。

自己干，比打工要承担的压力更大。为了节省人工费，刘春生拎着大锤子跟大家一块儿干。

"哪有老板晒得比工人还黑的？"客户到采石场进材料，站到刘春生面前都不相信他是老板。

但节衣缩食并没有让生意变得容易。采石场收益低微，有时甚至赔钱，为了在春节前结清工人的工资，因为缺几百块钱，他愁得成宿睡不着觉。

有人劝他别干了，这个地方挖不出石头，越干越赔。"坚持，是唯一支撑我梦想的东西。"对于刘春生来说，他的选择并不太多，想成事，就不能轻言放弃。

也许是上天的眷顾，刘春生的坚持终于有了回报！次年开春，工人在作业区挖出了大片的石头，刘春生看着眼前满满当当的青石，狠狠地甩了把眼泪。

他的梦，来了！

▌扬帆
客户的突然请求，让他改变了创业方向

"石料运到后，你们顺手帮我把路也铺了吧。"客户在签收付款后突然提出请求。

刘春生二话没说，点头答应了。他找来两个工人，带着工具来到现场，当天下午就把石子路铺设完成。

老客户看了十分惊讶："你这是老把式呀！"

这个突如其来的铺路任务让刘春生茅塞顿开：采石场目前只是维持生计，算不上创业，他一直在思考以后的发展。

铺路，不就是一条好的出路吗？

刘春生当年就成立了吉林省丰润建设工程有限公司，承接路、桥建设

项目。时值国家大力推动交通基础设施建设，公司很快在行业中站稳了脚跟，成为吉林省优秀的建设团队。

时间过得飞快，转眼间，刘春生到了知天命之年。拥有财富之后，是稳步发展还是二次创业？

"以前修路、修桥，现在更多的时间是在修心。"刘春生拒绝躺平，他又有了新计划——当"摆渡人"。

"从一无所有到现在，我得到过很多人的帮助，现在想助力有梦的人抵达彼岸。"在东北老工业基地经济下行压力较大、产业结构优化调整的大背景下，刘春生盯上了企业孵化器。

2014年底，"摆渡创新工场"正式启动，刘春生来到北京、上海，到成功众创空间学习经验，最终在长春五所大学包围的修正路上扬起"创业之帆"，开启了他的"摆渡"生涯。

成为生产企业的企业，这就是"摆渡"。

不同于其他孵化器，摆渡创新工场拥有独特的孵化模式：以天使投资为主，集创业服务、资源共享、网络协同等全要素于一体，成功打造"一站式、全功能、专业化、特色化"的创新服务平台。

在这里，很多服务都是免费的。创业者带着点子进门，入驻到创业空间，办公场地、水电、采暖、网络打印等设施全部免费提供。如果点子潜力无限，不仅仅是房租，包含企业管理咨询、工商税务、法律咨询、创业辅导、政策宣讲、托管挂牌、资本对接等在内的服务也是免费的。

"说实话，我放弃了很多收益，它的公益性更多一些。"刘春生说，一开始没想通过它去创造多大的价值，就算是守着这个集智攻关的氛围，也挺好的。

▎ 远航
渡就要渡个彻底，渡个天高海阔

刘春生没想到，摆渡创新工场的诞生就像是在平静的水面投下一粒石子，联动的水波正在向外传递新的能量，吸引了大批创客、创投项目和投资商在此云集。

"渡就要渡个彻底，渡个天高海阔。"刘春生说，他的目标就是助力企业成长、发展，最后推动其上市。

刚开园不久，就有二十余家初创企业和创业团队申请入驻园区。不到半年时间就传来捷报：园内一家企业即将上市新三板。此外还有另外一家入驻企业也准备上市。

因为自己淋过雨，所以总想为他人撑把伞。从部队退伍后，刘春生吃过太多创业的苦，更能体谅退役战友和创业者的不易，他一直帮助那些有志于创业的退役战友。

他对一家名为华谷科技的创业公司格外上心。这是一家从事军地两用激光去除技术研发与生产的公司，创办人是转业干部。

刘春生主动联系相关部门，请他们进行技术指导，规划产品发展方向。如今，华谷科技已经被军方列入采购候选名单。

更多像华谷科技这样的公司，在刘春生的"摆渡"下，一步步成长起来。

摆渡创新工场也由当初的一叶小舟，逐渐成长为大型邮轮。

今天的摆渡工场，共投资创业项目50余个，投资额达2.1亿元，孵化面积达7.18万平方米，总孵化创业企业200余家，其中辅导上市企业2家，实现了从单一的摆渡创新工场到摆渡中医药健康产业园、从综合型孵化到专精特新纵深孵化的转变，带动就业创业8000余人。

"每个人的生命都是一只小船，梦想是小船的风帆。"在"摆渡"，处处都有着梦的影子：一块烂木头、一堆烂石头、一个锈迹斑斑的船锚、一个油桶做的灯……

创业感言

从部队退役至今，一路走来，最大的感触有三个：

一是破釜沉舟的勇气。因为文化水平有限，所以我当初可选的创业范围很小，想选择就必须具备一定的能力。当可以实现梦想的机会摆到面前时，就一定要牢牢抓住，用破釜沉舟的勇气把它做成！战友们，部队给予我们的锻炼，让我们具备远超常人的毅力和果敢，把创业当作一场攻坚，就没有我们攻不下来的阵地。

二是同舟共济的伙伴。不论是早年间开采石场，还是现在做孵化器，我的生命中都出现了很多贵人，有的人同行一段路，有的人只是打了个"照面"，但都曾经给予我帮助。而想拥有同舟共济的伙伴，就需要有一颗以诚待人的心。战友们，当过兵的人是一个凝聚力很强的集体，是共同创业的不二选择。

三是逐梦启航的志向。在一次民营企业座谈会的讲话中，习近平总书记将民营企业遇到的困难和问题形容为"三座大山"：融资的高山、市场的冰山、转型的火山。我今天所做的一切，都是为了让梦更好地启航。战友们，梦只有启航才会成真，否则将永远是个梦而已。

战友们！让我们一起奋楫扬帆，朝着梦想出发。

创业花香别样浓

★ 彭化义

吉林·韩德生

韩德生，曾服役18年。2006年创办通化大自然园林绿化公司等三家公司，公司主营园林、旅游、农业三大业务板块。个人曾获国家乡村文化和旅游能人、吉林省退役军人创业模范等荣誉称号。公司创办以来，累计带动就业3000余人，其中退役军人700余人。

深秋的长白山，风渐紧、叶渐稀。坐落在滚滚浑江边的吉林省通化市二道江区五道江镇，已是凉意逼人。

54岁的韩德生站在山坡上，看着一望无际的玫瑰花在风中摇曳，不禁想起了自己创业的过往岁月……

19元温暖创业路

"啪！"韩德生把女儿的存钱罐砸了。

他蹲下身，从碎片里捡起皱巴巴的钱，数了数，装进衣服兜里。

兜里的19块钱像把小刀，刺得他生疼。

那是他最艰难的一段创业时光：先期投入的200万元资金已经用尽，帮别人完成的工程，迟迟收不到回款；两位合伙人先后撤出，只剩下韩德生一个人苦撑。

那天，他带领6个工人到一个单位干活儿。到中午要吃饭时，他发现连买盒饭的钱都不够，连收工后坐公交的车票钱都没有了。

没办法，他们只得步行4公里往回走，走到家时已是天黑。站在街边上，望着万家灯火，韩德生禁不住掉下眼泪。

女儿的19元零花钱成为他困境中的一抹温暖，支撑着他走过那段艰难时光。

说起创业之初的艰难，韩德生有太多难忘的回忆。

2006年，在部队服役18年的韩德生选择自主择业，与2名自主择业的战友一起，东拼西凑了200万元，成立了"大自然"园林绿化公司。

办手续、建苗圃、买幼苗、学技术……一阵忙活之后，公司开张了。

对于一个园林公司来说，200万元的投入实在是太少，他们恨不得把一块钱掰成两半来用。请一个工人一天付20元工钱，他们舍不得，就撸起袖子自己干。

起早贪黑，耕耘播种，灌水施肥，修剪打枝，一年的辛苦后，苗木到了出售季节。

当韩德生满怀信心去找人销售时，却找不到销路。原先认识的人、积攒的社会关系，纷纷对他敬而远之。

"没有人脉，咱自己找！"韩德生带着两位战友，挨个到单位去推销。但人家不是不让进门，就是三言两语给打发出来。

好不容易有一个单位让他们进去，可一看他们被晒得黑不溜秋，浑身还散发着泥土味儿，怀疑他们是盲流，要把他们往派出所送。

这时，从里面走出来一个人，看起来像个领导。韩德生赶紧迈步上前："领导好，我们是部队转业干部，自己做苗木，想给你们做绿化。"

领导停下脚步："你们是从部队转业的？对部队的同志，我们是相信的！你们试试吧！"

就这样，韩德生把这家单位的活儿揽了下来。施工中，他们每个环节都高标准、严要求、重细节、保质量。

过去服务这家单位的绿化企业有不少家，但服务期都没有超过一年。可韩德生他们一干就是3年，形成了稳定的合作关系。

这件事让韩德生明白了一个道理：退役军人的身份只是个光环，要让这个光环持续发光，还得靠自身的努力！

靠着质量和信誉，韩德生挺过了一个个难关，业务越做越大，名气也越来越响。当地50%的绿化工程，甲方都主动请他们公司承担。

2010年，通化新开了一家大型楼盘，景观绿化项目金额达1000多万元，而当时的通化地区还没有超过300万元的项目，一连多家绿化公司竞标，甲方都不满意。

市政府找到韩德生："这个项目你来接吧，你是退役军人，做事踏实！但一个月必须完工，否则要付巨额赔偿！"

韩德生立下"军令状"，全员上马，昼夜奋战，边研究、边攻关、边施工，比约定时间提前一天交付，甲方、业主、政府都很满意。

石头山变身玫瑰谷

2017年4月的一个清晨，韩德生带领10多个退役军人，一路疾驰，来到宋家沟的山坡下。

东北的4月，仍然天气阴沉、寒风袭人。漫山遍野都是石头，石头缝之间长满枯草。

"干吧！"韩德生第一个挥起铁镐刨坑。一锹锹下去，碰得石头"咣咣"作响。

山上土地没开化，他们得先刨开冻土，挖出大小石头，再挖出苗坑，种上花苗。

号子声，铁镐声，响彻山谷。虎口震裂了，疼痛难忍，韩德生的拳头握得更紧；手掌起泡，火辣辣的，阵阵钻心，镐却抡得更高。

5万多个苗坑挖好后，韩德生又第一个挑起扁担，从山下往山上挑水。山上没路，尽是石头、草藤和树枝，空手行走都容易绊倒，他挑着两个沉甸甸的水桶，却走得像急行军。好几次被石头和树枝绊倒，满身是伤，腰被摔坏，但他一声不吭，直到完工。

数月后，光秃秃的山谷种上了200亩玫瑰；数年后，上千亩玫瑰园展现在人们面前。

昔日的荒山野岭变成了芳香沁人的玫瑰谷，吸引着人们前来观赏、采摘、旅游。

与此同时，一朵朵鲜艳的玫瑰被做成玫瑰鲜花饼、玫瑰花冠茶、玫瑰酱、玫瑰酒、玫瑰饮料、玫瑰饰品等40多种产品，源源不断地进入寻常百姓家。

绿化园林公司做大后，韩德生开始向观赏旅游产业进军。

他和战友合伙创办的玫瑰谷旅游风景区，是目前东北地区最大的玫瑰综合开发基地，被评为"国家AAA级旅游景区"。

"我想让玫瑰花变成造福战友和乡亲的'致富花'。"韩德生说。

▍带大家抱团取暖

"我有活儿干了！"领到第一笔工资时，71岁的李佩仁笑得合不拢嘴。

李佩仁家里有两个正在上大学的孩子，正是用钱的时候。一心想要外出务工的他，却因为年纪大而无人雇用。

韩德生听说后，向李佩仁发出"offer"——看护花园，每月收入1280元，李佩仁十分满意。

菇园村村民顾元学，因为身体不好，干不了体力活儿，儿子又是聋哑人，想就业却四处碰壁。韩德生知道了，安排他到公司看大门值夜班。

在二道江一带，有72名这样的老人，都在韩德生的帮助下实现了就业。他们虽然年龄大、劳动能力弱，但因为家庭原因，还是希望通过工作获得报酬。韩德生把他们招进公司，做些力所能及的事情，让他们的生活有了经济来源。

村民们的就业牵动着韩德生的心。他拿出15万元，为东沟村建起50亩地规模的苗木培育基地，村民们足不出村，在苗园工作一天就能领到100元工钱。"在家门口就能实现就业，干完活儿就能回家。"一位村民高兴地说。

看到村民们的生活越来越好，韩德生脸上绽开了笑容。但同时他发现，身边有不少退役军人，或因方法不当创业失败，或因缺少资金处于困境，或因害怕风险而止步不前，于是他开始思考："怎样才能把人家组织起来抱团创业呢？"

韩德生想到成立党组织，把大家聚在一起。他主动向区委组织部门汇报请示，得到了批准和支持。

2019年7月，以退役军人为主体的非公企业党委正式成立，党委下设6个党支部，有党员81人，韩德生被选为党委书记。

公司党委成立后，立即成为帮助退役军人就业创业的平台。在韩德生的带动下，大家聚在一起抱团创业。

截至目前，在该党委的帮助下，已有43名退役军人众筹办起了玫瑰园林下养鸡基地和绿色农产品加工厂，孵化6名退役军人成功自主创业，推荐24名退役军人到政府、企事业单位就业任职，还先后注资扶植退役军人李佩财扩大养殖、帮助退役军人曹冰洁办起老兵拓展服务中心。在党委的指导下，退役军人尹承福饲养的育肥猪由当初的20头发展到了100多头。

2021年4月，退役军人王佳奇创办的健身中心在通化市中心隆重开业，王佳奇特地拨通电话感谢韩德生。

创业十多年，韩德生一路奔跑。他希望能团结更多的退役战友，一起奔跑在前进的路上。

创业感言

十多年的创业经历让我明白了一个道理：人生是用来奋斗的，只有奋斗，人生才会迎来真正的鲜花和掌声，也只有奋斗赢得的鲜花才开得最长久。

曾经的挫折告诉我，要为了理想和追求而奋斗，用信仰去奋斗，用素质能力去奋斗，用形象诚信去奋斗，绝不能靠面子工程、做事投机取巧，贪图功名利禄。

成功启示我：无论创业还是做学问，干哪一行都会遇到各种各样的困难，人生没有绝对平坦的道路可走。但困难并不可怕，可怕的是没有恒心、不敢奋斗。要知道，幸福是奋斗出来的，不是任何人施舍给的。只有艰苦奋斗、不懈奋斗、创新奋斗，才能取得成功，除此之外，没有捷径。

最重要的是要保持初心，初心是奋斗的力量源泉。对于一名退役军人和共产党员来说，初心就是始终为了人民，始终服务人民，始终奉献人民。始终如一的初心是我们奋斗路上的核动力。

却顾所来径，苍苍横翠微

★ 张 猛

黑龙江·王洪

王洪，曾服役20年。2012年创办黑龙江省美利信防水保温工程有限公司，2017年创办黑龙江省菌益粮康科技发展有限公司。两个公司先后被评为"哈尔滨市诚信经营示范企业"和"黑龙江省高新技术企业"。累计带动420人就业，其中退役军人173人。

如果不是亲眼所见，无论如何我也不会相信，屋顶竟然能种出水稻。

哈尔滨市，美利信集团总部大楼楼顶，稻浪翻滚，一片金黄，行走其中，宛如置身田野。

这片利用先进防水技术与生态种植打造的"屋顶稻田"，如今已进入收获期，美利信集团总裁王洪和他的"兵"们迎来了大丰收……

▎ 摩托车开出的市场

30年前的秋天，当金灿灿的木瓜缀满枝头，20岁的王洪身披戎装，离开家乡菏泽，前往千里之外的哈尔滨。

"孩儿立志出乡关，学不成名誓不还。埋骨何须桑梓地，人生无处不青山。"在呼啸而去一路向北的火车上，他默念着毛主席当年离家时写给父亲的几句诗，同样也是他向扑面而来的未知世界发出的宣言。

20年军旅岁月，他苦练技能，蓄力向上。从战士到干部，从寂寂无闻到五次立下三等功，他不断在青春纪念册上刻下属于他的光荣和梦想。

2012年，王洪脱下军装，踏上自主择业的漫漫征程。

茫茫人海，路在何方？他彷徨着，思索着，第一次真切地感受到从部队跨进社会的艰难与惶恐。

很快，他沉静下来，经过多方考察、反复论证，最终决定成立一家建筑防水公司。在寒冷的东北，由于屋顶常常积雪，建筑的防水质量十分重要，这项工程也很有市场。

多年以后，王洪还记得当初做防水业务员时，马不停蹄地从一个工地奔向另一个工地的情景。

那时，工地就是他的"战场"。在无数尘土飞扬、聒噪贯耳的日子里，在高耸入云的塔吊下，在纵横交错的脚手架旁，随处可见王洪寻寻觅觅的身影。

白天跑业务，饿了就嚼随身携带的干粮，晚上还要赶火车，"转战"下一个城市。

火车，成了他免费漂泊的驿站。

回首那段步履匆匆的岁月，他只是一笑而过："这样也挺好，把住宿费省了。"

四个月的时间，王洪马不停蹄地辗转于东北三省近百家工地。遗憾的是，他两手空空，一笔生意也没谈成。

"到处都是竞争对手，许多老板连眼皮都不抬一下，但还得保持微笑说下去……"兜里的钱越来越少，盼来的却是一次又一次冰冷的拒绝，强烈的挫败感涌上王洪的心头。

"无路可走的时候，真的想过放弃，不如随便找个班上得了。但转念一想，我是军人，不能遇到困难就当逃兵。"

一次偶然的机会，王洪结识了中核集团北京地质研究院中核北研公司的高级工程师，要知道其来自全国唯一一家研究、经营、加工防水材料的央企，他必须抓住这个机会。

这位工程师到黑龙江考察时，既没有山珍海味，也没有接待用车，这个刚刚起步的防水业务员只是骑着一辆踏板摩托车，带着工程师一个个工地跑，滔滔不绝地介绍。

"全国各地的经销商我差不多都见过，骑摩托车带我跑工地的，你是第一个。"工程师幽默地说。

这位专家被王洪迎难而上的精神打动了，向他提供了最新型的防水材料和技术支持。

王洪与名企的合作由此开始，接着又敲开了一扇扇合作的大门。

连他自己都难以置信，短短6个月，他便承揽了9个城市11项工程25万平方米的防水业务。

2015年，做了4年防水业务员的王洪终于注册了自己的公司——黑龙江省美利信防水保温工程有限公司。

仅这一年，公司就包揽了5个省19个城市37项工程75万平方米的防水业务。

王洪的创业大幕徐徐拉开。

屋顶种出的庄稼

王洪把办公室搬到了田间地头。

他从企业老总变成一身泥土的农民。在茂密的庄稼地旁，在一座座塑料大棚里，在高科技的实验室中，经常能看见他忙碌的身影。

"我想为第二故乡做点什么。"每当走向沃野千里的广袤平原，王洪就仿佛听到大地对他的深情召唤——扎根黑土地，建设大粮仓。

2015年，王洪创建了占地70亩的哈尔滨市美利信农业实验基地，开始向生态农业进军，走多元化发展之路。

在春种秋收的轮回里，王洪和员工们一起播种，一起盼望，一起收获，他真切地体会到劳动的价值和土地的意义。

之后，王洪与哈尔滨工业大学、东北农业大学合作创办了教学科研基地、大学生实验基地、绿色有机农业教学示范基地。承担教学科研课题5项，完成12个农作物品种科研项目，累计接待科研试验、参观调研、学习考察7000余人次。

站在一望无际的黑土地上，他那张黝黑的脸上写满憧憬。

在"北大仓"播下科技的种子

滚滚浓烟从焚烧的秸秆中不停地冒出，在空气中弥散开来。

那些年，每到春秋之时，雾霾席卷天地，给大家的生活带来很多不便。

"科技水平已经发展到这么高，这小小的秸秆问题我们就解决不了吗？"王洪陷入深深的思考，他想改变这种现状。

改变必须依靠技术，这是企业开拓创新的"源头活水"。

2017年，王洪投资1.01亿元，创办了黑龙江省菌益粮康科技发展有限公司。他要依靠科技解决土地问题。

参加行业会议，到高校拜访专家……为占领农业科技制高点，王洪曾8次飞往长沙，拜访中科院印遇龙院士及其科研团队。

最终，王洪的真诚打动了印遇龙院士。

不久，公司成立了由1名中国科学院院士、5名国内外博士、25名硕士组成的"农业生态院士工作站"，还有由10位科学家参与的"农业生态科学家工作室"。

念念不忘，必有回响。在公司注入强大的科研力量和足够的研发资金之后，天空和大地终于有了可喜的变化。

他们创造出低温条件秸秆处理技术，产品可在零下35℃以上对农业废弃物进行肥料化处理，发酵腐熟生成微生物菌肥还田，从而培肥土壤，减少化肥使用，促进黑土地保护和有机农业发展。

目前，该技术已经在7个省市建立了97个秸秆处理试验示范点，有效缓解了秸秆焚烧以及垃圾处理所带来的环境污染等诸多问题。

2020年冬末春初，正值春耕，田地里本应是一番热闹景象。然而，黑龙江省安达市老虎岗镇本利村的农民却是焦急万分。

突如其来的新冠疫情让他们无法如期开工。春播在即，地里却还摞着大量尚未处理的秸秆，烧了污染空气，不烧又来不及处理……

"咱们上！"

王洪积极向有关部门申请复工复产，得到批准后，他带领员工加班加点生产处理秸秆所用的益生菌，和企业里的退役军人组成突击队，利用企业生产的益生菌生物腐熟剂，将堆积的秸秆经过发酵腐熟，成为直接还田使用的有机肥。

"这种方法不仅可以改良土壤，而且很好地解决了秸秆焚烧问题。"

此后，王洪又联合两所大学和一家科研机构，进行纳米和真菌技术在生态农业领域的研究应用。他在黑龙江省依兰县投资3000万元，创办了依兰县美利信科技发展有限公司，要在"北大仓"播下科技的种子，收获更多的希望。

却顾所来径，苍苍横翠微。

三十载峥嵘岁月，王洪从一名退役军人转变成年产值数亿元的企业家，脚下这条创业之路，正是他通向自我的征途。

创业感言

"出水还看两腿泥。"从部队到地方，适应环境，转变角色，是每个退役军人都要经历的过程。努力学习知识，调整心态，才能把自己融入新的创业环境中。

退役后，我由军人转变成创业者。虽然岗位不同，但军人本色不能变，部队的优良传统不能忘。

时至今日，虽然创业十余载，但我还要不断学习，更新知识。我现在从事的新型防水材料和施工、生态农业领域，科技含量都很高，我始终感觉自己是个新手，需要多向专家请教学习科学技术，并且关注国家科技进步，与时俱进，不断更新和充实自己。

创业也是这样。在学习创业技能的同时，还要发扬军人能吃苦、能攻关、能奉献的精神。与时俱进，不断创新，为社会做出新的贡献，无愧于人民军队的培养！

关不住的雪城春风

★ 赵艳萍 赵 姬

黑龙江·梁国义

> 梁国义，曾服役6年。2016年成立东梧商贸有限公司，是一家综合性购物中心，曾荣获牡丹江市优秀军创明星企业。累计带动就业2000余人，其中退役军人40人。

"一年好景君须记，最是橙黄橘绿时。"

红黄橙绿相间，秋天的北京有着一年中最为温情的色调。

梁国义踏着秋风落叶而来。56岁的他腰杆笔直，目光炯炯。在一间小会议室里，我们一起回首了他的青春岁月。

出身军旅，从一名小厂销售员起步，发展到北京互联网公司的CEO，最后燕雀归巢反哺家乡。

采访结束，梁国义便匆匆离开，他的时间安排得像齿轮一样环环咬合，今晚尚在北京，明天又要奔赴另一座城市。

他像一缕春风，从雪城吹来，又向那里吹去。

创业韬略
退役军人企业家的闪光足迹

■ 从军：山凹子里的保管员

"等我回来的时候，一定得换个模样。"

参军入营那天，梁国义坐在军用卡车的后车斗中，暗自许下这样的诺言。

来自黑龙江省牡丹江市一个小山村的他，饱尝过闭塞乡村的生活苦楚，期待着用部队的锤炼改写人生。

"开不了坦克大炮，就把每一件小事做好。"新兵训练结束后，梁国义成了团长的公务员，总是默不作声地把活儿干好。

"小伙子，愿不愿意到师里去？"他的付出被领导看在了眼里。

从此，山野空荡，车来车往间，吉林四平的山坡上，多了一位年轻的"加油员"。

荒无人烟的山坳子里，看守仓库的日子寂寞且漫长。梁国义用读书看报来充实自己——他准备了一个厚厚的大册子，每当看到报纸上的新鲜事，就剪下来粘在册子上。

日渐丰厚的剪报本，陪伴梁国义度过了许多个当兵的日子。

6年军旅生活，文章越读越多，思绪也越飞越远，他的脑海里逐渐升腾出一个崭新的未来。

■ 下海：甲醛桶里救同事

"怎么办？再这样下去会出人命的！"

偌大的甲醛桶外挤满了人，桶里是两名甲醛中毒的员工。大家一边张望一边议论，却没有人敢下去救人。50多岁的厂长急了，脱下外套打算自己下去。

这时，一个二十来岁的青年冲出人群，跳进甲醛桶，捞出一个，送上来，又下去……他的脑袋有些发蒙，但他甩了甩头，咬着牙又送上来一个。

救起来两个人后，他自己也因甲醛中毒而晕倒，被送进医院。

这位救人的青年就是梁国义，当时他刚退役，被朋友介绍到牡丹江市平安化工厂当司机，这是他到公司上班的第三天。

这个发生在1990年春日里的故事改写了梁国义的人生。

甲醛事件，让工厂领导对这个年轻人刮目相看，安排他当了一名业务员，其实就是推销公司生产的化工产品。

"那时候买家都向大厂看齐，我们这种小厂的产品质量再好，也很难让买家信服。"梁国义带上样品，辗转山东、浙江、河南几家大企业推销，但一听说是牡丹江小厂子来的，人家连看都不看，就将他打发走了。

酒香也怕巷子深，面对这种局面，梁国义有些无奈。

有人告诉他一个"推销妙法"——去买家公司蹲守，或到厂长家守门。梁国义来到山东一家企业门口，跟门卫套近乎，就等着公司老总出现。

到了第三天，门卫一个眼神，梁国义就知道老总要下车了。他一个箭步冲过去，拿出产品，激动地说明来意，但还是被拒绝了。

第二天，他又来到老总所住的院子门口蹲守，时不时帮院子里的居民干点杂活儿。软磨硬泡3天后，他终于得到了一个机会：老总答应只要产品化验达标，就留下使用。

听到这个消息，梁国义拿起样品就往化验室奔去——产品全部合格！

后来，这家企业采购了他们工厂40%的产品！

一拳打得百拳开。后来，梁国义接连担任平安化工厂供销科科长、新荣有机化工厂厂长，还成功收购了黑龙江天赐康药厂并出任总经理。

跨越：互联网上任驰骋

2006年，正当梁国义踌躇满志之时，一场飞来车祸，让他的身体多处粉碎性骨折。

躺在病床上，他的脑海中像放电影一样回顾走过的人生：舍己救人、风餐露宿、遭人诬陷、身体垮台……创业以来经历的酸甜苦辣翻涌在心头，他一度想放弃，在安逸中度过余生。

但无数个午夜梦回，当兵时渴求的眼神、一沓沓的剪报本、踯躅推销的身影在他的脑海中挥之不去。再想想正青春懵懂的儿子，身为父亲的他应该做出榜样……他又一次暗下决心，要到更大的舞台上，创造更大的价值！

2008年，他带上家乡黑土地的大米，来到北京，再次敲开创业之门。

当兵时读书看报、热爱学习、勤于思考的习惯，在他的创业生涯中一次次迸发出新的灵感——

2008年至2012年，他把绥化地区的优质大米打入北京，成为奥运会专供大米，并成立绿色产品特供中心，让绿色生态大米端上北京的餐桌。

2012年至2014年，他担任洁捷蘑方餐饮管理有限公司董事长，以工业化的生产模式，制作互联网外卖餐。他们研发的快餐保鲜科技，让快餐登上飞机航班，进入大型活动现场。

2015年，梁国义担任尚伍（北京）投资控股有限公司CEO（现公司名为北京趣活科技有限公司），致力于为送餐的外卖骑手搭建灵活用工平台。北京街头数千名外卖小哥都来自趣活。

同时，梁国义担任尚伍（北京）投资控股有限公司、尚伍（上海）科技有限公司董事长，为央视春晚提供配餐。在北京昌平草莓音乐节，持续15天每天为10万人配餐。在河北沽源音乐节，提供了30万份快餐……

高科技的互联网，成为梁国义纵横驰骋的战场。

"一个连大学都没上过的退役军人，何以拥有在互联网冲浪的勇气？"记者不禁好奇。

"源于热爱学习、勤于思考的习惯。"从梁国义的回答中，记者依稀看到军队加油站里那个读书看报的少年的身影。

■ 返乡：峰谷电里看商机

"落叶归根是天地之理，从牡丹江出来，就得为牡丹江付出。"

2016年，梁国义从北京风生水起的生意中撤出。50岁的他决定好好陪伴年长体弱的母亲，并把精力献给生他养他的牡丹江。

漫步街头，梁国义被牡丹江城市中心的地下商城吸引。他将地下商城买下，在这里成立东梧商贸有限公司，翻新改造重组后，这座之前濒临倒闭的大楼开始慢慢复苏，发展成为一座集购物、娱乐、餐饮于一体的综合性购物中心。

企业不仅要开源，还要节流。

有一段时间，梁国义常常在晚上对着天花板的灯光出神："能不能把白天的电能储存下来，到晚上用电高峰时再使用呢？"

高峰时段电价和平时电价相差不少，全国这么多商场和工厂，如果能研发出一种储能电池，将平时富余的电量储存到高峰时使用，这将是一个巨大的商机，能为这些工厂和商家节约不少用电成本！

有了这个想法，他开始四处调研，找专家评估，请院士研发，向政府汇报。一个崭新的节电项目即将落地，他又一脚踏入新能源领域！

商海，对于梁国义来说有很多种可能。

▌ 情怀：春风润物细无声

每年"八一"，梁国义都会叫上老兵们，大家坐在一起会战友、忆军旅、谈感受，"战友们聚在一起比啥都开心"。

"没有什么能够撼动战友凝聚的力量。"这是梁国义在公司管理中真实的感受。

在东梧商贸有限公司有70多名员工，其中退役军人30多名。退役军人在商城就业，不仅优先招录，待遇也高出一截；退役军人入驻商城，租金减免50%，公司还帮助他们向银行申请无息贷款。

作为一名老兵，梁国义把创造社会价值看得很重。

泛黄的报纸糊在土泥的墙壁上，妻子患有抑郁症，儿子失业……走进这位老兵的家，梁国义想起了少年时代那些贫苦难熬的日子。

如何才能让这个脆弱的家庭看到希望？

"捐钱只是杯水车薪，要从源头上帮助他们。"跟战友们打了好几个电话，联系好驾校，他出资让老兵的儿子去学习驾驶技术，让这个贫困的家庭有了"造血"功能。

"公司内每个党支部至少'领养'一个孩子，休息时多加探望，节假日一起庆祝，尽量弥补父母不在身边的遗憾。"梁国义要求员工必须有社会责任感，并身体力行地带着他们从事公益活动。

"当兵保家卫国，退役服务民生。"用鱼水情深的情怀反哺社会，这是梁国义一路走来不变的初心。

创业感言

我经营过几个不同行业的项目，经常有人问我，你为何敢于跨界创业及经营？

我说没有敢与不敢，我们做事情是"想和要"的关系，"想"就是想想而已，而"要"是付诸行动。同时目标明确，把握行业动态，做好市场调研，整合好专业的技术人才及管理团队，认清自己的优势和劣势，顺势而为，才能拿到你想要的结果。

作为一个从农村走出来的孩子，当年的我没有背景、没有资源，想出人头地真的很难。之所以能取得今天这点小成就，要感谢人民军队的培养，造就了我如今敢做、敢言、敢当、永不言弃的性格。

在以后的工作中，我们也将继续努力，不忘初心，砥砺前行！

"泥"饭碗端出新"稻"路

公维同

上海·李树辉

李树辉，曾服役12年。2016年创办添慈农场，带领11名退役战友3年拓荒，开拓出3万多亩农田种植水稻。2019年创办"添慈退役军人创业家园"。个人曾获第六届"杨浦好儿女"、杨浦区爱国拥军模范个人、上海市爱国拥军模范个人、上海市"最美退役军人"等称号。公司累计带动3400人就业，其中退役军人108人。

"明天一早我还要去东北，一个新开荒的地方，可能连手机信号都没有，线上回复不一定及时……"一个简短的采访之后，李树辉又向着农场出发了。

白山黑水，秋色宜人。李树辉和他的战友们却无暇赏秋，每年这个季节，他们都要全员投入"抢秋"的战斗，"困了及时睡，醒了抓紧干"，一台台收割机来回奔忙，确保颗粒归仓。

春播、夏管、秋收、冬运。3万多亩农田，国内高端胚芽米大半的市场份额，李树辉把"泥"饭碗端出了一条新"稻"路。

重返农场

"干吧，怕啥！我一个人的工资就够咱俩吃饭了，就算吃不好还吃不饱吗！"

2015年底，转业做了10年公务员的李树辉跟妻子"摊牌"想去搞农场时，同是退役军人的妻子毫不犹豫地当起了家里的顶梁柱，一句话让他内心温暖而笃定。

1993年，16岁的李树辉穿上军装，从家乡内蒙古来到黑龙江军垦农场。1996年，他考入解放军农牧大学，1999年毕业后主动回到农场。2001年，他被选调至第二军医大学，并于2005年转业留在了上海。

在上海市人社系统工作期间，李树辉表现优秀，多次受到嘉奖。然而，他夜里常常梦到军垦农场的工作生活场景。"我生在农村、长在农村，军校学农、军垦务农，确实喜欢干这行。或许每个人心中都有一片田园，我们退役军人也一样，梦总是要有的，万一实现了呢？"李树辉的梦，就是农场梦。

在军垦农场待过，李树辉觉得南方小打小闹的农业不过瘾，还想回东北去干大农场。

2016年3月，东北的冰雪还没消融，他就带着11名志同道合的退役战友来到吉林松原的盐碱滩，冒着零下几度的严寒，在野外搭帐篷住了下来。

"没钱，那就卖房吧！"创业之初，缺少资金，李树辉做通家人的思想工作，把上海和老家的房产变成了吉林松原那片盐碱滩上的拖拉机、插秧机、收割机和一排排现代化的农机具。

盐碱滩人烟稀少，水电路渠统统没有，生活用水全靠融冰化雪。野生动物可能比人更多，晚上车灯一晃，还能看见附近有几双冒着绿光的小眼睛，不时还会传来野狼、野猪的几声嚎叫。所以，一到晚上，他们就拢起一堆火，用来吓退野兽。

盐碱土壤要重塑结构，任务艰巨。每天清晨四五点钟，天刚蒙蒙亮，他们就扛着工具出发了，一直干到晚上7点多太阳下山。

巨大的工作量也伴随着质疑声：他们能坚持多久？

附近一位农户大哥认为李树辉和他的战友们干几天就会撂挑子，李树辉就跟他打赌：每坚持干三天，农户大哥就给大家炖一只鸡。后来，不仅是那位大哥自己养的鸡，就连他弟弟家的鸡都给炖完了。当然，李树辉为每只鸡都买了单。

每天十几个小时的重体力劳动，他们就这样连续干了半年，最终修筑隔离围坝21公里、田间道路27公里、给排水渠54公里，建成育秧大棚180亩、生态水库650亩、示范牧场3500亩、标准稻田5000亩。

当地人见这场面都说："这工程量和速度，也就他们当过兵的行！"

"当兵时在零下三十几度的野外住过帐篷，在1998年的特大洪灾中抢过险，什么苦没吃过，埋头苦干就是我们退役军人的强项。"李树辉平淡地说。

当然，干农业靠的不仅仅是吃苦耐劳。李树辉深知，现代农业要靠科技引领，打破靠天吃饭的"瓶颈"。

农场建设之初，他就请来了上海海洋大学、海军军医大学、吉林大学、吉林省农科院的专家，严格按照专家团队的技术要求，着眼高品质农业生态循环，重点在水利设施建设和土壤结构改良上下功夫。

农场地处千顷闭流区的最低点，为了实现自然取水，李树辉带领战友们沿农场外围构筑了宽15米、长10千米的封闭集水渠。下大雨的时候，外围流水汇聚到水渠，与园区内部水网相连，自动流入生态水库外围的大壕，通过二级提水入库，实现了自然取水、碱水养鱼、肥水灌溉"三环联动"的水利供给生态循环。

目前，水库年产各种有机鱼类200吨以上，水稻亩产稳定在1200斤以上，稻米品质优秀，农药残留检测结果全部为零，真正实现了优质稻米的自然纯净。

就这样，连续三年，李树辉和他的战友们以平均每年1万亩的速度扩大规模，如今添慈农场的总面积已经接近4万亩。

闯出市场

"我要种出全世界最好的大米。"这是李树辉的宣言书。

李树辉充分发挥添慈农场的科技和品牌宣传优势,不断研究、挖掘和推广东北水稻得天独厚的市场前景。他在生产经营中发现,吉林长岭、镇赉、洮南这一带属于半干旱地区,特殊的地理环境造就了当地水稻种植的核心优势——患稻瘟病概率小。

"中国的松原地区是真正意义上的'世界水稻黄金种植带',能种出品质最好的大米。"在与国内外水稻专家座谈交流及各种场合里,李树辉都不遗余力地为国货代言。

而在加工过程中,李树辉和战友们选择保留大米的胚芽,较高程度地实现了营养保留。"添慈农场"胚芽米第一年就销售了2300多吨,现已打入全国21个省区市高端农产品市场,一举占领了国内高端胚芽米80%以上的市场份额。

在添慈农场优质农产品的宣传推广和销售过程中,他携手东方航空、上海航空、中国联合航空、国泰航空、澳洲航空,以及天合联盟成员,为东方万里行会员提供优质农产品积分兑换服务。

这些农产品成功打入境内外众多航空公司,让稻米"飞"上了天。当地群众自豪地说:"我们开着拖拉机种出的稻米是在飞机上卖出的,这是在过去做梦也不敢想的事!"

农场生产的五谷杂粮、黑木耳、土鸡蛋、无矾粉丝等辅系列产品,在浦东的33个社区直销更是供不应求。

销量越来越好,生意越做越大,李树辉和战友们心中始终有一个绿色的情结,想为部队做更多事。

2015年以来,添慈农场呼伦贝尔绿色水稻种植基地为部队累计提供优质军粮12000多吨。2016年8月,全国最高科技奖获得者、95岁高龄的著名医学泰斗吴孟超院士在得知李树辉的事迹后,欣然题写了"树辉同志,不忘初心,为国为民做出更大贡献"的鼓励和期许。

共享"创场"

回首创业路，李树辉感慨地说："商场如战场，这话一点儿都不夸张。"

吃过创业的苦，李树辉深知，退役军人创业有优势，也会面临"四难"：找场地难，找项目难，找资金难，管理难。为此，李树辉在2019年创办了"添慈退役军人创业家园"。

一位退役军人开了一家小公司，招了6名员工，一年经营下来，人累得够呛，去掉人员和场地的成本，所剩无几。第二年，他找到"添慈退役军人创业家园"平台合作。"添慈退役军人创业家园"平台提供的人员和场地共享，成了他创业开源节流的最好方式。一年经营下来，光成本就节约了45万元。现在，这家曾经经营困难的小公司也逐渐步入了正轨，每年营收超过2000万元。

为扶持退役战友们创业，家园按"平进平出"的方式提供办公场地，并倡导大家共享公共空间和人员等，降低经营成本。作为添慈实业公司的总经理，李树辉还会与入驻项目开展无风险合作。例如，为有项目但缺扶持的退役军人、军属提供创业场所、辅助员工、工作机会等。

"添慈退役军人创业家园"已经汇聚了50多家军创企业，每年纳税约3000万元，并以持续增长的态势稳步发展。

创业感言

这两年，我和一些老战友有过不少交流，了解到一些退役军人的创业动态和现实情况。总的来说，大家在创业初期面临的问题主要有四点：一是遇到好项目的机会很少；二是场地频繁更换、租金浮动；三是资金筹集困难，大部分战友创业是白手起家，资金难以筹集分配；四是市场运营经验不足。针对这些问题，我们想搭建一个共同创业的平台，凝聚起退役军人创业的磅礴力量，发挥好我们组织纪律性强、团结协作好的优势，成就一番事业。

选择开荒种田，让我深刻意识到创业定位的重要性。一是要选择自己喜欢的事，不喜欢的事一定干不长；二是要选择自己干得了的事，知己知彼，保证自己蹦一蹦就能够得着，就算是够不着也摔不惨；三是项目定准后，要快刀斩乱麻、全力以赴，没条件就创造条件，毕竟好的机会转瞬即逝。

我从来没把生意看得有多复杂，在我眼里，做生意就是卖东西。不是你有什么你就卖什么，而是人家需要什么你才卖什么。从本质上讲，做房地产和卖茶叶蛋没多大区别。只是各有各的定位，各有各的途径，各有各的模式而已。选好了，坚持下去，慢慢就能见到成效。

雷厉风行，铸造安心之盾

★ 公维同

上海·向奎

向奎，曾服役6年。2009年创办上海雷盾城市运营管理有限公司，主营安保服务、物业管理服务、城市综合保障服务等，公司曾荣获拥军优属先进单位、上海市闵行区退役军人创业就业实训基地等称号。公司累计带动5000人就业，其中380人为退役军人。

约了三次，终于在金秋时节的一个午后，笔者见到了忙碌的向奎。

"从离开部队的那一刻起，我就知道我的未来应该是什么样子。"不惑之年的向奎，目光坚毅，语调笃定。

放弃了返乡安置的"铁饭碗"，向奎打过三份工，却没有一份工作能干到拿年终奖的时候，倒是积攒了一身的创业经验。

没有羁绊，没有留恋，在每一个职业选择的岔路口，他始终果敢坚定、雷厉风行。

097

▍ 退役两年间，三次跳槽

"这小伙子运气真好！"

"莫非他是老板的亲戚？"

同事羡慕的眼光和低声的议论让向奎心里五味杂陈。

这是向奎退役后的第二份工作，在重庆一家物业公司做保安队长。

公司直接选他做保安队长，不是没有缘由的。

入伍前，向奎在成都公安大学有过一年多的特警专业训练，这让他在入伍后各项素质优势明显。在新兵连，向奎就获得嘉奖，入伍第一年下半年入党，第二年成为班长，第三年成为代理排长……

向奎曾经取得过射击比赛全团第一的好名次。他说，秘诀是他从优秀的老兵那里问来的，每天坚持托举六块砖头，坚持十分钟以上，枪拿在手里就非常稳。

6年军营的磨砺，改变了向奎的思维方式和行为习惯，也成就了他敢闯敢拼的性格。

"我想出去闯一闯。"2005年下半年，向奎背着沉甸甸的奖章，带着谋划已久的"生态循环智慧农业"项目，回到家乡四川巴中。

然而，项目计划最终"胎死腹中"。在父母的极力反对下，向奎不得不去街道上班，端起了"铁饭碗"。

即使是亲情的羁绊，也不能长久禁锢一颗渴望闯荡的心。干了不到一年，向奎辞职了。

此时，重庆一家物业公司正在招聘保安部经理，向奎跃跃欲试。

"要干就从保安队长开始干，月薪1500元。"老板丢下一句话。

仅17天，向奎就从保安队长升为保安部主管。两个月后，他又从五个竞争对手中脱颖而出，晋级为保安部经理。

两个月里付出了多少，只有向奎自己知道。在其他同事休息的间隙，他总是主动去其他部门帮忙，老板出门见客户，他就去做驾驶员。

实际上，在给公司各部门帮忙的同时，向奎也在默默地观察学习。一次，公司需要制订项目招标方案，向奎抓准时机，将自己准备的一套方案递给老板，老板看后不禁眼前一亮。

原来，不同于传统的流水账，向奎的方案独辟蹊径，让公司的招投标成功率提升了一倍。

入职仅半年，他的月薪就从1500元涨到了4500元，老板有意培养他做公司副总，然而他却选择了离职。

2007年，向奎带着2000元，只身从重庆来到上海，进入一家台资保安公司，成为一名勤务高级主管。

在这里，向奎一方面跟公司学到了台资企业处理事务的严谨细致，另一方面，他帮公司制定完善了人员招聘、岗前培训等一系列流程，并在公司设立了一线员工在岗培训3天的制度。

半年后，向奎又一次跳槽，来到上海某国企下属的一家物业公司，担任品质经理。

然而，没过多久，向奎再次选择了离职。

"你到底想要找个什么样的工作？"两年内跳槽三次，向奎周围传来各种不解的声音。

其实，他心里的目标从未改变：创业，当老板！

▌ 创业十余年，三次转型

2008年下半年，在朋友的介绍下，向奎接到了一个重大活动生活区安保的订单，赚到了第一桶金。第二年，他的上海雷盾城市运营管理有限公司正式成立了。

2009年10月，通过招标，向奎竞得公司成立后的第一个"大单"——上海汇宝购物广场需要保安58人、保洁73人，10天内到岗。

"吃不下，不能硬吃。"向奎明白，作为初创企业，的确需要业务支撑才能快速发展，但保洁业务需要临时招聘，短时间内也无法培训到位，而保安业务有经验，也有班底。经过慎重分析，他决定放弃保洁业务，只做保安业务。

"创业十几年，做过的项目有几百个，还从来没有被客户炒过鱿鱼。"向奎非常重视客户的感受与反馈，这也让雷盾在行业内稳扎稳打、快速成长。

从2009年至今，雷盾最核心的转型有三次，第一次是物业服务，第二次是城市运营服务，第三次则是投资。

然而，并非每一次转型都一帆风顺。

"处理好了，回来做副总；处理不好，走人！"这是为数不多的一次，向奎对自己多年的老战友李俊放狠话。

2020年，上海市闵行区梅龙镇，雷盾公司物业服务板块接手了一个动迁小区。物业费低且收缴难，小区环境脏乱差……各种乱象给向奎带来了挑战。

"决不能撤，要撤，也得等理顺了，得到居民和社会各界认可了再撤！"向奎感觉到，越是这种时候，就越能体现整个团队的军人作风。

向奎和李俊带着团队直奔动迁小区，探索实践了管家式服务：只要小区居民有需求找到物业，物业人员必须坚持首问责任制，直到帮助居民解决问题。

最终，这个小区的市民热线投诉电话从每天的100多个，降到了0。

"直到现在，这个小区的物业服务也不盈利，但我们还是挺过来了，雷盾的名号也越来越响了。"向奎说。

在向奎看来，企业不断壮大，不能只做单一业务，只有成长为综合性企业，才能增强抗风险的能力。

十几年来，在向奎的带领下，最初的安保公司发展为以城市运营服务为核心，集物业、安保、市容、地产、健康养老、酒店等多领域于一体的现代服务型集团企业。集团下辖9个子公司，员工数量达5000余人。

▍服务一辈子，屡次冲锋

"宁可让自己亏本，也绝不能亏待员工和朋友。"

雷盾有一个不成文的规定，即所有员工工资，不能晚发，只能早发。

在向奎看来，5000名员工背后是5000个家庭，更是5000份社会责任。

受新冠疫情影响，雷盾下辖的两家子公司这两年一直处于亏损状态，每年亏损近百万元。然而两家公司的200多名员工，却没有一人被裁掉。

有一家客户，向奎从2009年起为其提供保安、保洁服务，每年保洁业务都要亏损几十万元。尽管各项成本逐年增加，他却始终没有跟这位客户提过任何涨价的要求，只因这位客户曾经帮助过他。

生意越做越大，越来越多的退役军人加入团队。向奎已累计为500多名退役军人提供就业岗位，其中100多人进入公司管理层。

郭伟伟就是其中一位。起初，他只是一名普通培训教官，在公司接手的第一个高端商业项目中崭露头角，向奎有意安排他在不同岗位上锻炼。2015年，郭伟伟带领200多名员工历时4个月，圆满完成某建材城拆迁项目，被提拔为公司安保部门副总经理。

企业走上正轨之后，向奎默默地做着公益和慈善。

他连续多年参与"上海温度·行走彩云"公益活动，为云南当地贫困学生捐赠20余万元的物资，并且建立了助学基金，每年注资20万元用于资助贫困学生完成学业。

新冠疫情暴发以来，向奎带领公司1000多名员工积极投身抗疫。他本人和企业向公司所在地区捐资捐物200余万元。

战略转型、专业培训、军事化管理……在创业过程中，向奎将军人精神融入企业文化，使雷盾在市场竞争中一次次脱颖而出，先后圆满完成上海世博会、进博会等重大安保任务。

"我们还在路上。"向奎说，当初的梦想正在逐步成为现实，但未来依旧任重道远。

创业感言

创业，是我离开部队时就定下的目标，从来不曾改变。我当时的想法很简单，就是要"为社会创造一些价值，为生活增添一些色彩"，现在看来，基本实现了当初的目标。

定下目标，干就是了。我的连长曾说过："人死了要留名，想好了能干啥就去干，不要怕！"尤其是咱们当兵的人，没有啥困难可以压倒我们。我也是从门外汉干起的，不懂的就去学。我三次打工，时间都不长，但目标很明确，就是要学东西。

经营企业，最重要的因素是什么？我觉得就是站在甲方的角度思考问题、开展工作、提升品质，最终帮助甲方解决问题、创造价值。如果一个项目赚不了钱，那就赚口碑、赚人情。人心都是肉长的，你的付出总会被客户看见和认可。

另外，单打独斗很难成气候。经营企业，团队得有凝聚力、向心力和战斗力，才能一起攻坚克难。对待"打江山"的兄弟们要用心用情，共享发展成果。宁肯亏我，绝不能亏员工。人心稳了，企业才能办好。

"一号手"的人生眺望

★ 王子冰

江苏·倪加明

倪加明，曾服役3年。2000年创办江苏民生集团。公司主导的新能源、新材料、高端智能装备等高新技术产品，产能位居国内市场前列。个人曾荣获全国五一劳动奖章。公司累计带动900余人就业，其中退役军人276人。

孤山，是靖江唯一的山，虽然海拔只有五十多米，却因在江北广袤平原上一峰突起而久负盛名。

登临孤山，俯瞰四野，是倪加明心境最平和的时候。

"眺望是一种状态，直面内心，才会找到人生的星辰大海。"

倪加明的处世哲学从一次次的眺望中而来，择高处立、就平处坐、向宽处行。

作为一家主营新能源、新材料、节能环保大型高端智能装备集团的董事长，他每次伫立眺望，都如同在部队担任"一号手"时的姿态。

▌既要仰望星空，又要脚踏实地
"专注也是一种考验，没有人能一步登天。"

退伍多年，倪加明对"一号手"这个称呼记忆犹新，且倍感亲切。

时针拨回到40年前的那个秋天。南京军区某部训练场上，倪加明端坐在高炮指挥仪前，班长的话依稀萦绕在耳畔："这里是一号手的战位，任务是观察、搜索和判定低空飞行的目标，擦亮双眼，时刻警惕！"

高炮指挥仪是一种光学仪器，能测算飞机的速度、高度和距离，从发现目标到下达命令，一号手的反应速度直接影响打击结果，必须快、准、精。

倪加明记得志愿军用高炮对抗抗美援朝战争中美军飞机的战例。在美军夜袭时，志愿军炮手缩短射击距离，减少引信标定时间，炮弹出膛数秒就爆炸，用高炮"拼刺刀"，这种战法，最关键的就是一号手的肉眼观察。

于是，每天清晨太阳还未升起，倪加明就会前往连队后山，站在训练场上眺望苍穹，搜索鸟儿飞过的痕迹和飞机的飞行轨迹。月升日落，训练场上，只有月光与影子做伴，他还在苦练技术能力。

入伍一年后，倪加明当上了雷达指挥仪班班长，带领全班战士多次圆满完成上级交办的各项任务，12次获得通报嘉奖。

24岁，沉淀的青春，让倪加明愈加沉稳，他脱下军装，回到家乡靖江，接受组织安排，成为县钢瓶厂的一名供销员。

供销员的工作，就是为企业四处奔波跑市场，打开销售渠道。

刚开始，任务领到手，倪加明却不知道去哪里、找谁谈、怎么谈。但军人的韧劲儿不允许他打退堂鼓，硬着头皮也要干下去。

参加工作的第二年，倪加明只身前往山东胜利油田寻找客户，白天向客户介绍产品、开会洽谈业务，晚上回到歇脚的地方倒头就睡。

一天深夜，他回到住处时已经是傍晚了，一个骑着绿色自行车的邮递员敲开了他的门,递给他一份加急电报。当看到"母病危,速归"的字时,倪加明心里一颤,顿时像被抽干了力气。

他在火车上站了一夜,回到家,却还是没来得及见母亲最后一面。

"跑业务真不怕吃苦,吃得差、睡得少都无所谓,但有些无可挽回的遗憾,在心里永远无法抹除。"

那些年,倪加明不是在火车上就是在客户的会议室,从一个供销员干到了销售处长,几乎拿下了企业80%的订单,其间一个订单金额就达2000多万元,连年被评为靖江市供销状元,还被评为全国供销系统的优秀供销员。

脚踏实地的十年,他完成了对自己的承诺,又开始去仰望星空。

眼界决定境界,格局决定结局

"你的能力,一定要配得上你的眼界。"

倪加明忘不了当年那一幕:

破旧的厂房前,560多名即将失业的职工聚集在一起,沉默地看着一台台老掉牙的设备,人群中不时传来抽泣声,像锤子一样不时敲打着倪加明的神经。

20世纪90年代中后期,受世界经济形势影响,原靖江县钢瓶厂骨干流失、管理混乱,企业濒临歇业,无法正常经营。

怎么办?倪加明连续几天吃不下饭、睡不好觉,既是老战友又是老同事的杜庆林,带着一群老员工找到他。

这时候,倪加明是大家的主心骨,也是大家唯一的希望——老员工们想请他带领大家走出困境。

"只要你们相信我,我就敢干!"为解决职工的生计问题,30岁出头的倪加明当场下了决心,多方筹集资金创办江苏民生集团。

于是,带着大家的希望,倪加明走马上任了。

2000年,民生集团接下了第一张来自英国石油公司(BP)的钢瓶生产订单。

英国石油公司（BP）是世界最大的石油化工集团公司之一。此前，BP已在国内询问了几十家产品生产企业，但因BP产品生产技术要求极高，且国内尚未有过生产此类产品的先例，没有一家企业愿意冒险接单。

"我们做气瓶的，这时候一定要争气！"倪加明和技术人员组成了研发团队，早中晚吃住在车间，从图纸设计，到样品试制，再到客户审核，图纸画了一沓又一沓，模具损坏了一个又一个。

一个月后，"争气瓶"研发成功，技术团队拿下气瓶样品的完整参数与制作标准，并依此建成一条专用气瓶生产线，民生集团自此在海内外气瓶制造行业名声大噪。

"BP石油公司在国内投资的企业几经收购整合，却依然与我们保持着长期密切合作的关系。"二十多年来，民生集团的产品不断创新改进和优化，企业走向快速发展的道路。

▌ 唯有自信自强，方能落子无悔
"坦然往前走，路就会越走越宽。"

一个利用物联网、云计算研发出来的智能阀门气瓶，看起来平淡无奇，可在其顶端刻印的一个二维码却赋予这个产品全球唯一的身份编码。

为智能阀门气瓶装上"身份证"，是倪加明眺望的结晶。

"随着智改数转的到来，智能化、信息化、数字化将成为必然趋势！"带领企业站稳脚跟后，倪加明并没有陶醉其中，而是敏锐地预见到，国家机械行业发展的重点是环保和节能产业。

于是，企业新产品主攻方向有了新定位：新能源、新材料、节能环保装备。为此，公司不惜重金引进人才，与华东理工、南京理工等进行产学研合作，进军高端装备制造。

"我们不能永远用别人的东西。"2008年，倪加明做出一个震惊同行的决定——自主研发高效大型节能环保换热装备。面对疑问，倪加明没有回应，而是带着研发团队钻到了车间里。

750个日日夜夜，终于，他扛住了压力，研发出国内最先进的"高效大面积不锈钢复合双管板式换热器",彻底打破国外产品的垄断。

核心技术不断提升,产品也渐渐得到国内、国际市场的认可。

"唯有自信自强,方能落子无悔。"近年来,倪加明不惜重金引进人才,与高校院所等进行产学研合作,大力研发高新技术产品,从传统机械制造向高端核能、航天、海工、军工装备等领域进军,先后为几十家世界500强企业提供全球供应链服务。

孤山上,他在眺望未来,也在俯瞰家乡。

当年为了解决全厂职工的生计,他挑起大梁,力挽狂澜。那些追随他的老员工,不仅后来没一个人离开,还把自己的子孙送去学习相关专业,毕业后来到公司应聘,甚至有些老战友,一家三代人都加入了这个行业。

"当你能承担更多时,坦然去接受你的责任。"这些年,只要需要倪加明的地方,总能看到他的身影,扶贫济困、助残助孤助老、助学助医,他和他的志愿团队先后安排了276名退役军人就业,慈善捐款达2800多万元。

世上无难事,只要肯登攀。倪加明说,当你把人生当成美丽的风景,就会感到难事不难,孤山不孤。

★ 创业感言

创业途中,经历了二十多年的风风雨雨,尝遍了企业发展的酸甜苦辣,也收获了许多宝贵经验,让我有了很多感悟:

"创业"是实干家的专有名词。创业成功不是说出来的、不是想出来的,是干出来的。记得创业起步的时候,每天深夜回家后,我还会坐在桌旁拿起本子,记录当天落实的工作,布置安排明天的任务。其实,成功哪有什么诀窍,就是多想、多做、多付出。

"创业"的精髓是"创新"。社会瞬息万变,我们时刻都要有强烈的危机感。要立足于社会、领先于同行,应该求创新,要缩短自己产品更新换代的周期，要做别人没做过的产品，才能应对危机。我们的企业日新月异、飞速发展，依托的就是创新理念、创新文化、创新成果。

"创业"是实施计划的过程。对于创业者而言，要取得成功，要学会花心思预测未来几个月甚至几年的事情。"小企业看格局，大企业看细节。"无论企业发展到什么地步，心里要有远景规划，只有自己的规划变成了现实，才代表创业成功了。

"创业"不能沉迷于"钱"。"建设家乡、回报社会、报效国家、报答党恩"是我创业的宗旨，我一直坚信：如果创业只是为了"钱"，就会失去人生的价值，创办的企业也不会被社会所认可、不配生存于社会。

有几句话和大家共勉：以"恒心"谱写创业创新人生；以"信心"推动事业发展、产业报国；以"红心"忠于党和国家，彰显军人本色；以"热心"回报社会，担当社会责任。

固城湖畔立青松

徐殿闯　高珂生　陆雪峰

江苏·邢青松

邢青松，曾服役4年。中共党员。自1992年起经营螃蟹养殖、销售，2010年组建江苏固城湖青松水产专业合作联社。个人曾获评全国优秀共产党员、全国劳动模范、全国十佳农民。联社发展到社员3200多户、养殖面积14万亩，影响并带动周边近10万农户就业，其中退役军人300多人。

"抱歉，临时接到开会的通知，久等了。

"抱歉，这个电话需要马上接听。

"实在抱歉，您继续问……"

个头儿不高、脸庞黝黑，但双眼炯炯有神，一见面，邢青松就给人留下深刻的印象。采访过程中，因事务繁忙，他时不时礼貌道歉，引起了记者的好奇——

他在忙啥？

▎ 化"钳"为钱

"青松这一路走来,真的很不容易。"与邢青松同年入伍的战友丁小根向记者感慨道。

放弃不错的收入,瞒着父母报名,1983年,原是木工的邢青松来到了部队。

1985年,他向部队首长申请到前线去。在枪林弹雨的战场上,他火线入党,收获了一生的荣耀,也留下了一辈子的遗憾。

"我身边的几个战友都牺牲了,我算是幸运的。"谈起那段经历,邢青松面色沉重,"也正是因为这样,我更加珍惜当下的生活。"

4年军旅生涯很快结束,他转业到南京高淳的一家银行工作。短短几年后,他放弃优厚的待遇,决定下海经商。

"那人肯定是被银行开除了!"一边是众人的议论纷纷,另一边是妻子李爱珍的全力支持:"我有稳定收入,你下海搞砸了,大不了我来养家。你不试,又怎么知道不会成功呢?"

带着妻子的信任,邢青松投身市场经济大潮。与他一起遨游其中的,是高淳固城湖的螃蟹。

高淳水网密集,水产养殖业兴盛,螃蟹尤为肥美。然而,由于方言沟通不便,本地人很少出去销售,更多的是外地人来到高淳进货。这样一来,养蟹人的主动权就落入他人手中。

这被从小生活在鱼米之乡的邢青松看在眼里,他决心带着固城湖螃蟹闯出一片新天地:"只要货好,不愁没有市场。"

然而,现实远不如故土般温情。由于经验不足,对各地市场行情把握不够,他不仅没能化"钳"为钱,反而头两年就亏光了积蓄,还欠了100多万元的外债。

整整半年,他被迫关在屋子里躲债,终日借烟消愁。在烟雾缭绕的房间里,他想起了在前线牺牲的战友。

上过战场的硬汉不会轻易投降。打仗要了解敌情,经商要熟悉行情,邢青松吸取教训，深入分析全国的螃蟹产销市场。

这一回，他拥有了一群新"战友"：村里的乡亲们向他伸出援手，主动将螃蟹赊给他卖，等挣了钱再付款。

捧着村民们的螃蟹，他将感激化作动力，不断钻研销售之道。每天，他拿着5斤、10斤的小螃蟹，分析其中的肉、黄、膏，亲自蒸、亲自煮，把关螃蟹的规格与品质。

对自家螃蟹质量胸有成竹的他，特地购置了一台激光雕刻机，将"青松"防伪标志刻到蟹背上，仿佛在向消费者承诺：如果质量不好，责任算在我邢青松头上！

靠着诚信经营，固城湖螃蟹不仅"游"到了全国各地，还远销海外，为邢青松"钳"出金灿灿的财富。

"蟹"手共富

"以前是骑着摩托车在坎坷的小路上去养螃蟹，现在是开着小汽车在平坦的大道上去蟹塘。"

这句感叹，出自高淳青松水产专业合作社社员徐随彪。

2008年5月，由邢青松牵头，省供销合作总社组织发起，以县水产批发市场有限公司、青松固城湖螃蟹有限公司为骨干力量的高淳青松水产专业合作社诞生了，当时吸纳社员94个。

青松合作社成立时，砖墙镇西江村村民刘小海养殖的40亩蟹塘就在合作社对岸。

当初，刘小海认为自己凭本领养殖，没必要加入合作社。谁料螃蟹大量上市时，价格下滑，面临亏损。

看到青松合作社以每斤高于市场30多元的价格收购社员螃蟹，每个社员出售300斤螃蟹就比拿去市场上卖多收入1万多元，刘小海傻眼了！第二年初，他就向邢青松申请加入合作社。

入社后，有了更多学习培训、交流经验的机会，又有保护价收购的机制，刘小海年年丰产丰收，成为合作社的养殖标兵，养殖面积扩大到

70亩。

邢青松带领大伙儿共同致富的雄心还不止于此。

2010年5月,江苏固城湖青松水产专业合作联社正式成立,联社横跨南京、苏州、无锡、常州、泰州5个城市,发展社员3218个。

"不让一个社员掉队",邢青松说到做到。

社员吴小平养殖螃蟹10多年,养殖效益不稳定,近年来出现亏损。他经常与吴小平谈心,帮助其分析亏损原因,采取相应对策,并从资金和技术上给予支持。

2017年,联社将吴小平塘口作为标准化生态养殖试验点之一,要求按照技术规程生产,技术人员现场指导。通过重点扶持,塘口养殖水平得到提高,养殖效益比其他农户高出30%。吴小平说:"邢青松哪怕是自己亏本,都不让社员受损。"

此话不假。

有的社员不具备贷款资格,邢青松就拿出自己的钱。有位社员向他借了90万元,却不幸突然病故,邢青松背上一笔烂债,却从未吐露不快。

在脱贫攻坚结对帮扶中,青松联社对接砖墙镇大涵村10个农户,其中有6户为螃蟹养殖户。通过养殖技术和产品营销上的指导,联社与帮扶对象"蟹"手走上致富路。

■ "固"牢初心

"他是身体不出问题不回家的。"自从邢青松有了新身份后,妻子李爱珍多有无奈。

2019年7月,邢青松上任高淳区砖墙镇永成村党总支书记。后来几村合并,又任茅城村党总支书记、村委会主任。

有人不理解,村支书"官小事多",好好的合作社带头人,何必自寻烦恼?

对此,这位"小官"没有直接回应,却在上任第一天铿锵道出大目标:让全村总收入实现从0元到1000万元的增长!

立下"军令状"的底气，源于多年养殖固城湖螃蟹的经历。

"螃蟹产业是村里发展经济的主导产业，我想把这个产业再做强一点，做细一点。"为此，邢青松邀请江苏省淡水水产研究所的专家前来考察蟹塘，做技术指导。

致富不仅靠专家，更要靠大家。他四处奔忙，希望把村民个人养殖流转为村集体经济的形式，使养殖水面达到2万亩，实现规模化、标准化养殖。

在他的努力下，原先各自为战的养殖个体户凝聚在一起，起初的一人富裕、合作社富裕发展到全村富裕、全镇富裕。

2021年，茅城村实现村级稳定性收入632万元，比上年增长19.3%。先后创建沈家、张家、青龙桥等美丽乡村9个，累计拆破拆违拆乱67处950平方米，清淤整治村级沟汊14公里，新建村民文化体育广场5处，改造公厕16座，新增生态停车场3个，惠及村民500余户1700多人。

"大雪压青松，青松挺且直。"无论是对本职重任还是时代危局，邢青松始终坚守阵地。新冠疫情暴发后，他从除夕开始没有休息一天，整整两个月日夜守在疫情防控一线，团结带领村"两委"成员、合作联社社员等广大党员和群众，牢牢守住基层第一道防线，确保疫情防控和螃蟹生产养殖两不误。

从军营前线到合作联社，再到担任村党总支书记、村委会主任，一晃近40年过去了。时代在变，岗位在变，但邢青松的初心从未改变。

创业感言

在长期的商海经历中，我发现农民可以增产，但不一定增收。特别是在市场竞争激烈的今天，即使是一个种养殖能手，同样可能遭遇"丰产难丰收"的窘境。

如何改变这种尴尬局面？专卖店可以，我试过，但只能一家一户致富；公司可以，我也试过，但只能实现部分农民致富；而共同致富的最好形式,还是合作社。我参与了高淳水产专业合作社,牵头成立青松水产专业合作社,组建江苏固城湖青松水产专业合作联社,如今联社健康持续发展。

除成立合作社、合作联社外,还要坚持"三好":

一"好",是读几本好书。有空的时候可以读点书,民间有个说法叫"半部论语治天下",读读国学,让自己慢慢有点文化味。

二"好",是看几张好的演讲光盘。这样比读书消化吸收快,特别是与自己的生意和工作有关的内容,真有一种醍醐灌顶的感觉。

三"好",是交一帮好友。物以类聚,人以群分,和一帮好友在一起,才能改变自己。有好朋友的帮助,不愁你的事业不发达。

凤凰归巢

★ 郎丽晴

浙江·张国标

张国标，曾服役4年。1992年创办富春控股集团，产业涉及供应链、智能制造、医疗康养、金融等领域。曾获国家科学技术进步二等奖。累计带动就业上万人，其中退役军人109人。

1

那一天
你是一只离巢的雏燕
走出母亲窘困的背影
从山间的小路
从古镇的黄昏
就这样奔向天空

1976年6月，天气渐渐变得闷热，坐落在六谷湾里的场口中学一片热闹。这一天，张国标的高中生活结束了！

时值"文化大革命"，高考废止。考大学的梦想破灭，张国标带着失落回到山村务农。

他想，农村没几个孩子能和我一样，幸运地读完高中，我在农村也算是个知识分子，如果把学到的知识运用到农业劳动中去，或许能干出一番事业！

黄金村，虽然有着令人神往的名字，却是当时浙江省杭州市富阳常安乡最小、最穷的村，张国标的家就在这里。

他的父母早年是城镇职工，1963年下放农村。老宅12平方米天地，四面土墙，真正的家徒四壁。

父亲吃苦耐劳，在生产队劳作之余，带着张国标的母亲开荒种地。几年之后，家里的状况开始好转。父亲在困难面前不退缩、不抱怨、不气馁的精神深深影响着张国标。

是天天面朝黄土背朝天地种地，还是跟随父亲学做木工？这是摆在16岁少年张国标面前的一道选择题。

爷爷是乡里有名的石匠，父亲是乡里家喻户晓的木匠。出生在工匠世家的张国标最终选择了木工之路。

于是，在常安建筑工程队里多了一位学徒工。大家渐渐发现，这个高高瘦瘦的孩子手里总拿着书专心致志地学习，不禁取笑："一个木工，看什么书啊？用得着吗？"对此，张国标总是笑笑，不说话。

1977年，17岁的张国标胸戴大红花，坐上了驶向军营的火车。

4年后，部队恢复军校招生，经过四轮考试，张国标在团、师、军、军区均已过关，却未通过全军统考。再次与大学失之交臂，张国标继续做一名坦克兵。

时间过得飞快。

1982年，退役回乡的张国标在富阳第二建筑公司继续从事木工工作。和以前一样，他一边工作，一边手不释卷。

用了两年时间，张国标自学完大学课程，顺利通过杭州市人事局考评，晋职为助理工程师，成为常安建筑公司最年轻的生产技术科长。

1988年，张国标迈开经商的步子，创办了富阳第一家装饰企业。他依靠诚信经营获得口碑，很快在业内崛起，掘得第一桶金。

4年后的春天，邓小平南方谈话后，商业意识敏感的他，预感到上海浦东将成为深化改革的重要阵地。

机会终于来了，隶属于县计委的富阳县经济建设集团公司，计划到上海设立接轨浦东新区的开发窗口。张国标主动请缨，成为富阳县经济建设集团公司副总经理，负责筹建上海公司。

1992年8月，由他筹组的上海浦东富春贸易公司正式开业。

2

在他乡
你稚嫩的翅膀翻动着艰辛
你清脆的雁鸣穿透了岁月
你辽阔的视野跨越了千山万水

1992年，张国标带着4个人来到了浦东，开启了浪里淘金式的创业追梦之路。

那时候，为了在浦东站稳脚跟，只要政策允许，富春贸易公司什么生意都做，建材、食品、纺织原料……他们发现，建材生意最为红火。

张国标抓住机会，与上海浦东城市道路管理处建立了稳固的合作关系，成为浦东重点城市道路工程的优质材料供应商。从此，富春贸易公司走上了发展的快车道，一路高歌猛进。

1993年，公司在浦东、浦西租用两个码头建立建材供应基地。

1994年，公司以"挪窝"的方式，租下歇浦路88号堆场，建设自备码头。

1995年，公司在浦东孙桥镇建起第一座两组三立方商品混凝土搅拌站，从原料贸易向同时供应商品混凝土产品的企业转型。

1997年开始，公司在三林镇先后建成2座5000吨级泊位码头。至此，公司的第一个产业园——三林建材生产基地初具雏形。

然而，张国标没有想到，一场毁灭性的狂风暴雨正向他们袭来。

同年8月的一个深夜，随着一阵阵震耳欲聋的雷声，瓢泼大雨倾泻而下，洪水肆虐，顷刻间淹没了三林建材生产基地的厂房，卷走堆放在园区里的成品建材、轻便设备，沙石原料随着水流漂向远方……

雨幕里，张国标身先士卒，既当指挥员，又当战斗员，手持铁锹，蹚着齐腰深的洪水，同大家一起装沙袋，堵决口。

在他的带领下，富春人用背背着，用肩扛着，用手抱着，用头顶着……迅速筑起沙袋堤坝。眼看辛辛苦苦积攒起来的家当一夜之间全部消失，浑身湿透的张国标心如刀绞。

他跳上一垛矮墙，一把抹去脸上的雨水，喊道："大水冲走了我们的这些心血，但冲不散我们的心！只要认准目标，坚韧不拔，就一定能渡过难关！"

随着改革开放的不断深入，1998年，富春贸易公司发生了三件大事：

第一件，与港商合作组建合资搅拌站，不仅解决了企业发展对资金的需求，也让生产规模日益扩大，产品质量大幅提高；

第二件，与同济大学合作，在基地内创立了富春·同济大学产学研基地；

第三件，企业改制，公司落实政企分家，更名为上海富春事业发展有限公司，成为名副其实的民营企业。

做事要求极致的张国标掌舵着富春这艘巨轮，在上海数不清的重大建设工程中，劈波斩浪，一路前行。

3

当春风又绿创业的诗笺

当春晖镀亮不灭的信念

思念的青藤便爬上山顶眺望故乡的眷恋

请看啊

远山的苍穹

归巢的凤凰正徐徐飞来

这些年，黄金村村口香樟树的清香，屡屡沁入张国标的梦境。离家多年，这个生他养他的地方，一直让他魂牵梦萦。

有一年回乡，得知村里要修建饮用水供水系统，他二话没说，拿出100万元，让村民们喝上了干净的自来水。

他有个愿望，就是把自己经济上的积累、社会资源的积累，以及发展理念，引到家乡，让家乡变得既美丽又富裕。

2003年，浙江省赴沪招商引资。张国标觉得，实现回报家乡愿望的时机到了。经过调研，他决定投资嘉兴乍浦港和杭州崇贤港。

京杭大运河是世界上里程最长、工程量最大的古代运河。改革开放后，杭州经济社会快速发展，大运河杭州市区段码头作业区普遍存在散、小、弱、乱、差等问题，严重制约城市建设和经济发展。

2006年，崇贤港项目举行奠基仪式，张国标不摆排场，把省下来的100万元捐给了余杭红十字会。两年后，卸船起吊第一件货品，崇贤港正式开港运营。

随后，张国标在家乡的投资项目如雨后春笋般破土而出：乍浦港富春码头、战略重组杭州加气混凝土公司、中国木雕文化博览城、如意仓、运通网城……一系列项目在省内落地开花。

2007年，张国标做出了一个惊人的决定：收购老字号"张小泉"。彼时的"张小泉"有不少历史遗留问题，员工队伍老化、用人机制僵化、投入能力不足。

为重振"张小泉"这个老字号的雄风，张国标对企业进行了大刀阔斧的整合重组，在富阳东洲工业园区建设了集研发、生产、物流、展示于一体的"张小泉"科技园。同时收购上海"张小泉"，结束了几十年的品牌之争。

如今，"张小泉"这个百年老字号已成功上市，成为A股"刀剪第一股",焕发出新的生命力。

2016年,富春控股在香港组建健康产业基金,借着这股东风,喝富春江水长大的张国标引领公司入股杭州富春山居度假村,并以此为开端,正式开启医疗康养产业建设,而其中的核心浙江大学康复医院业已投入使用。

梧桐树茂,凤凰归巢。新一轮项目正悄悄地以张国标的家乡为中心,在越来越多的城市落地,静静地开出一路繁花!

创业感言

1992年去上海创业前,我在老家已有了自己的小产业。那时大多数人都尚未摆脱计划经济思维的惯性羁绊,不愿也不敢去有风险的大环境,朋友也劝我不要冲动,但我坚定地认为,创业就是要敢想敢闯、不惧未知,否则就永远迈不出第一步。

创业初期,也许是一个人或一个团队在发挥主要作用。但企业要想博得更稳定、更长远的发展,学会"借势"就显得非常重要。不断地与知名企业、高校、机构开展多元化合作,我和团队经营企业的这一路,其实就是合作共赢、资源共享、优势互补的过程。通过资源整合,推进产业发展,又在合作过程中不断发现多样化的契合点,创造更多协同。

这个时代,一切都变化很快,整个市场环境日新月异,但我想,敢想敢闯、不畏从头开始,整合资源强强联合,应该是永不过时的真理。

"戴班长"的转型足迹

竹雨君

浙江·戴虎斌

戴虎斌,曾服役8年。中共党员。2016年创办浙江库里环保工程有限公司,主营新型环保材料的研发。个人曾获评浙江省第一届"最美退役军人"。公司创办以来,累计带动200余人就业,其中退役军人66人。

8年前,父亲送他光荣入伍;
8年后载誉而归,父亲却要与他断绝关系。
10年前,他"零基础"自学地坪工艺;
10年后,他从1万元起步,做到7600多万元产值,江浙沪行业第一。

从白手起家,到野蛮生长,再到今天的行业标兵、头部企业,他经历了怎样的人生历练?

外出打拼
砸碎"铁饭碗",开启"沪漂"生活

2001年12月,一辆由南往北行驶的列车载着高中毕业的戴虎斌,把他送到辽宁兴城,成为武警某部的一员。

从新兵到老兵,戴虎斌全力苦练军事技能。但身材瘦小的他由于"先天不足",训练标兵的大红花一直没有挂到他胸前。

东方不亮西方亮。业余时间,他读书看报、撰写文章,不久就被选任连队文书。2004年,在团里组织的新闻报道员培训中,他脱颖而出,被调到宣传股报道组。

随着作品不断刊登在各类报刊上,戴虎斌的名气越来越大,被作为提干对象重点培养。

命运总是在猝不及防时给人当头一棒。

"当时,由于所在单位出了一起责任事故,提干和奖励指标都被取消。"聊起这次与机遇的"擦肩而过",戴虎斌难掩失落。

2009年12月,带着发表的118篇文章、3枚三等功奖章和5本"优秀共产党员"证书,戴虎斌回到家乡。

作为村支书的父亲,特别希望他能到体制内工作,选择一个相对体面舒适的岗位。经过笔试、面试,戴虎斌凭借厚厚的作品剪贴本,被上饶日报社聘用。

然而,工作了两个多月后,他却果断辞职。

"你不要这个工作,就是不孝。如果辞职,咱俩就断绝父子关系!"戴虎斌放弃"铁饭碗"的选择,让父亲无法接受。

父亲勒令他签下"脱离父子关系协议"。他被"扫地出门"。

2010年,在跪拜父母后,带着5万元退役金,戴虎斌拉着行李箱,开启了"沪漂"生活。

初入商海
一个包子铺，亏损四万元

初到上海的戴虎斌，没有到市里去见世面，而是来到郊区寻找商机。

"市区机会多，但门槛也高。我在郊区转了很久，发现有几个住宅小区入住率非常高，周边却没有配套的早餐店，这件事大有可为。"戴虎斌做起了市场调查。

"一个小区进出3000多人，不算老人、孩子，还有2700多人，再乘以一定基数，评估有多少人有早餐需求……"每天清晨天还没亮，他就蹲在小区门口，拿着本子写写画画。

"有市场，卖什么呢？"尝遍了周边的包子铺后，戴虎斌联合几位退役战友，选择了一家天津包子铺合作，7毛钱进货，1元钱出售，并采购了能保温6小时的进口保温箱。

但贩卖包子毕竟利润空间有限，他们决定自己开包子铺。

包子生意虽小，做起来却不容易。起初，戴虎斌聘用了一位师傅，但随着生意越来越好，对方索要的股份也越来越高。"生意好做、伙计难搁"，最终因利益分配问题，他们分道扬镳。

戴虎斌撸起袖子，决定自己研制配方。虽然通过分析研究，戴虎斌掌握了一定的配方和克量调剂，但味道确实不如师傅的手艺。一算账，戴虎斌亏损了4万元，这几乎是他的所有家底。

痛定思痛，他决定重新选择赛道。

转移阵地
盯准地坪，制造"邂逅"

2011年，因为女朋友的缘故，戴虎斌来到浙江台州。台州是国家级小微金融改革试点城市，也是民营企业家的发源地。

"每天听到的都是创业故事，充盈耳旁的都是生意经，身处其中，我受到很多启发。"戴虎斌入乡随俗，很快跟上节奏。

一次，与朋友闲聊，戴虎斌发现环保地坪工程前景可观。只要肯学、肯干、肯钻研，就能掌握这门手艺。

为了掌握施工技术，他来到杭州余杭，跟着有经验的师傅在工地打下手、做学徒。白天在工地干活儿，晚上捧着书本钻研。包里装的、桌上摆的，都是各种地坪工艺的资料和书籍。

七天后，他"毕业"了。他和妻子来到台州临海，一边继续自学地坪技术，一边开拓本地地坪市场。

地坪行业的主要服务对象是工业企业，大多远离市区。为了省钱，戴虎斌花600元买了辆电动车。

"为了省电，遇到下坡路，我就把电源一关，借惯性溜下去，再蹬几脚，溜得更远。"

后来，他索性骑自行车去谈合作，为此遭遇了不少冷眼。"骑自行车谈业务时，说找谁保安都不让进，我只能把自行车停到远处，再走进去。"

就这样，他一个工地一个工地跑，一家企业一家企业谈。有时，为了一项工程，他甚至要往施工场地跑上几十趟。试做样板时，他就搭个简易帐篷席地而睡，每隔一小时观察一次样板发生的动态变化。

为了第一桶金，戴虎斌可谓"煞费苦心"。

徐总是戴虎斌的潜在客户，每天早上都会出门晨跑，戴虎斌便早早起床，制造"邂逅"。通过几天观察，他发现这位徐总跑步姿势有点问题，就主动交流，畅谈科学跑步技巧。

没过多久，徐总的企业招标，他带着标书来到公司，碰巧从徐总办公室路过，一向反应灵敏的他迅速上前，作了简短的自我介绍。

经过努力，他中标了这笔168万元的业务。

有了瓷器活儿，更需金刚钻。仅有几万元资金的戴虎斌为了说服合作企业，经过认真测算，签了一个"对赌协议"，他让挂靠的公司给他先发15万元的材料，对赌15天后第一笔付款50万元到账，如果不能到账，合同无偿转给挂靠公司。

戴虎斌打的第一仗，赢了。

品牌打造
创建"兵匠"，续写精神

吸取上海创业失败的教训，戴虎斌从企业内部架构、市场定位、知识产权、风险评估、品牌设计等进行系统思考谋划。

2016年，他在临海创立浙江库甲环保工程有限公司，主营新型环保材料的研发施工。

"让地坪环保工程成为'会呼吸'、有生命力的放心产品。"经过五年多的奋斗，戴虎斌的公司业务从临海扩展到江浙沪地区，业绩不断攀升，四梁八柱不断完善。

长期以来，国内建筑技术工人专业技能和服务精神离工匠要求有一定差距，针对这些痛点，戴虎斌进行了探索。

"退役军人优势明显，比如他们动手能力强，上手快，关键是退役军人精神怎么和工匠精神相融合。"为此，他提出了"兵匠"品牌的概念，即"军人作风+工匠精神"，这是对"工匠精神"的弘扬和延伸，也是他的核心竞争力。

在市场定位上，他坚持专注专业，用"兵匠精神"和闭合思路对接服务客户，利用客户倒逼自身成长；在团队建设上，坚持准军事化管理，区别游击队作风和打法；在业务拓展上，坚持深耕细研，研发了防静电、超平、防腐蚀、高洁净等各种功能的地坪；在施工方法上，坚持把每一道工序做扎实，每一个环节的质量都过硬，力争美观实用，10年不需要翻新。

2019年，戴虎斌探索开设"专业技术系统培训+职业规划+扶持创业"的退役军人职业模式，倡议将"兵匠精神"转化为专长能力，帮助更多退役军人学技术、学管理，成为"兵匠精神"的排头兵。

截至目前，他累计带动200多人创业就业，其中60多人为退役军人。他也成为地坪环保工程领域的"一班之长"——"戴班长"。

如今，"戴班长"已经带领"兵匠"们先后赢得阿里巴巴、网易、云南白药、瑞士诺华、康恩贝等国内知名企业的项目建设，多个项目荣获中国地坪行业十大项目奖。

从对地坪行业一无所知的"门外汉"，到行业标准制定者、业界专家，从落后到追赶直至引领，戴虎斌坦言，之所以能一路赶超，"是因为骨子里流淌着军人的血液"。

创业感言

我的团队之所以有较强的向心力、凝聚力和战斗力，是因为部队的精神根植于我们的血液、灵魂和日常生活当中。也正因为部队能力的有效转换，在面对社会竞争时，我们才能雄赳赳、气昂昂，有别于其他团队。

我们是中国工业地坪单项总包的创始团队，也是这个行业的最大受益者。因此，我们也想成人达己，让更多的退役军人参与到我们的行业当中，用特有的军魂打造一家专属于退役军人的公司，做大自己、做强自己，回馈社会，也回馈退役军人家庭。

希望我们能带领更多退役军人，在中国地坪高质量发展的道路上继续砥砺前行！

晶莹的世界

★ 吴永煌

安徽·王怀彬

王怀彬，曾服役5年。2012年创办安徽省徽玻玻璃股份有限公司，主营高档高硼硅玻璃器皿。公司创办以来，累计带动780余人就业，其中退役军人95人。

"欢迎来到我的晶莹世界。"

2022年国庆假期，大街小巷四处洋溢着浓厚的节日氛围，王怀彬却早早来到公司，等待朋友带客商来参观。

公司的产品陈列展览室是王怀彬最引以为傲的地方。

闲暇时，他总会信步其中，每次都像初见时那样兴奋，微笑着端详，情不自禁地抚摩……

推开门，在灯光的映照下，彩色的金丝绒映衬着一排排玻璃器皿，锃光闪亮、晶莹剔透。

一个个作品，诉说着王怀彬创业的足迹。

▎关停：企业关了，心也碎了

走上创业之路，王怀彬自己也始料未及。

1980年，从军5年的王怀彬脱下军装，被分配到安徽蚌埠的玻璃厂工作，先是当了供销科科长，后来又做了厂长助理。

时间一晃到了1997年，王怀彬通过一步步努力，当上了市新天化工总经理。

十年后，因企业改制，他任市新黄山玻璃制品有限公司工会主席、总监、党委书记。

几年后，王怀彬步入不惑之年，然而企业的最大危机来了。新黄山玻璃制品有限公司因处于市中心位置，严重影响城市环境质量，企业必须关停破产，近千名员工面临失业。

"这是蚌埠市唯一的玻璃生产企业，厂子一拆，我的心就像那些玻璃一样碎了，大家的心也碎了。"王怀彬满心不舍。作为企业的主要领导干部，企业是在他任上关停的，他感到非常愧疚和自责。

"不能让大家没有饭吃啊！"王怀彬在房子里来回踱步。

他做出了一个重大决定：另起炉灶，自己创业。

再三考虑后，王怀彬决定投资玻璃行业环保节能电炉，提升玻璃生产技能，生产高硼硅玻璃产品。

2012年12月，王怀彬创办的安徽省徽玻玻璃股份有限公司在蚌埠市龙子湖区正式成立。

但这仅仅是创业的一小步。从选址、筹资、征地、建设，到采购设备和安装及人员技术培训，又花了近四年时间。

2017年8月，公司玻璃器皿首座生产车间终于竣工投产。

戏台搭起来了，却没有人唱戏。高硼硅玻璃器皿生产工序很复杂，需要运用高科技手段，特殊高温工种要采用智能机器人。而这些，公司都不具备，最缺的还是懂行的人才。

然而当时，整个安徽都没有懂得高硼硅玻璃器皿的技术人员，高硼硅玻璃产品在全省市场上尚属空白。

企业要发展，人才是关键。

"借钱也要请技术人员。"很快，他从江苏徐州到山东青岛，以高薪请来了10余名技术骨干。

初产那些天，王怀彬每天都会戴着红色安全帽，走到燥热的生产车间察看。看着炉里滚烫的熔浆和出来的玻璃成品，王怀彬皱着的眉头终于松开了一些。

炉子里的熔浆是滚烫的，他的心也是火热的。

销路：一丝机会，打开市场

无论人怎么努力，市场总是残酷的。

"王董，人家不知道咱们的产品，不敢贸然接受。"合肥那边传回了消息。

"他们没有用过，不放心。"安庆那边也传回了消息。

"人家看都没看，就把我们打发了。"宿州那边还是让人失望的消息。

第一批产品出来了，派往大江南北的销售员却都被拒之门外。

"产品卖不出去，员工拿不到工资，还怎么干？"巨大的压力砸在王怀彬的心上。

那天下班，他没有回家，独自来到淮河边，任凭河风吹拂，凝神望着滔滔东去的河水，心里翻江倒海。

"王董，要不您先联系联系熟人，亲自跑上一趟，打开一个市场，兴许一传十，十传百，咱们就有希望了。"第二天，他走进办公室，助手提了这样一条建议。

"有道理，星星之火可以燎原！"他思忖了一下，随即给老客户打去电话，领着销售员逐一登门拜访。

"可不可以先试用产品？"在蚌埠市一家银行，王怀彬听到这样一句话。

"可以可以。"他抓住这一丝希望，连连答应。

试用非常满意，他和银行成功签了第一笔业务。

经过一年多的市场开发，公司进入发展的快车道，订单量越来越大，产品不仅畅销国内28个省市，甚至延伸到国外，涉及中东、日韩、欧美许多国家和地区。

三年过去了，公司先后获得了国家质量管理体系、职业健康安全管理体系、环境管理体系等认证书，通过了美国BSCIC级、沃尔玛验厂认证，获得安徽高新技术企业、省级绿色工厂、省企业技术中心、省专精特新企业、战略性新兴企业、规上企业等称号。

目前，公司共有4条生产线，生产高硼硅玻璃保鲜盒、烤盘、水晶煲、沙拉碗、搅拌杯、电饭煲内胆6个系列产品。

此外，公司还有2条钢化产品和开模压制生产线，在原有的6个系列产品的基础上延伸——积极开发凸边产品。产品耐高温，可用于烤箱、微波炉、洗碗机、冰箱等。

到了2021年，公司销售额已达2亿元，2022年，生产能力预计达到4.5万吨。

产品质量是企业生存和发展的根本保证。

"对质量一定要抓好、把好关。所有产品的合格率要达95%以上，不达标的、客户不满意的一律销毁，重新回炉生产。"这是王怀彬在每次会议上都要强调的。

一次，客户在验收产品时，发现其中一个产品底角有点不平整，但也没有提出任何意见和要求。

其实不仔细看，根本发现不了，也不影响正常使用。然而，送货的营业员注意到了这点，马上走上前，把那个产品拿了出来，带回了公司。

"做得很对！立即再给人家补一个，我也一起去送，还要在货单上减去那个产品的价钱。"王怀彬听后肯定了营业员的做法，并与营业员一起上门赔礼道歉。

一个玻璃器皿产品虽然不值几个钱，但让客户看到了诚意，生意就这样越做越大了。

反哺：晶莹事业，璀璨内心

"天气冷了，我们想给辖区养老院送一些防疫物资和生活用品。"王怀彬给蚌埠市龙子湖园区管委会打去电话。

2021年秋大，安徽省新冠疫情反复，蚌埠市防控形势严峻。

"我们在创业的时候，没少得到政府帮扶，当地老百姓也对土地拆迁给予很大支持。抗疫的关键时期，我们应该做点什么。"他把这个想法提交到公司领导层紧急会议上，集思广益。

为人民服务，不光是部队的一句口号，而是刻入王怀彬骨髓的信念。

1974年，19岁的他背上行囊，戴着大红花，从安徽宿县出发了。

"每次遇到险情和困难，部队都冲锋在前。"王怀彬把"为人民服务"的宗旨牢记在心。

现在，他生活了四十多年的城市遇到困难，爱心捐赠成为他的第一反应。

"马上要入冬了，最需要的应该是吃的、穿的、铺的、盖的。"

公司管理层很快统一意见，决定给园区养老院捐赠一批急需的过冬物资，还有可供日常使用的玻璃制品。

抱着暖和的棉被和枕头，养老院的老人们笑了。

李楼乡卫生院在公司附近，全院医务人员全副"盔甲"，宿住帐篷，坚守卡点，安全消杀，抢救病人，检测核酸……

王怀彬得知后，赶紧安排公司总经理王鹏带领行政工作人员，给李楼乡卫生院赠送一批玻璃保鲜盒及生活物资。

捐了多少次，价值多少钱，他已经记不清了。

员工小张由衷感慨："王董做人做事，没得说，和我们生产的玻璃一样，亮晶晶的。"小张下岗失业后，王怀彬找到他，给他和爱人提供了岗位，并解决了孩子就读学校的问题。

"生活在晶莹的世界里，心里理当一片明亮。"王怀彬说。

创业感言

人生苦短，不可荒废。部队是一个磨练人生意志的大熔炉。我的意志就是在部队培养出来的。

天生我材必有用。被动下岗是无奈，我主动下岗，另起炉灶，就是意志，是情结，放不下晶莹的事业，放不下失业的员工、战友。

创业艰难百战多。创业说起来简单，做起来却有诸多不易。只要思想不滑坡，办法总比困难多。我已是年过花甲的老战士了，但始终以一名新兵的姿态迎接每一天。

各位战友，我们每个人都有钢铁般的意志，每个人也都可以拥有自己的成功。愿战友们在新时代的新征程中，一起走向未来！

让"拦路石"成为"垫脚石"

★ 董志文

安徽·李志

李志，曾服役20年。2020年自主择业创办安徽省立昂文化传播有限责任公司。公司成立以来，累计带动就业187人，其中退役军人103人，公司高管中退役军人占比超过55%。

"河南暴雨需要救援，谁跟我一起去？"深夜，李志赶到公司，紧急组织开会。

"我！"异口同声，同是退役军人的战友们，齐刷刷地举起了手。李志眼前的画面渐渐与回忆重合。

14年前，17个昼夜，他也是这样，冲在汶川地震现场救援第一线，铲淤泥、清道路、搬物资……

17岁参军，走进火箭军工程兵方阵，从鏖战国防施工前沿，到冲锋抢险救灾一线，再到投身商海开拓市场。李志的面前，从来不缺困难。

一次次清理，一次次翻越，他将"拦路石"踩在脚下，成为"垫脚石"……

▍ 时隔18年，他重新成为班长的兵

2020年12月11日，李志脱下穿了20年的军装，内心感慨万千："军装就像我的另一层皮肤，脱下的那一刻，既难舍，更心疼！"

安徽广德，家门口山头上的竹子青翠多姿，当年风华正茂、17岁走出家门的少年，归来已近不惑之年，只有背包中的4枚金色奖章，记录了少年一路的苦与乐。

事业归零，心态也归零。面对亲友的满脸疑惑，李志放弃了政府安置，仅在家待了三天，就背起行囊直奔羊城广州。

他心里憋着一股劲儿："在部队当工程兵，没有啃不下的硬骨头，回地方自主创业，也要干出个好样子！"

"竹子在前4年生长中，竹芽只长3厘米，而第5年，竹子破土而出，每天以30厘米的速度生长，仅6周时间便达15米。"李志深知，要想在创业的道路上走稳走好，必须要像竹子一样练好内功，厚积薄发，才能一鸣惊人。

繁华的广州流光溢彩，李志却没有心思游览，第一站去找了老班长张小合——广州楒科集团有限公司董事长。

时隔18年，他重新成为班长的兵。他跟在张小合身边学公司经营、学项目运营、学人员管理……

广州跟学归来，李志成立了安徽省立昂文化传播有限责任公司，业务涵盖国防教育、拓展培训、物业管理、安保服务和青少年夏令营等多种板块。那时候，不少人觉得毫无经商经验的他太冲动，过于冒进。

可鲜有人知道，李志骨子里就有一股不服输的劲头。

当兵第三年，他在岭南山区参与某项大型国防施工任务。上级下达了一项超乎寻常的施工任务：沿170度陡坡，30天内完成12米隧道掘进工程。

碰头会上，不少骨干面露难色。李志一拍胸脯："我是一班班长，一班就要争第一，这个任务一班啃。"

让"拦路石"成为"垫脚石"

说得轻松,干得真苦。斜坡掘进,有时立脚都困难,风钻一打,碎石灰尘哗哗往脸上落。

作为班长,李志带头拼了命,风钻只要轮到他手里,抱住就不松手,双手虎口震裂,筷子都捏不住,班里的12名战友看着班长拼了命,个个也奋不顾身地跟上。

一个月时间,李志带着大家掘进了24.5米,超额完成一倍的施工量。任务验收那一天,上级领导用不可思议的眼神上下打量着眼前这位19岁的壮小伙。

创业,对于李志来说,无疑又是一座更加陡峭的山头、一块更加难啃的硬骨头。但20年的军旅磨炼,不怕难不服输的精神就像肌肉记忆一样,越是困难重重,李志越是冲锋。

一场免费培训,叩开客户之门

李志抱着两床被子,直接住进了公司。公司刚成立不久,没口碑、没业绩,打不开市场,他急得蹿火。

"人员素质过硬,服务质量优质,但是好不好,空口无凭。"怎么办?李志那段时间整夜睡不着,在简易床上翻烧饼似地想出路。

创业很累,创始人更累。业务总策划、销售总顾问、财务会计……十多个身份、责任、担子都汇在他一个人身上,比在部队施工工地累得多。

以前晚上在阵地拆卸模具,1.2米长、20多斤重的模具板,他一次能扛五六块,一晚上从阵地里扛出700多块,累得直不起腰,但第二天补个觉,又是生龙活虎。可创业后,哪里都要想,哪里都要干,浑身蛮力使不上,急得他直拽头发。

公司成立短短5个月,李志的眼圈越来越黑,刀刻般棱角分明的脸上平添了不少皱纹,原来满头的黑发,现在鬓角已变得花白。

最后,他绞尽脑汁想出一辙:免费开展自救知识培训,让客户先体验再选择。

自救知识培训,李志经验丰富。14年前,他曾参与汶川地震救援,在映秀镇连续奋战17个昼夜。

说干就干！编教案，搞演示……李志带着宣传册开始逐个走访广德市企事业单位、大中小学校，免费提供自救知识和军事拓展训练。

然而登门拜访，最怕遭遇闭门羹。2021年夏天，李志去了一家科技企业。头顶烈日，好话说尽，后背汗水浸透，可保安大爷仍直摆手，死活不让他跨进门槛。

满脸无奈的李志坐在滚烫的路牙石上，一口气喝掉整瓶矿泉水，一把抹掉脸上的汗珠，又朝门口走去，保安没见过这样执着的人，最后被说服，将他放行。

"有时也想过放弃，但一想到身后跟着的一群战友，再大的委屈也算不得什么。"靠着不服输的精神，李志带领团队跨过一道道"坎"，成功走访广德市300多家企业、50家培训机构、15所学校，成功举办500多场次的自救常识培训，累计培训5700余人。

这场培训活动结束后，先后有30家企业和学校找到李志，邀请他们承担军训、拓展培训和物业安保工作，公司业务很快多点开花，赢得客户。

短短一年时间，公司从不足10人的小团队发展到员工100多人，成为当地小有名气的企业。

跟着李志四处拜访客户，退伍老兵王全森感触最深：他眼光犀利，总能看到商机，关键是敢拼命、有冲劲，总能把"拦路石"踩在脚下成为"垫脚石"。

▎脱下了军装，却脱不下心上的戎装

在宣城市特殊教育中心，有240多名学生，大多是聋哑或有智力缺陷的孩子。

2020年，安徽省立昂文化传播有限责任公司承接了特殊教育中心的物业安保工作。

从此，这里增加了国防知识培训、趣味军事技能体验课程，用上了老兵们捐赠的图书和文体用品。孩子们还来到国防教育基地，接受国防教育。

接手项目之初，李志和公司主管一合计，决定将项目70%的盈利回馈给孩子们，公司仅留下30%的盈利用来维持项目运行。

2021年以来，公司累计回馈特殊教育中心30多万元，帮助改善孩子们的教学和生活环境。

李志团队的到来，让特殊教育中心的"折翼天使"们有了更好的环境、更多的快乐时光。

李志公司的员工90%以上都有从军经历，虽然脱下了军装，却脱不下心上的戎装，始终保持着炽热的情怀。

2021年7月下旬，河南郑州遭遇特大暴雨，不少地方受灾严重。看到新闻后，李志坐不住了。

当晚11点半，办公楼灯火通明，李志带着公司骨干，连夜制订救灾方案，置办物资器材。

第二天一早，他带着由7名老兵组成的救援小分队，直奔河南新乡。

对接联络、分发物资、执行救援任务、组织救援队铲除淤泥、清理道路、搬运物资……李志有过汶川地震救援经验，到达当地后，迅速进入战斗状态，经常干到凌晨两三点。

有人问起他们是谁，李志总是习惯性地说一句："我们都是退役老兵！"

创业感言

在部队20年的国防施工，整日和石头、钢筋水泥打交道，从未想过有一天自己会出来创业。当脱下军装，看到眼前"自主择业"这座高山时，骨子里就不自觉地迸发出豪情，想翻过去看看不一样的风景。

目前，我不算是创业的成功者，只是创业的尝试者。回看一年多的打拼历程，不禁感叹退役军人创业的辛苦。大部分战友回到地方缺技能、缺经验、缺资金，近两年，部分市场主体生产经营困难也在增多，给退役军人就业创业带来了不利影响。

但是，拥有从军经历的我们，优势也很明显，主要体现在以下三点：

一是做事更专注。退役军人做事更加执着、专注，坚定心中的目标，做到认准"华山一条路"，不登顶峰誓不休。

二是工作高标准。在部队，标准就是规范，标准就是高度，标准就是战斗力。做任何工作都有标准，且始终坚持高标准，能让我们在创业过程中少走弯路。

三是抗压能力强。很多退役军人创业失败之后，还能保持头脑清醒，跌倒之后迅速站起来，满怀希望、坦然应对，不向困难服输，不向挫折低头。这股冲锋的精神能帮助我们不断战胜困难，增添走向成功的底气。

当军人精神遇到物业管理

★ 周燕红

福建·吴建利

吴建利，曾服役29年。2017年进入天利仁和物业服务股份有限公司，该公司的主营业务是物业服务。公司创办以来，每年带动就业近1000人，其中退役军人100余人。

那段时间，吴建利总会独自在海岸边徘徊。服役29年，他的军营时光多半是在海岛上度过的。直到2016年，适应军改要求，他所在的陆军海防旅要改编为海军陆战队，从福建移防到广州。作为海防旅政委，他走到了人生的十字路口。

退休？计划分配安置到政府机关？还是自主择业到市场经济大潮中闯一闯？这天，站在走过无数次的海岛岸边，望着一浪盖过一浪的波涛，他的心中有了答案。

▎当青春遇上海岛

听涛20余年，吴建利的青春和海岛一路相伴。

1991年，从南昌陆军学院毕业后，吴建利来到位于福建厦门的陆军某海防团，从此驻守在祖国东南海防前哨，守护百姓安宁。

岛上风光旖旎，守岛生活却很艰苦。由于交通不便，好几个月才能出一次岛。官兵们便自己在岛上锄地种菜、养鸡养鸭、挖井打水，保障基本生活。

岛上条件艰苦、生活寂寞自不必说，最怕遇上台风天气，辛辛苦苦种的蔬菜常常被打得七扭八歪，甚至连根拔起。每当这时，别说吃菜，连喝水都成了问题。台风常常一刮就是十天半个月，是他们最难挨的日子。

此外，岛上有"三多"：蛇多、老鼠多、蜈蚣多。"有时睡到半夜，会被蜈蚣咬醒。"

东南沿海前哨，大大小小的岛屿，都留下了他的足迹，见证了他20余载青春岁月。艰苦的海岛生活不但磨砺着他的身体，也锤炼着他的能力。他从副连职排长干起，一步步成长为海防团政委、海防旅政委，习得一身带兵的经验、做思想政治工作的特长、解决问题的能力。

带着这些本领，他能否在市场经济大潮中觅得一席之地呢？

▎当退役"新兵"遇上企业管理

才见了宋董一面，刚刚自主择业回到厦门的吴建利就决定跟着他去漳州，共同打拼事业。

2016年11月，在老战友的引荐下，吴建利认识了宋董——福建省漳州市天利仁和集团公司老总，一名从军分区转业地方多年的退役军人。

出于对退役战友的天然感情，宋董自1999年创办公司开始，就大量聘用退役军人。听说在部队多年任旅团主官的吴建利要转业，他特意开车从漳州来到厦门，面对面招揽人才。

一顿午饭的工夫,两位老兵越聊越投机。午饭结束后,吴建利坐上宋董的车,来到漳州和他并肩作战。

作为一个退役"新兵",吴建利对企业经营管理一头雾水。为此,宋董给他安排的第一份工作是人事经理助理。

人事经理是一个30多岁的小姑娘,吴建利成为她的"小跟班",跟着她熟悉了解企业经营管理。半年多时间里,他跑遍了公司的50多个物业管理项目,还考了二级人力资源管理师证和二级心理咨询师证,学习现代企业管理方法。

很快,吴建利"出师"了。宋董交给他一个全新的任务:前往厦门,创办分公司。

2017年夏天,吴建利带着三四个人,来到厦门开疆拓土。

租赁场地、注册公司、办理资质、招聘员工……一个多月后,天利仁和物业厦门分公司就参加了招投标。

他们接手的第一个项目是一个已建成二十多年的老旧小区,业主们对前一家物业公司不满意,但面对这么一个刚成立的新公司,他们眼里也满是怀疑。要接手这个项目,必须三分之二以上业主同意才行。

为了获得这个机会,吴建利邀请业委会代表坐车来到漳州总公司参观。看到他们在漳州管理的物业项目秩序井然、口碑满满,业主们放心了,吴建利和他的同事们获得了厦门分公司的第一个项目。

9月30日晚上12点,项目转接。吴建利请了10位保洁,第二天一早,就把院子、楼道、外墙彻底打扫了一遍。看着焕然一新的小区环境,国庆度假回来的业主们惊呆了!

小区外围店商前面的场地,之前被店主们堆放着杂七杂八的货物,业主开车经过很不方便,时不时会引发争吵。物业公司积极协助业委会沟通店主、划定红线,规范划线作为公共停车区域,收取的停车费归小区公共收益。

很快,小区车辆停放有序了,垃圾不再乱扔了,业主们也不会因为停车位不够而吵架了。

吴建利还提议并协助业委会,在小区建立老年活动中心,老人们可以在这里打牌、下棋、聊天，小区开展党建活动也有了专门的场地。

到了节假日，小区被装点得喜气洋洋。过年的时候，居民们可以参加猜灯谜、拔河比赛、百家宴活动。物业公司领导则和业委会同志一起去看望小区老人……

当年年底，这个小区的物业收费率从原来的80%多提高到96%以上。如今的小区，是厦门市党建示范小区、垃圾分类先进小区、文明小区……

当物业公司遇上军事化管理

很快，公司发展势如破竹。

第一个项目成功后，吴建利把成功模式复制到其他项目。随着接管的物业项目越来越多，天利仁和物业公司很快在厦门地区小有名气。

厦门分公司步入正轨后，吴建利被调回漳州总公司任总经理。接着，他和团队一道，先后在福建省其他地市成立分（子）公司，并往安徽、江西、浙江、湖南等地开拓。该公司管理的物业项目从2017年的50多个扩展到现在的200多个，营业收入也从2017年的4000多万元提高到现在的4个多亿。

一个从军29年的转业"新兵"何以能在短短几年带领公司快速扩张？吴建利说："是部队的管理经验发挥了重要作用。"

他们在总公司下面设分公司，在分公司下面设项目组，每个项目设置项目经理、客服主管、保洁主管、工程主管、保安队长，相当于部队团下面设营，营下面设连，连队设连长、指导员，一级一级抓管理。

"物业管理和部队管理有很多相似之处，只要把服务流程标准化、制度化，管理起来就简单多了。"

吴建利牵头制定《员工手册》《工作指南》等，对物业服务的内容、标准、流程进行了详细规定，要求新入职的员工每天读一遍，直到烂熟于心。

如今，在天利仁和物业，所有员工都知道这样的纪律：所有人员需定岗定责，强化记录和监督；员工按规定统一着装，举止文明、态度和蔼、语言亲切；搞好本岗位清洁，关注公共卫生；不论何时何地都要接受业主报事报修，做到"不忘事、不漏项、业主找到一定帮到"……公司在吴建利的带领下形成了独特的企业文化。

在天利仁和物业公司，实施早班会、周例会、月度会议制度，设立"服务之星""退役军人示范岗""党员示范岗"，鼓励大家创先争优。

"这都是借鉴部队的管理经验。"吴建利说。

当退役军人遇到特殊关爱

得知病情，陈卓良盘算着把家里的房子卖掉，给自己治病。

陈卓良在天利仁和物业公司工作十余年，从保安干起，打拼到项目经理，并买房成家。然而，2017年他突然被查出患淋巴癌，双腿无法行走，需要将近20万元的治疗费用，而且风险极大。

正当他要卖房治病时，公司得知他的情况，集团总裁带头捐款10万元，员工们也纷纷捐款。这十几万元刚好够做手术，房子保住了，他的命也保住了。

"我这条命是公司给的。"痊愈后的陈卓良仍然回到公司，奋战在物业管理战线上。

这件事发生后，天利仁和公司成立了员工救助基金，由大家自愿从每月工资中拿出三五十元，作为基金的30%，再由集团公司出另外70%，用于帮助遇到困难的职工。公司先后支付40多万元救助5名员工，突发脑出血的退役军人、项目经理郑清元就是其中一员。

在天利仁和物业公司，对退役军人总是厚爱一分。

他们和漳州市退役军人事务局签订战略合作协议，长期招聘退役军人。公司现有400余名退役军人，其中分公司总经理全部是退役军人，200多名项目骨干是退役军人。

为了服务好这些退役军人，公司设立了退役军人服务站。每逢"八一"，服务站都会组织联欢活动。而在平时，退役军人在职务晋升、福利待遇、家属就业等方面也会得到倾斜照顾。

投之以桃，报之以李。在这个大家庭里，退役军人们集结起来，成立了志愿服务队伍。在大街小巷，在应急救援、抗疫、献血等工作中，总能看到他们闪亮的身影。

每当此时，吴建利总是走在最前面。

创业感言

很多人问我：作为部队师团级领导，本可以转业安排公务员，平淡顺利地度过退休前的十来年时间，为什么要选择自主择业到企业重新开始？

我感到，自己在部队近30年，干过机关科处长、旅团主官，拿过枪杆子、握过笔杆子，就是没有拿过算盘子；干过军事、政工，就是没干过经济。剩下10来年时间，干干企业，充实完善自己的人生。带着这一想法，转业当年我就加入了天利仁和集团公司。

初入"新战场"，我调整心态，放下身段，从零开始，重新学习，甘当小学生。在与客户、业主的接触中不提过往，虚心沟通，赢取信任。在工作实践中，认定目标，再苦再累也咬定青山不放松，遇到困难挫折坚定意志不言弃。运用在部队学习积累的思想理论、组织方式、管理经验，对公司对项目推行军事化、制度化管理，实现了企业规模和效益的倍增。同时，我始终带着军人的情怀，既服务客户业主、守护安宁，更服务退役军人，让曾经"最可爱的人"成为企业"最有用的人"，先后感召400多名退役军人入职企业续写荣光，企业也被评为"全国退役军人服务保障先进单位"。

从军实现了我保家卫国的梦想，创业丰满了我的人生经历，我将继续奋发努力，不忘初心、不负时代。

47载耕耘，迎来杏林花开

★ 谢嘉晟

福建·郑光亮

郑光亮，曾服役30年。中共党员。2005年创办厦门光亮骨科医院。个人曾获评"第七届全国建设新农村杰出复转军人"。医院创办以来，累计带动1000余人就业，其中退役军人300人。

清晨6点，许多人还在梦中酣睡。然而，一位年近古稀的白发老人已在晨光的轻抚下开始晨跑。跑步40分钟后，他用半小时洗漱、吃饭，赶在七点半之前来到光亮骨科医院，开启一天的诊疗工作……

经历47载辛勤耕耘，郑光亮迎来了杏林花开。

▎ 初心：苦难中走出个卫生员

"这一辈子，我一定要做个良医。"

在部队如愿成为一名卫生员的郑光亮，看到药箱上鲜艳的红十字标志时，他按捺不住激动的心，暗暗许誓。

这条路，他一走就是47年。

2岁时父亲离世，5岁时母亲改嫁。20世纪60年代，福建省大田县的一处穷乡僻壤，靠着奶奶织布以及五保户的补贴，郑光亮和两个哥哥过着饥一顿饱一顿的生活。

为补贴家用，少年郑光亮在寒冷的冬天光着脚给别人放鸭子，他的脚上都是被冰碴儿割下的口子，冰面上经常血迹斑斑……

可命运并未因此垂怜这个家庭，他13岁时，奶奶撒手人寰，从此三兄弟的生活更为艰难。

郑光亮卖力读书，一心想要离开穷山沟。然而，小学只读到四年级的他，到初中时还不懂公分母。

好在教数理化的施老师不仅帮郑光亮交学费，还在晚上帮他补课，郑光亮的成绩这才赶了上去。

除此之外，一到节假日，他就去生产队出工挣工分，夜晚继续伏案苦读。不久，郑光亮的成绩在初二冲到了前三名。考入高中后，他不仅当上了学生会主席，还加入了中国共产党。

"我要参军！"听说部队里管吃管住，不仅每月有6元津贴补助，还有机会报考军校，对于温饱都难以解决的郑光亮来说，参军是比考大学更好的选择。

20岁的他，当时并不知道这个选择对他一生都将产生重要影响。

在部队，喂猪、煮饭他样样都干，领导也格外喜欢这个吃苦肯干的少年："驾驶员、通信员、炊事员、卫生员，你选一个吧。"

"我服从组织安排。"尽管父亲和奶奶的离世让他打心底里想成为一名救死扶伤的卫生员，但他依旧平静地跟领导表态。

或许是命运的安排，他如愿当上了卫生员。

26岁时，郑光亮考上原福州军区军医学校军医班临床专业，后来又来到南平市立医院外科、原北京军区总院骨科，以及原南京军区总院骨科进修。

渐渐地，他找到了自己的从医方向：专攻骨外科！

■ 决心·脱下军装，白手起家

"怎么才能发挥平生所学，在攻克颈腰痛上大展身手呢？"

1994年6月，郑光亮作为医学人才被引进到解放军鼓浪屿疗养院，负责组建颈肩腰腿痛专科门诊部。

只用了半年时间，门诊部的患者就日渐增多起来。

2001年，郑光亮入选南京军区"181工程跨世纪人才班"，脱产进修学习一年半，他的专业水平达到了一个新高度。

此时，郑光亮已享受师级干部待遇（副主任医师），但由于门诊部医疗条件有限，无法开展颈肩腰腿痛微创手术，他总有一种施展不开拳脚的感觉。

"我要转业！"单位极力挽留、家人强烈反对，可郑光亮想要白手起家的决心覆水难收。

2004年6月，厦门24个社区卫生服务站公开向社会招标，其中包括康乐社区卫生服务站。

郑光亮期待已久，机会来了。

他买来相关书籍，照葫芦画瓢拟定好商业计划书，并说服了鼓浪屿疗养院的副院长周梦奕作为自己的黄金搭档。

"康乐站点拟投规模150平方米，总投资300万元。"在竞标环节，别人都选择保守，郑光亮顶住压力报出了这串数字。

最终，郑光亮凭借详细的讲解及专业实力，拿下康乐社区卫生服务站的筹办资格。

然而，还来不及为中标举杯欢庆，一个噩耗便将郑光亮打入了深渊：

一个朋友原来说好要投资，却改变主意不投了。

"300万元啊，去哪里凑？"郑光亮拿着刚被批准的转业申请，陷入两难境地。

"那段时间真是磨破了嘴跑断了腿。"很快，他振作起来，拉下面子借遍了亲戚朋友，终于凑足了本金。

创业的艰难才刚刚开始。仅仅是复杂的审批流程，就让郑光亮奔波了8个月。

上哪儿找医生？挠破头皮，郑光亮向同学和战友发出了邀请，4位大学同学加入阵营。

2005年2月，厦门市康乐社区卫生服务站正式挂牌营业。

▎ 同心：战友并肩，共克时艰

"你这么大的骨科专家，这样的体力活儿还要自己干？"

为省下800元搬运费，郑光亮正吭哧吭哧地和同事把三四吨的机器一寸一寸挪往二楼，面对伙伴的调侃，他挤出苦笑。

创业之初，千头万绪。

安装调试医疗设备、挨家挨户为居民建档，甚至连打扫卫生，郑光亮都亲力亲为。

为了省下通勤时间，他把家安到了医院5楼一个8平方米的小屋里，一台电风扇、一张榻榻米。

妻子不忍他劳累，和他一起窝在那个小屋里并肩战斗，一住就是7个年头。

医院刚刚成立，知名度低、病人少，一直处于亏损状态。尽管如此，郑光亮也不拖欠员工工资，不迟缴租金水电费。

昔日的合作伙伴，有的失去信心，另谋他路，有的甚至拍桌子撂狠话反目成仇。两年里，有6位股东提出撤资。

郑光亮咬咬牙，与共担风雨的众人一起谋求出路。

"扩大医院持股范围，院里的中层和优秀员工均可入股。既可以一次性现金入股，也可以从每月工资里部分扣除。"

这个方案激励员工们热情入股，帮助光亮骨科医院度过了最艰难的时期。

可好景不长。2010年10月，国家卫生部下发通知，取消一级骨伤科医院，要求骨科医院都必须达到二级以上标准。

"如果选择晋级医院，还要追加1100万元左右的资金投入，主要用于医院升级改造；如果放弃，之前的所有努力都将付诸东流……"

商议后，郑光亮与股东们做出决定：白天坚持营业，晚上逐层装修改造。

2年后，光亮骨伤科医院晋升为厦门光亮骨科医院（二级），并于2014年7月顺利通过专家评审验收。

善心：杏林春暖，救死扶伤

"四十多年痛不欲生的'怪病'居然被治好了！"

一位被髋关节疼痛折磨了四十多年的患者，走路时经常会突然出现髋关节闪电式疼痛，让她忍不住要蹲下甚至摔倒。经朋友推荐她来到光亮骨科医院，经过检查，郑光亮诊断她是髋关节盂唇综合征、髋关节积液，并制定了治疗方案。

接受了两个多月的治疗后，这名患者的老毛病居然奇迹般地好了！重获新生的她，将写有"百姓的活菩萨，我的大救星"的牌匾赠给郑光亮。

这块牌匾后来被郑光亮挂在办公室，用来提示和激励自己。

军人出身的郑光亮不仅秉持着"救死扶伤、雷厉风行"的行医态度，还坚持一视同仁的原则，取消一切优先权。

"不管谁来，都必须按顺序取号，想越号只能跟前面的患者商量。"这种刻在军人骨子里的纪律性，也使光亮骨科医院拥有不少"铁粉"。

▌ 恒心：47年如一日，归来仍然是少年

七点半准时到达医院，8点开始接诊，下午两点半给患者做手术，下午四点半以后处理院里的行政事务，晚上10点之前结束接待，回到家里"补课"。

冬去春来，这样的日子郑光亮坚持了一年又一年。

"过去经历的苦难让我懂得，要珍惜来之不易的每一次机会和荣誉。"

回想起那个在寒冬冰面上，双脚被冰碴儿扎出血迹的自己，回想起被病痛折磨的父亲和奶奶，回想起自己救死扶伤的行医梦想，郑光亮总想做得更多一些。

他不仅在医院为病人诊断，还挑出不同的病例，借助新媒体平台发布了300多集短视频，科普医学知识。

从戎三十载，铁肩永担当。

军装褪去，初心不改。光影重叠之间，郑光亮仿佛还是那个背着镶嵌红十字标志药箱的小小卫生员，目光坚定、斗志昂扬。

创业感言

知情的战友、同事、朋友都在问：您为什么要"自主择业"？全家都姓"军"，折腾啥？真让人费解！

创业是一条极不平凡的路，充满"艰难与险阻"，必须面对一切困难和挑战，要么成功，要么失败，成功者的背后都充满酸甜苦辣的故事；失败者将承担社会的议论和家庭的压力，甚至遭到别人的冷嘲热讽。

对于创业者来说，首先要有足够的心理准备，对于资金的筹集、人才队伍的组建、优质的合伙人、良好的项目、前瞻的市场定位，都要做到心中有数。同时，要准备接受失败的可能。

其次要有惊人的毅力和拼搏的精神，创业要面对难以想象的各种困难和无助，尤其是精神上的痛苦。我上午门诊，下午手术，晚上充电，几乎天天如此。有不少朋友问我，你这么大年龄了该休息就要休息，何必这么辛苦呢？我既然选择了创业，就必须承担起更大的社会责任，责任也是动力的源泉，光有勇气和拼搏是远远不够的。更要有过硬的技术和开拓进取的精神，不断学习和创新，形成自己的独特诊疗技术和专业特色，努力做到医德好、医术好、服务好、群众满意。为了病人的微笑，为了解除患者的病痛，这是我终身追求和奋斗的目标。

最后要有强烈的事业心和社会责任感，积极投身到社会公益活动中去，发挥自己的专业特长，开展送医送药"进老区、进社区、进边远山区"义诊活动，把党的温暖、军人的本色、企业的责任送进千家万户。服务更多患者，造福一方百姓。

车轮上的梦想

★ 贾 芳

江西·金定粮

金定粮，曾服役13年。中共党员。2001年创立高安市金龙汽运有限公司，2007年成立江西江龙集团鸿海物流有限公司，2020年建立江西金宝军创基地和军创基地实训中心，为创业者提供免费的办公场所。累计招收退役军人2315人，带动237名退役军人创业。

"**车**子跑起来，战友们就有收入了。"

5月30日晚，江西宜春高安市新冠疫情解封。一位面容清瘦的男人站在门口，紧盯着鱼贯而出的大货车。

他就是金定粮，江西江龙集团鸿海物流有限公司董事长，一位曾服役13年的老兵。

从退役汽车兵到年营业收入26亿元的公司掌舵人，金定粮手握方向盘，驶向梦的山海，路上的一道道车辙书写着怎样的创业故事？

▎无论多难跑的路，他都敢直奔而去

1999年春，金定粮脱下军装。次年，他被安置到江西省高安市交通局工作。刚从部队回来，金定粮时常感到迷茫，地方一板一眼的日子与火热的军营生活有着天壤之别。手中的"铁饭碗"承不住那颗躁动的心，思来想去，他决定"下海"创业。

在交通局工作时，金定粮经常与司机打交道，无意间听说，有些农民跑长途运输，收入可观。汽车兵出身，开车算是老本行。金定粮便跟着长途货运司机，去"侦察"行情。

第一站，他去了浙江。"那时没有导航，走哪条线路，到哪个城市，我都用本子记下来，把运输线路、货源网点都记在脑子里。"几趟车跟下来，金定粮收获不小。他发现，从江西高安拉一车黄牛去浙江萧山，500多公里，油钱800多元，过路过桥费700多元，加上吃饭、加水的开支，成本合计约1900元，而运费收入是2900元。

"跑长途货运尽管辛苦，但是有钱赚。"金定粮心动了。

当时，金定粮的转业费只有3万元，他向亲友借了18万元，凑足21万元，买了一辆9.6米长的大货车。

他聘请了一名司机，载上27头黄牛，前往浙江送货。一路上，他们轮流开车，人休车不停，直奔萧山而去。

抵达后，他们把牛卖掉，冲洗好大货车，又去杭州装小百货，运往广州、长沙、昆明、海口、上海等地。

一路卸货、拉货，运费越挣越多。

一个多月后，金定粮才回到高安。

那时，好多司机不敢也不愿意跑昆明的货运，怕遇到危险。

金定粮不怕，当过13年汽车兵的他，胆子大，敢闯。

那一趟昆明之行，行驶了2000多公里，两天三夜，赚了5000多元。

订单越来越多。金定粮的大货车跑遍了大半个中国，一年行驶35万公里，15个月就赚回了买货车的本钱。

不到两年，金定粮就将线路、网点摸熟了。他发现，高安黄牛、生猪、大米等农副产品卖出去，需要大货车运输，而大货车也经常要找货，避免空车。

"为货找车，为车找货，这应该是个商机。"他在高安创办了全市第一家货运信息部，发一车货能赚取50元至200元不等的信息费。

从2001年开始，金定粮先后创立了高安市金龙汽运有限公司和江西江龙集团鸿海物流有限公司，从1台车发展到在全国30多个省（区、市）设立分支机构，开设80余个经营网点。

▎无论多难的生意，他总能让车轮转起来

那时，高安市没有二手车交易市场。金定粮在湖南长沙发现，当地托运部很多，产业规模大，二手货车的需求很大。他又抓住了二手车交易的新商机。

一批批湖南开托运部的客户来到江西高安，找金定粮买二手货车。当时，卖一台二手货车能赚500元中介费。

2004年，他卖掉了六七十台二手车，第二年销售了200多台，赚了十几万元。

"如果能把买二手车的老客户变成买新车的新客户，那该多好啊。"金定粮的二手车生意做大了，新车市场也不想拱手让人，客户就是宝贵的资源。

"谁不想开新货车啊？一台新车要花二三十万元，哪买得起呀。"货车司机的抱怨传入金定粮的耳朵。

"我引导他们贷款买新货车，首付三成，其余资金由鸿海物流公司垫资。"用上这个办法，一年时间卖给湖南的新车就达到了1000多台。

产业持续发展，需要做好配套服务。

从结算运费、买保险与索赔、车辆GPS定位监管，到建停车场、检测维修等，都需要大量人力。

"招聘员工，退役军人优先。"这是金定粮给鸿海物流公司定下的规

矩。鸿海物流公司如今在岗的退役军人有380多人，管理岗位几乎是清一色的退役军人。

金定粮用退役军人，用得放心，用得大胆，用出了效果。

北京福田戴姆勒汽车湖南省总代理换了好几拨经销商，可都是投多少亏多少。2019年1月，他们找到金定粮，邀请他做公司的总经销。

金定粮果断接下了这个活儿，投资1.5亿元创办了湖南省江宝汽车贸易有限公司，派退役军人唐志辉当总经理。

一年后，这家企业的销售额翻了5倍。

后来，金定粮创办了江西金宝汽车贸易有限公司，他的产业涵盖汽车物流、房地产、汽车贸易等。

未来，他还想在高安开办汽车9S店。"现在正在设计，投资比较大，如果能做起来，就是全国第一家汽车9S店。"

无论车轮驶出多远，他心中总念着故乡

"老金，能不能带头捐点款？"

2019年6月，龙潭镇领导找到金定粮，说明来意。

原来，镇里新建公办幼儿园，总投资需要650万元，而上级拨款仅300万元，缺口达350万元，只能向企业家们求助。

"孩子是祖国的未来，再穷也不能穷教育。"金定粮二话不说，带头捐款30万元。

随之，企业界人士纷纷响应，最后募集了300多万元善款。2020年秋天，一座现代化的幼儿园拔地而起，200多名儿童走进了明亮的教室。

金定粮富了，但无论梦想的车轮驶出多远，心中却总是惦念着故乡。

有一次，金定粮回老家，看到一户人家祖孙5口人，日子过得捉襟见肘，当即取了16万元现金，还运来了两车大米、食用油、牛奶、饼干等物资，送给全村的贫困户。

在他的捐助下，上港村搭起了两座通往外界的桥梁，亮起了56盏太阳能路灯。

抗击新冠疫情期间，金定粮一次次把满载爱心的车轮驶向四方。

2020年新冠疫情暴发初期，江西省荣军医院急缺口罩。金定粮想方设法采购了3万只口罩，火速送往医院。听说湖北省荣军医院急需大米等生活物资，他又紧急联系制米厂和蔬菜基地，分别满载32吨大米和50吨蔬菜的专车又一次向着湖北省荣军医院出发。

为支援战"疫"，金定粮累计捐款捐物238余万元。在困难面前，他没有解雇一名员工，和他们一起共渡难关。

创业是很多退役军人的梦想，可不是每一个退役军人都像金定粮那样幸运。

高安市每年有300多名军人退出现役，有的退役军人刚退役，就把20多万元退役费投入创业，落得血本无归。

金定粮心疼这些战友。

他寻思，自己有物流产业，又有很好的销售网络，何不利用自身资源，帮助退役军人降低创业风险？

退役军人创业孵化基地的想法一提出，就得到宜春、高安两级退役军人事务局的大力支持。

2020年9月，金定粮投资6000余万元创办的江西省金宝退役军人创业孵化基地开业，为退役军人就业创业提供一站式服务。

"场地、培训、服务、政策一条龙，基地就是我们退役军人的家！""90后"退役军人胡定君说。

如今，金宝退役军人创业孵化基地已吸引47家企业入驻，1200多名退役军人实现就业创业。

"为退役军人再造'梦之家'，我们信心满满。"金定粮说。

创业感言

回看走过的创业路，我总结了以下三点感受与战友们分享：

一是无论在何时何地，都要心怀目标，才能前行。2001年，我东拼西凑买了一辆货车，开始跑长途。在运输过程中，我的创业规划逐渐清晰，于是在2001年成立了高安市首家汽运公司——金龙汽运有限公司。凭借军人能吃苦、守诚信、易认同的作风，公司的货车量逐渐从一辆、两辆到十辆，再到几十上百辆。

二是无论面对何人何事，不仅要掌握战斗本领找策略，还要敢于自我斗争求突破。近两年，受新冠疫情影响，广大货运司机面临着货源不足、路途不畅、成本上升、利润下降、贷款难还以及长期滞留外地等种种困难，"马达一响，黄金万两"的时代不复存在，越来越多的货车司机打算另谋出路。为此，我们公司在公司总部设立"安行e站"，5个公司驻外机构建设"安行e点"，为货运司机提供信息沟通、防疫保障、金融还贷和生活保障等服务，尽最大努力帮助他们解难、减压。其实，在帮助别人的同时也是在寻找出路和成就自己。

三是只要做对人民有利的事就终会成功。身为一名企业家、一位党支部书记，意味着要带好头、作表率，企业规模越大、发展越快，担负的社会责任也应该越大。2020年，公司建立了江西金宝军创孵化基地和军创基地实训中心，就是希望为更多创业者提供免费的办公场所，并提供创业申请、注册代办、法律护航、创业培训、资源对接等一站式创业服务。今后，我们也将持续为战友们的创业梦保驾护航！

向光而行，奔赴电瓷之约

★ 李根萍

刘家盛，曾服役9年，高级工程师。2007年创办萍乡百斯特电瓷有限公司，主营高等级绝缘子及其配件，近三年公司年均纳税2000余万元。个人曾获评江西省优秀企业家、萍乡市劳动模范等。企业累计带动就业540人。

首都北京，高楼矗立，车水马龙。

时值隆冬，屋外寒风刺骨，鉴定会现场传出喜讯，热闹非凡。

百斯特300—550kN工业氧化铝圆柱头交、直流产品通过中电联组织的鉴定会，综合技术性能达到同类产品的国际先进水平。

江西萍乡百斯特电瓷有限公司成为国内第二家通过此鉴定会的公司。公司董事长、退役军人刘家盛激动得两眼溢出了泪花。

四载寒暑，投入6000万元科研费用，组建四五十人的研究团队，终于梦想成真。

为了这个梦，刘家盛在电瓷行业默默追赶、领跑了17年。

两种艰难选择

刘家盛从小就喜欢挑战，干别人不愿意干的事情，走不同寻常之路。

17岁那年，他圆梦从军，从赣西小城出发，一路北上到了北京。看着路上的繁华景象，他立志要在军营闯出一片天地。

三年后，他考入解放军军械工程学院，专业是高炮与维修。那时他的梦想是：一门门经他校正过的火炮，只要发出怒吼，就能精准命中目标。

然而，部队整编。刘家盛不得不告别火炮，脱下军装，离开军营。

退役回家，刘家盛面临两种选择：一是分配在当地镇政府工作，公务员，铁饭碗，有保障，加上他还年轻，将来有很大的发展和晋升空间，这也是被家人、朋友和战友最看好的去处；二是办企业，接手父母创办的电瓷公司。这个选择，战友和朋友都不支持，父母更是不同意，甚至一再含泪劝他，办企业不容易，这条路非常难走，会碰得鼻青脸肿。

那段时间，河边上总有个青年来回踱步。晨光下，河水顺着河道的方向，缓慢而安宁地流淌。

河水尚有自己的方向，他呢，又该往何处走？

犹豫再三，喜欢挑战的他决定放弃铁饭碗，立志在电瓷行业拼一下。

刘家盛儿时，家住萍乡电瓷厂旁边，这个拥有百年历史的老厂，在20世纪80至90年代，从巅峰时期的全国绝缘子行业排名前5名，一步步没落，直至倒闭。

目睹了电瓷行业兴衰的他，想让电瓷行业重新焕发出生机与活力。

起步困难重重

一根毫无生气的烟囱，陈旧的厂门，几间破败的车间，还有一张张缺乏活力的面孔。

这是刘家盛迈进公司的第一印象。

脱下干净的西装和皮鞋，换上沾满泥水的工装，刘家盛将自己融进公司，他要将自己打碎，锻造成一块质朴的瓷土、一个平凡的电瓷。

起步谈何容易。自2003年起，整个电瓷行业都不太景气，公司也开始走下坡路，主要原因是产品良莠不齐。

一次，刘家盛的父亲送一批电瓷产品去甘肃销售，结果因产品质量问题未收到一分钱货款。公司经营状况日益恶化，还借了高利贷。照这样下去，公司随时可能倒闭。

经过一番思索，刘家盛特意挑出一些厂里生产的产品附件，当着父母的面，请质检员检测。在他的劝说下，父母暂时同意扔掉有轻微缺陷的产品。

然而没过多久，刘家盛发现这些有轻微缺陷的产品又被父母找出来悄悄卖给了用户。

"这不是自己砸公司的招牌，自断公司的路吗？"刘家盛与父母大吵了一架。

父母却认为，以前也是这样做的，扔了产品就是扔了家里的钱，是败家。

"今天你可以节省几十或几百元，明天就会损失几十万或上百万元。"刘家盛再次劝告母亲，要有远见，这样下去，公司永远没有未来。

一波未平，一波又起。

2003年至2004年，因环保需要，政府要求公司拆除煤窑，全部改为烧天然气或煤气。这相当于要建新厂，重新投资。

改，公司没钱；不改，环保通不过，企业面临关停。

刘家盛接手公司时，贷款70万元，好不容易强撑了3年，此时手里再也拿不出流转资金。

摆在面前的虽是艰巨的挑战，但更是难得的发展机遇。刘家盛深知，要是能抓住转型升级的机会，乘势而上，对公司发展非常有利。

他一边向政府工作人员说明公司现况，一边筹集资金。

两年后，旧窑拆除，全部改为天然气，整个烧制流程告别了祖宗延续的窑火，向前迈进了一大步。

这个场景，刘家盛一生难忘。

但是好景不长。过去，父母办厂一直做低端产品，刘家盛起步就做了高端产品，可是想不到产品卖不出去，存货多。

目睹这场景，母亲又坐不住了，责怪刘家盛为搞质量，扔掉有轻微缺陷的产品，边说边落泪……刘家盛拉住母亲，却无言以对。

顶着误解和压力，他还是不愿放弃，继续每天卷着裤腿，打着赤脚，骑着破摩托车为厂里奔波。

■ 铆劲儿起跑腾飞

几年过去了，刘家盛终于摸清了电瓷行业的脉搏。他彻底告别父母家族式的经营模式，决计走自己的路。

以前，父母为了节省开支，厂里许多技术、管理人员都是兼职，甚至没有专门的技术人员。

"不请人产品浪费更大，损失更大。"为了提高产品合格率，刘家盛专门聘请了专业的管理人员与技术人员。

对待不合格的产品，刘家盛要求统一堆放，亲眼看着工人全部砸碎，再不允许以次充好，毁了自家的招牌。

他主动与市场接轨，在阿里巴巴上注册网站，由过去上门推销变为网上推销；聘请本地优秀的技术人员来厂做研究技术指导，在专业部门申请做了产品的检验报告，印制了精美的产品画册，形象直观，让客户一目了然；把小微企业升级为一般纳税人，让产品有品牌资质，有资格在市场进行招投标。

刘家盛的汗没白流。公司一切都在向好的方向发展，产品质量、档次都在提高，不仅慢慢得到了本地客户的认可，也有了外地客户。

2005年，厂里起色更为明显。网络平台打开了销路，高端产品也得到了客户的认可。

有利润，也有现金流，有品牌形象，就可以投标了。当时，公司年产值可达2100万元，销售额较接手前翻了4倍。

▍ 领跑从不停歇

2007年，刘家盛像一门校正好的火炮，瞄得远，打得准。他开始增速，与好友共同创立萍乡百斯特电瓷有限公司，并担任总经理。

终于，刘家盛有了属于自己的办公室。过去站在泥巴上开会、坐在泥巴上接待客人的历史彻底画上了句号。

喜事接二连三，公司兴建生产大楼和数据中心；投入巨资，建成特高压生产线，并正式投产。

2013年，山东某电瓷厂委托公司代加工一批电瓷产品，销往印度尼西亚。产品到达后，两次抽检不合格，客户拒绝付款。刘家盛闻讯后，亲自到印度尼西亚查看产品检测情况，确实不合格。

"这些不合格的产品就像卡膛的炮弹，丢人！"从印度尼西亚回来后，刘家盛立即查明原因，原来是原材料的进厂检验管理弄虚作假，内部管理出现了问题。

刘家盛立即下达"军令"，罚款20万元，从股东个人工资中扣除，做厂里经费。此外，不仅开除了一名管理人员，还让全体股东和员工紧急集合，围着厂跑30圈，大约30公里。

"这是一次警醒之跑，也是一次耻辱之跑，要给每个员工留下刻骨铭心的记忆，才能提高公司上下对产品质量的认识。"当时有人在跑的过程中受了伤，但刘家盛没有停下来，始终在前头领跑。

15年领跑，刘家盛的公司由几名员工发展到540余名，销售额突破3亿元。

连续5年，经中国电器工业协会绝缘子避雷器分会认定，公司位列绝缘子行业五强企业之一，是国内最大的绝缘子生产研发基地之一。

公司先后入围巴基斯坦水电发展局、巴基斯坦国家输配电公司、菲律宾国家电网集团公司等十余个国家和地区的输配电线绝缘子材料合格供应商资格。

公司还参与"一带一路"国际电力项目建设，推动世界电力能源绿色、健康、可持续发展，为全球安全电网提供一流绝缘技术与绝缘子材料。

上了电瓷跑道，刘家盛一直在奔赴一场电瓷之约，无法停步。

创业感言

从部队转业，到投入创业大潮中，身边的亲人、朋友以及战友都不能理解，甚至反对。

父母的全力阻拦，同行的轻视，卖不出货的压力，还有技术创新与管理的考验。如果问我这一路走来，是否有过迟疑、有过放弃，答案是，有！但我都坚持下来了，因为我的军旅生涯告诉我不能放弃。

一路走到现在，一直是信念在支撑着我。创业十多年，我想告诉各位战友，当你有了一个想法、一个信念，不要怕别人的质疑与反对，勇敢地迈出第一步，因为多数时候，我们都是孤独前行的。

满身泥巴，骑摩托车到处跑，在别人眼里，我是不务正业的无业游民。我不在意，因为我知道自己在干什么、想要什么，时间终会为我正名。

逆火而上，为生命铸淼盾

★ 王向荣　张志强　赵艳萍

山东·董利锦

董利锦，曾服役26年，全国建筑防火行业高端智库专家、山东省工信厅专家、泰山产业领军人才、正高级工程师、烟台市政协委员。2016年创办烟台淼盾物联技术有限公司，引领智慧消防和应急安全产业发展，业务覆盖全国24个省（区、市），服务客户31万家。累计带动3900人就业，其中512人为退役军人。

26年消防生涯，他参与过上千场火灾扑救。

走过7年创业时光，他带领团队研发出8代智慧用电安全云监测系统，为火患装上智能感知的"千里眼"。

他也有遗憾，有太多火灾可以避免，太多预警被漠视，直到发生才悔不当初。

"让天下无火患"是他的梦想，也是他正在实现的理想。

7个人8万元
40平方米陋室跨出创业第一步

浓烟吞噬街道，火焰平地蹿起，隔着五六里都能看到百米高的火苗，风声、火声、水声搅在一起，孤鸣的警笛被淹没在一片烟云之中。

工人向外疏散自救，消防员一个接一个冲进去，化工厂一旦发生火灾，救援难度无异于死神嘴里拔牙！

这时，他来了：车刚一停稳，董利锦麻利地打开车门，第一个跳下，跑步向前，整理好队伍，刚要作战，只听他大喊一声："卧倒！"顺势往前用力一扑，护住眼前的几位战士。

等人家回过神来才发现，就在刚才，热浪裹挟着一个重达二百多斤的二甲苯大桶，从他们头顶呼啸而过，爆炸随时发生着。

这就是董利锦司空见惯的事故现场，26年的消防生涯中，这样的场景他经历过上千次。上千次的锤炼酝酿了他"天下无火患"的朴素心愿。

2015年，消防部队改革转地方，董利锦面临着转制和创业的选择。

"转到地方可以一直干到退休，工作生活按部就班，但这样一来我的理想和抱负就泡汤了。""扑救一千起火灾，不如做强安全产业甚至引领一场变革！"

脑海里两个声音不断争吵，翻来覆去想了几天，董利锦下定决心自主创业。

然而，此时手里的启动资金只有来自妻子无条件支持的8万元。

虽是家里全部的积蓄，但在2016年，8万元对任何一家技术公司来说都是杯水车薪，更何况是一家没有任何经验的初创公司。可是开弓没有回头箭，董利锦非得把这块"硬骨头"啃下来！

他找来3位老战友商量，又拉上自己的3个朋友入股，租下一间不到40平方米的简陋办公室。7个人8万元，以水为盾的"淼盾"公司真就开起来了！

与火斗争多年的董利锦知道，保障末端用电安全才能从根本上消除火患，因此他想从电力监测入手，研发一套将物联网与火灾监测预警、控制相结合的安全解决方案。这成为"森盾"公司成立后的第一项任务。

研发需要专业的人才，而彼时的"森盾"只有一名研发人员，8万元的家底付完房租后，能不能发出下个月的工资都是问题，更别提聘请技术人员了。

没办法，只能硬着头皮干。董利锦在部队进修过计算机，他逼着自己边学边做，一边看书，一边实验，生生把自己熬成了"程序员"。

他们夜以继日地写代码，一遍遍地修改、推翻、再修改，一遍遍地试验、失败、再重来。枯燥无趣的烧脑工作让董利锦的白头发越来越多，他说那段时间好似按下了循环键，生活是黑白的，就像在修行一样。

三年磨一剑，第一代智慧用电安全云监测系统千锤百炼之后终于问世。"万里长征，我们迈出了第一步！"董利锦激动地喊出这句话。

这套系统不仅可以在线监测线缆温度、剩余电流、电流动态等数据，将其上传至平台，还可以实时推送预警信息给用户，直到隐患排除。防患于未"燃"，这在全国尚属首例。

▍3个月38次推销
免费试用拿下第一单

系统开发成功，产品也已面世，接下来就是投入市场，接受考验。

董利锦把第一单放到了烟台三站小商品批发市场。这里人流量大、易燃物多，管理混乱，电气火灾时有发生，属于消防重点管理场所。

"我们找分管安全的经理沟通，3个月跑了38次，可对方始终持怀疑态度。"董利锦预料到了这个结果，这点挫折影响不了他们的士气。

"免费试用！"——又一个大胆的决定产生了。"我们对产品质量有十足的底气才敢做这样的决定，试用过，大家就知道好不好了。"董利锦说。

7月的烟台，柏油路面上热气蒸腾，坐在凉爽的空调房里，三站安全管理人员的手机忽然收到了电气线路高温预警的警报，工作人员迅速到达现场，经检查发现果然有一名商户安装了5P空调，超负荷用电引发系统高温预警。

此时，森盾系统和设备在三站安装上不到一个月。"如果没有系统预警，这次火灾将不可避免。"店主激动地向管理人员致谢。

"这件事让客户对森盾的产品彻底信服，事实证明我们的产品果然有效！"董利锦向我们讲述着。

一关通则百关通。此后，韩国料理店、炸药库、老洋房、家具企业……越来越多的用户安装上了森盾第一代智慧用电安全云监测系统。

成功源于永不止步的追求。森盾产品不断升级，一代产品可预警火灾，二代产品可控制火灾，如今已更新到第八代产品，"当电气线路发生短路时，可以立刻自动断电，产生的电火花连棉花都点不着"。董利锦的话中透露出自豪。

目前，这套监测系统全国用户达17万家，每天处理数据近9亿条。火患正像董利锦所期盼的那样，一步步被套上枷锁。

晓风催我挂帆行。从军人到企业家，从火热军营到智慧消防企业，董利锦始终怀抱理想，迎风飞扬。

26年部队淬炼
战友情记心里，国家利益扛肩上

穿了26年的防火服虽已脱下，剪不断的战友情却始终如一。在创业岁月里，董利锦还在竭力做一件事——帮助退役老兵就业创业。森盾初创的7位合伙人中，有3位是退役军人，森盾员工中退役军人比比皆是。

"他们忠诚、不怕困难、勇于担当，但学历偏低、技能受限，就业创业很不容易。"

他联合山东工商学院，成立"山东应急管理学院"；联合烟台工程职业技术学院，成立消防、应急管理人才培训基地，打造安全与应急管理系；联合烟台市芝罘区政府，打造"两化一网"数智化安全监管新模式，为退役军人提供400余个网格安全员就业岗位……截至目前，董利锦已帮助512名退役军人成功就业。

2020年初，新冠疫情来势汹汹。大年初二，天寒地冻，前往龙口的高速路上，董利锦看到工作人员冒着严寒给过往人员测量体温、登记信息，还用身体给测温仪保暖，他心疼万分。

"能否研发一个可以在低温环境使用的测温仪呢？"他连夜赶回烟台，召集研发人员线上办公，紧急研发体温监测系统。

"当时南方的工厂全关了，测温系统所需的传感器运不进来，我们就把仓库里的进口工业传感器用上了。"

没日没夜地干了两周，他们终于设计出在零下25度的天气里仍可正常使用的体温监测设备。

"全部捐赠！"董利锦毫不犹豫，将总价值2000多万元的森盾疫情数据人员监测系统全部捐出，送往全国14个地区，在线监测人员达470万人次。

企业越做越大，揽起的责任也越来越多。董利锦正参与筹划建设总投资30亿元的城市安全与应急实训基地，这是一个集应急安全专业化教育培训和应急安全产业研究孵化于一体，包含"产、学、研、商、政"的项目。

晓风催"他"挂帆行。跨过不惑奔向知命，董利锦还是那个热血青年，坚持战斗在一线，始终怀抱理想，迎风飞扬。

创业感言

有战友问我：你是团职干部，自主择业后领着可观的退役金，完全可以轻松度日，为什么选择去创业？我想一切源于肩上扛着的消防人的使命和责任。

我创业7年了，不算长也不算短。创业以后才明白这是一个苦差事，肩上扛着一个企业的发展、一群员工的生计，但没有回头路，必须坚持走下去。

初创时团队7个人，启动资金8万元，只够发一两个月的工资。如果说没有在部队打下的基础、没有深厚的专业知识的储备，很难坚持下去。

创业很辛苦，身体上的苦不叫苦，精神上的苦才叫苦。研发是我的核心。研发一个产品，往往需要多个技术路线同步进行，人才困境、技术路线选择、系统集成都是烧脑的拦路虎。我们研发成功的产品有很多，但半路搁浅、中途放弃的更多。失败是必选项，成功只是无数次失败的结晶。

我想对有创业想法的战友们说，创业需要对自己进行分析，首先要清楚自己擅长什么、喜欢什么、适合什么，要有前瞻思维，准确把握方向定位，制订清晰的目标计划，接下来就是坚持去做，永远保持军人的那股拼劲儿！

拥军鞋"将"柳富林

★ 赵艳萍

山东·柳富林

柳富林，曾服役3年。1982年就业于金猴集团有限公司，主要生产皮鞋、皮具、服装等产品。个人曾获评全国劳动模范、山东省优秀退役军人、全国爱国拥军模范等。公司创办40余年来，累计带动6000多人就业，其中退役军人200余人。

66秒，128步，整齐划一，分毫不差！坐下又站起来，紧盯战靴，不敢松懈……2019年10月1日，天安门广场庄重威严、人声鼎沸。

同一时刻，距离北京800公里外的威海市内，柳富林同样高度专注。这天，他要和多个阅兵方队一起，接受人民的检阅，请看——

■ 七载岁月，他成为领跑全厂的鞋"将"

"即刻成立专研女兵马靴的车间，抽调技术最好的员工成立任务组！"

尽管退役多年，但柳富林雷厉风行的个性一点也没有改变。在接到保障国庆70周年阅兵鞋、靴生产任务的当下，他便立马变身下令冲锋的将军，手握电话，不容辩驳地嘱咐着。"阅兵牵动人心，一个线头也不能马虎！"

"一个线头也不能马虎？"坦白讲，就连柳富林自己都对这个要求感到"苛刻"，但他知道，从小作坊到五百强，金猴集团之所以有今天的成就，凭的就是这份"苛刻"的精神。

1982年，柳富林从部队退役，这对于从小生长在军营大院的他来说无疑是场考验："父辈驻防在一线，自己的青春寄托在军营，离开了部队，我能干什么？"

但既是命令，便得服从。柳富林脱下军装，带着一肚子不舍回到威海老家，在那里，他成为威海市皮鞋厂的一名鞋匠。

彼时的威海皮鞋厂其实就是一个手工作坊，产品款式老旧，质量一般，顾客不买账，工厂效益低，柳富林和同事们扛着麻袋去大集上卖皮鞋是常有的事。

看着眼前不景气的工厂，柳富林心里很着急，但作为基层员工，对领导的决策他根本插不上话。好在他没有放弃，而是先从自己的本职工作上寻求改变。

"质量好了，不愁销路"，抱定这样的信念，他成为全厂干活儿最卖力的小伙子：学做鞋时，他追着老师傅打破砂锅问到底；去大集卖皮鞋，他吆喝声最大，出单最多……

慢慢地，这个"愣头青"得到了厂领导的关注，从工人到团支部书记、从科长到厂长，短短7年，柳富林把厂里大大小小的职位走了一遍，也因此，他熟悉了工厂枝枝叶叶的脉络肌理，摸准了阻碍工厂发展的病症所在。

31岁，当一把手的第一年，柳富林开始"对症用药"。他从产品质量下手，严控每一项生产标准，有疙瘩第一时间解开，有质量问题第一时间退换货，质量上去了，口碑起来了，威海市皮鞋厂的效益以每年10%以上的速度递增。

"没有想象中的开心，那时我只觉得肩上的责任更重了。"

是啊，改革开放的春风吹醒了无数皮鞋厂，这个当时资产仅有200多万元的小厂名不见经传，他们该如何生存？

■ 两度疯狂，浪潮里翻涌出创新企业

蓝天、白云、高楼、绿茵，呼应着千里海岸线，金猴集团优雅地坐落在山海间。

时间回溯到1990年，那时刚刚步入正轨的鞋厂像稚嫩的绿芽亟待生长，然而改革的大潮卷携着市场的波涛一浪高过一浪。一面是向阳向上的希望，一面是狠狠拍打着的风浪，胶着之中柳富林看破了玄机——"不创新，必败无疑"。

创新在当时是种"大胆"想法，而柳富林敢于一次性奖励一名技术开发人员1.1万元的行为更是近乎疯狂，要知道，这笔钱在当时相当于一名普通员工20年的工资！这种重奖技术创新的做法比改革开放前沿的经济特区都早！

"柳富林真是疯了！"——一时间，这个消息便成为行业内外茶余饭后的谈资，而舆论中心的柳富林和他的鞋厂却因这一破天荒的举动"偷偷"受益。

因为重视技术创新，金猴集团于1994年在全国同行业率先通过ISO9002产品质量认证；紧接着，他们又相继建成国家认定企业技术中心和国家级工业设计中心，凭借质量上乘的产品和先进的技术斩获国家专利127项，在行业内部更是获奖无数。到1995年，企业年利润达400万元，一跃成为行业排头兵。

不等大家从兴奋的情绪中缓过神来，柳富林又在酝酿一场更大的"疯狂"——他要拿出一年的利润，把广告打到中央电视台去。

"太冒险了！这钱够我们盖好几栋住宅楼了！"上门劝说的同事络绎不绝，但柳富林坚信自己的判断，他瞄准的是更大的市场，"以前咱们是

在商场吆喝着叫卖，现在咱们'吆喝'的位置拔高了，全国人民都听见了"。

在他的努力下，"穿金猴皮鞋，走金光大道"的广告语自央视一炮而红，金猴皮鞋的招牌自此享誉大江南北。

如今，再次步入金猴集团时，那个风雨中飘摇的小作坊已经不见踪影，鞋业、服装、皮具、酒店、房地产，60亿元的资产，6000多名职工，12家子公司，一幅现代企业壮丽图景跃然眼前。

半生拥军，战士们穿上最好的军鞋

"再麻烦，再贵，也要不惜代价。"2020年，新冠疫情突如其来，世界静默，生产停滞，人们有些手足无措。

"疫情暴发，军队肯定会冲到一线去，人民子弟兵是最需要防疫物资的人。"

军队记挂着人民，柳富林记挂着军队，在他的统筹下，8万多只口罩分批抵达。奔跑在拥军前线，柳富林觉得这一切都是理所应当。

"没什么好说的，我的命都是部队给的。"6岁那年，柳富林患了乙型脑炎，差点丧命，"是军医救了我的命"。

特殊的经历把柳富林和部队紧紧联系在了一起，当兵时，他以保国为天职，退役后，让官兵穿上舒适的军鞋成了他独特的拥军方式。

在制作70周年阅兵式女兵马靴时，柳富林把要求提到了前所未有的高度，900双看似毫无差别的马靴，实际上每一只都是"量脚定做"。

"我们不但要测量每个人的脚型、里外踝骨、脚趾等7项数据，而且还要精准地考虑到这900人的脚大小不一样，腿的粗细不一样，每个人的左脚和右脚大小不一样，左腿和右腿粗细不一样，每个人在训练前和训练后的脚大小、腿粗细又不一样……"这些不同似乎难以说尽，但柳富林必须一一考虑到，1800只鞋没有一只是相同的。这意味着他们不能做规模化生产，只能单只制作。"从裁剪第一块皮料开始就要写上每个穿用者的名字，每道工序都如此，直至最后包装入箱。而且要根据不同的训练阶段，

4次测量4次制作,为此我们专门成立了一个小型车间,挑了80名'精兵'专门生产马靴"。

为做好军品鞋的研发,柳富林没少下功夫。"因为部队驻扎在全国各地,环境千差万别,同一款鞋不可能适应如此巨大的差异。但我们承诺——让每一名官兵都能穿上舒适的军鞋。"

为此,金猴集团专门成立了军品部,派遣技术人员前往漠河、西藏、海南等地区,在极寒酷暑、飞沙走石中感受官兵们的需要,回来后团队共研,用最先进的技术裁制出最走心的军品。

柳富林就是这么"痴迷",在拥军路上,他从来都不计成本。

2011年,一批由金猴集团负责生产的07海军制式皮鞋被运至海南省某仓库准备配发。但由于当地气温较高,加之空气潮湿,原本真空包装的塑料袋黏附在皮鞋表面,造成4000双皮鞋受损。由于这不是质量问题,金猴集团原本可以撒手不管,但柳富林当即在电话中给员工下达了两条指令——"第一,不能让官兵晚一分钟领到军鞋!第二,不提任何要求,我们自己承担损失!"

连夜开工赶制,4000双皮鞋如期蹬在战士脚上,但这一次,金猴集团仅在制鞋上就损失了200多万元。

"参军报国,退役拥军",这便是金猴集团"掌舵人"的人生信条。

创业感言

小时候,我的梦想是当兵,保家卫国。退役后,我的梦想是永葆军人本色,做点对爱国拥军有意义的事。离开部队,我就进了鞋厂,做鞋能为爱国拥军做啥贡献呢?经过一段时间的思考,我终于找到了两个方向。

一是努力把企业做大做强,尽可能多地安置退役军人及家属就业。公司经常到当地驻军慰问官兵,不仅鼓励员工本人或子女参军入伍,还积极吸纳安置退役军人和军嫂到公司就业,目前已累计安置退役军人及家属200多人，曾经公司的8名领导班子成员中4人有从军经历，3人是军人家属，其他很多重要岗位的中层干部也都是军人出身。

二是努力生产最好的军品，尽可能提高部队被装水平和保障能力。2009年以来，借助07式被装改革时机，我们为部队研发生产了近百种产品，受到部队官兵的一致好评，使我军几十年来常年穿着的黄胶鞋从此退出历史舞台。另外，在党、国家、军队多次重大活动的高光时刻，都闪耀着金猴产品的身影，因此我公司还多次荣获保障突出贡献奖。

作为一名退役军人，爱国拥军是我的毕生追求，使我的人生更有意义。

到中流去击水

时义杰

河南·成全明

成全明，曾服役5年。中共党员。1995年创办河南金利金铅集团有限公司。2020年公司实现销售收入304亿元，目前集团固定资产70亿元。公司创办以来，累计带动6000余人就业，其中退役军人260人。

如果将时光年轮回拨到1979年冬天，让如今已是成功企业家的成全明重选一次，当兵还是创业？"当兵！"他的回答斩钉截铁，像出膛的子弹，掷地有声，像极了成全明的性格——果断、坚韧，雷厉风行。

年逾六旬的成全明，走路带风，昂首挺胸，骨子里就是一个兵，举手投足间还是当年那股劲儿，硬是把一家冶炼"小作坊"发展壮大成集团公司，迈过了风雷激荡的27年。

带头办厂，让大伙儿像城里人一样去上班

云海飘浮，阳光炫目。万米高空，成全明透过飞机舷窗，惊讶于地面密集的高楼大厦，激动地问："这就是深圳？"

1995年，退伍返乡的成全明被村民推举为济源市南勋村支书，这是他第一次外出考察，目的地分别是深圳、厦门和上海。

深圳是一座城，但更像一条路。相比深圳人勇立潮头、开拓进取的精神，自己小富即安的思想令成全明汗颜。

作为退役军人，成全明敢拼搏、能吃苦，他在村里承包砖厂，几年挣了十来万元，率先成了村中的万元户。原打算安稳地过好小日子，现在既然当了村支书，就要带着村民们一起致富。

银河穿过天幕，新月钩在山巅。繁星点点的夏夜，成全明与12位村民围坐一团，商量创办"金利来冶炼厂"。

"全明，这事能中吗？这可是俺家老底儿。"

"我信老成的眼光，他当支书这些年，给村里办了不少好事。"

"支书，不管别人咋说，我铁了心跟你干！"

当时，成全明和大伙儿砸锅卖铁凑来160万元建厂，选址在南勋村北头，是一片夹在破落村庄之间的河滩荒地，从地基到厂房，大伙儿一锹一镐动手挖，吃住都在工地上。

说是冶炼厂，其实只能算个作坊，因为只有一台小型冰铜鼓风炉，但大伙儿每天就像城里人一样高高兴兴去上班。

作坊里烟熏火燎，灰尘漫天飞舞，大伙儿将一堆堆原料装袋入筐，肩扛手抬，加炉生产，汗水浸透衣服，湿了又干，干了又湿……一群"泥腿子"整日满面尘灰，却掩盖不了憧憬的眼神。

然而，成全明却迅速迎来"当头三棒"：一是缺乏技术，反复停炉，产品质量低下；二是市场变化，冰铜价格下跌；三是产品滞销，资金困难，股东们心急如焚，甚至要求退股。

军心不稳，流言四起："能人"成全明这次搞砸了。

▋ 垫付工资，救企业于水火之中

1996年春节，未满周岁的"金利来"就岌岌可危：因为产品滞销，工资发不出来，随时面临倒闭的危险。

那一天，成全明火急火燎地回到家，翻箱倒柜找到存折，家人问他要干啥，他却催着要房本，马不停蹄地去农村信用社，办了抵押贷款10万元，急匆匆回到厂里，给大伙儿发工资。

人心稳住了，但技术才是解开目前困境的"金钥匙"。

那段时间，成全明天天守着一家国营冶炼厂，就像热锅上的蚂蚁，一趟一趟来回踱步，眼神却凝固在厂大门方向。

成全明想请一位叫张志俭的技术员来金利来指导冶炼，但当时周边冶炼厂大大小小有10多家，人家凭啥来？

时光在不经意间雕刻出成全明的军人气质与作风，张志俭见他第一面，就感受到成全明渴望带领群众致富的诚心，尤其听说成全明贷款垫付工资大为震惊与感动，决心不遗余力帮助金利来。

有了张志俭的帮助，金利来不再反复停炉，改善配料技术，冰铜质量极大提升。他们重拾信心，先后在河南、湖北、山东等地成功开拓市场，仅用1年多就赚回了所有投资成本。

2001年，厂子效益蒸蒸日上，成全明决定向铅冶炼行业转型，并请村民二次投资入股，兑现共同致富的承诺。

翌年，成全明主持新上一座1.14平方米鼓风炉，建设一座年产10000吨的电解铅车间。9月，首座炼铅炉投产，当年产值突破3000万元，打响开门红。

5年军旅生涯赋予了成全明"格局"思维：识大局、有远见。他敏锐地意识到，国家在经济发展的同时要兼顾生态环保。于是，2004年率先淘汰了技术落后的烧结锅，投资5000万元上马49平方米的烧结机生产线，将烧结锅冶炼时产生的二氧化硫收集利用后生产为硫酸，当年实现产值2.61亿元，收入2.42亿元，实现利税1851万元，开启了资源回收利用环保生产的新时代。

绿色生产，绝不践踏环保红线

2005年是金利集团发展史上最具里程碑意义的一年。

当年，两条回转窑生产线破土动工，该年9月实现投产，通过建设回转窑，不仅回收了炼铅废渣中的氧化锌，还避免污染土壤、水体，这令成全明看到了绿色生产的实际效益。

"绿色之梦"对于成全明有两层含义。对于他个人，是萦绕的军营梦；对于金利集团而言，是绿色冶炼的环保梦。

当时，金利集团正处在营收高峰期，很多人不理解成全明为何放着轻而易举的钱不赚，却去劳神伤财地搞技术革新。

成全明不乏商人的精明，更有军人的谋略，他力排众议：当前科技突飞猛进，此时不去抓技术创新，就等于让出了未来市场，这种"赚钱"的代价太大了！

金利集团遵循资源节约型、环境友好型经济模式发展，为铅冶炼企业绿色环保发展保驾护航先行一步，公司先后投入3250万元建成污酸处理站、污水处理系统、雨水收集池等，率先在同行业实现了生产废水零排放；投资1800万元建成煤改气系统。每年投资400余万元流转周边土地植树造林，绿化环境；投资4000余万元建设环保大数据中心，24小时监控环保指标……

随着环保的投入与研发，金利集团也充分享受到清洁生产的红利，产品与工艺得到市场认可，利润不断提升，2021年销售收入突破362亿元大关，多年来累计纳税总额超过67.5亿元。发展规模日渐壮大，成为一家高科技、低排放的新型资源综合回收企业，强势阔步迈入了"中国民营企业500强"行列。

如今，走进金利集团，道路两旁全是绿荫树林，堪称一个"厂在林中藏，人在园中走"的"花园式厂区"。

"看看这些树叶就明白了，我们对环保是用心去做的。"成全明捏着一片树叶说道。那片树叶上没有一点儿粉尘，仿佛被雨水清洗过，干净得就像金利人心中的"绿色之梦"。

▎建一个企业，惠一方百姓

过去，成全明经常出差，每年几乎1/3的时间都在路上。新冠疫情暴发后，会面改用视频电话沟通，迎来送往也少了，节约出不少时间，这让成全明静下心来，研究行业前沿，履行社会责任。

树高千丈不离根。金利集团坚持"建一个企业，惠一方百姓"，十多年来累计捐款超过4000万元，成全明经常说："我们要牢记，民营企业姓民，就是要为老百姓做实事。"

自2012年，金利集团积极捐助济源一中、承留镇小学等贫困学子，每年对南勋村高考录取的大学生进行奖励，目前已有200余名学生累计获得80多万元奖学金；设立"金利乡村振兴专项爱心基金"，结对帮扶大沟河村、张河村等，累计投资2000多万元。

退伍军人执行能力强、思想政治过硬，正是企业需要的具有执行力、文化契合的人才。多年来，金利集团优先招聘退役军人，吸纳就业260多人。所有新进员工组织军训，成立退役军人服务组，先后救助退伍老兵成长福、段淑锋、赵粉平等30余人。

市场如战场，竞争如战争。在金利集团，成全明经常和职工讲部队，讨论解放战争、抗美援朝里面的战役，而且讲得激情振奋："对于军人来说，没有攻不下的阵地，这就是金利成功的秘诀！"

到中流击水，不进则退。谈起未来愿景，成全明的目标是年产值500亿元，推动金利集团早日跨入"中国企业500强"。

"把办公室当成家""每年出差160多天""即使生病也是边吃药边工作"，这是职工们对成全明的真实印象——一个坚守理想、低调务实、争分夺秒的当代企业家。

创业感言

　　1983年，我结束了军旅生涯，退役返乡。村里贫困落后，老乡们只能依靠耕种糊口的生活窘境，我看在眼里、急在心里，加上身体里流淌着部队带给我的坚毅果敢的热血，内心坚定了要"以企带村、建设社会主义新农村"的信念。

　　创业以来，我始终以军人不畏困难、坚定信念的作风，带领集团克服金融危机、发展困境，把握内部管理以及外部市场环境，不断科技创新，并承建科技部项目，奋力走出了一条"引领有色产业、打造百年民企"的成长之路。

　　作为一名退伍军人，我创业的最大感触是：只要心中有目标，敢干敢拼，一定能干出一番事业！未来，我会继续勇担使命，争做行业标兵、不忘贡献社会，继续奏响拼搏努力、创新发展的奋斗音符，共同谱写百年金利的崭新篇章。

驯"鹰"猎人的天与地

★ 吕彦古

张万民，曾服役30年。应急管理部火灾事故原因调查专家、原河南省消防总队防火部高级工程师，拥有专利16项，编写行业或地方标准10部。2017年创立河南省猎鹰消防科技公司，带动直接就业人数36人，吸纳退役军人6人。

"猎鹰"盘旋于高空之上，却不为捕食蛇鼠兔。它的"猎物"，是火。

"这架无人机最大载荷115公斤，通过挂载灭火装置，填补了百米以上超高层建筑外空间灭火手段的空白……"

2022年8月，在北京举行的全国科技周主活动现场，悬空停放的"猎鹰"消防无人机吸引了不少人驻足围观。

在无人机旁边的电子屏幕上，正播放着"猎鹰"参与河南、江苏等多省消防救援演练和郑州"7·20"特大暴雨灾害抢险救援实战的画面。

"猎鹰"背后，是驯"鹰"猎人张万民怀揣初心、砥砺创业的故事。

立志在天

"太难了！"谈起百米以上高层建筑火灾救援，张万民如数家珍，又倍感痛心。

56岁的张万民是一名曾服役30年的消防老兵，目睹过高层建筑失火的种种惨状，印刻在他脑海深处，挥之不去。

2011年，沈阳某大厦因燃放烟花导致外墙起火，整个大厦形成立体燃烧，152米的大楼几乎全部过火，数百名消防员用了7小时才将大火扑灭。

2007年到2016年，全国高层建筑火灾多达3.1万例，伤亡人数918人，造成经济损失15.6亿元。

每每谈及高层建筑消防救援面临的困境，张万民意犹难平。作为应急管理部火灾事故原因调查专家、原河南省消防总队防火部高级工程师，他对个中痛点认知深刻。

消防水枪、水炮喷射高度小于50米，消防员负重登楼并有效救援的高度极限是20层。消防登高车不仅造价昂贵，而且救援高度受设备局限，想要将水抽高到15层以上，就需要有超强的水压，对消防车的灭火设备也有更高的要求。

如果用无人机救火，效果会不会不一样？

2016年11月，张万民把目光投向无人机高层灭火领域。2017年，他成立了猎鹰消防科技公司。

然而，先期调研给了他一记当头棒喝。

"猎鹰"团队在全国各地的调研中发现，消防用无人机与普通无人机"气质"迥异，国内虽然有部分无人机厂商可以生产出具有一定载荷能力的消防设备产品，但远远无法达到应急救援的标准。

"破解高层建筑救火的难题，是我的毕生梦想。"困难没有劝退这位昔日的消防战士，张万民转身投入自主研发，立志做出理想的模块化无人机灭火与应急救援产品。

但让他没想到的是，让"猎鹰"羽翼丰满之前，自己倒先几乎脱了一层皮。

▋ 中原育雏

"想挣钱想疯了！"创业伊始，听到这类评价的张万民一脸苦笑。

退役金、稿费、亲友借款、银行贷款、房屋抵押费、出让股份找投行融资……为解决研发的资金问题，他早已"拱"出全部家底。

"万一失败了，连吃住都成问题，对别人也不好交代。那段时间经常失眠，头发大把大把地掉。"张万民谈道。

消防用无人机可不是无人机挂个灭火器这么简单。

"这是一个综合型技术产品，不仅要研发适应灭火救援作战和抢险救援作业需要的无人机平台，还要将灭火装置、救援装置、承载运输车辆进行一体化集成和模块化设计。"

张万民意识到，光靠他们一个小公司很难做成。

技术协作，是张万民和他的"猎鹰"团队想到的最有效的方法：通过科技项目，把省内行业顶尖的科研院所和相关企业凝聚到一起，发挥各自优势，共同去做这件事。

合作商谈并非一帆风顺。不少公司对这家"小公司"的"小项目"存有疑虑。

"有的大公司不愿做，小公司要求多。"张万民带着团队把省里跑了个遍，平均谈三四家，才能成一家。

渐渐地，"猎鹰"科研项目得到越来越多部门和企业的认可，从公安部到应急管理部，从科技、工信单位到消防救援总队，都为"猎鹰"的腾飞助力。

尽管如此，研发历程仍然几经波折。

无人机承载运输车辆是一大难点。作为无人机的"航空母舰"，它承担着消防用无人机的装载、起降、保障、药剂补充、智能操控等职责。

从"一号车"出现，到最终定型生产，历时2年，改了4个版本，终于解决了无人机起降平台升降不顺、防水装置车辆箱体顶板渗漏水等问题。

消防用无人机的诞生同样来之不易。50公斤的无人机无法满足要求，又做100公斤的；100公斤的无人机陆续暴露出发动机高温、震动甚至摔机等毛病，反反复复改进3年，这个"大胖小子"终于变得"健康"了。

"中航工业空空导弹研究院为我们提供了储压罐阀门，中船重工七二五所为我们提供了钛金属储压罐，中国兵器红箭股份与我们联合研发了无人机承载运输车辆……类似的科研合作单位，一共有10余家。"张万民知道，"猎鹰"出世，是充分整合河南科技创新力量的成果。

自此，一只由中原大地孕育的雏鸟向碧蓝天空展开了翅膀。

▎"鹰"击长空

平地而起，挂载专用灭火装置对超百米高楼进行干粉灭火，对高楼外墙进行高压液体控火。

飞越湖泽，为受困人员抛投救援物资袋，为消防力量运输抢险救援器材……

2021年9月的首届全球智能应急救援装备大赛中，"猎鹰"无人机灭火抢险救援惊艳全场。

从2017年组成团队开始研发，到2019年第一套无人机灭火救援综合装备问世，再到2020年无人机应急救援综合装备定型，"猎鹰"羽翼逐渐丰满。

"在高层建筑灭火救援时，'猎鹰'无人机可满载荷升至3000米高空，远超世界最高建筑哈利法塔828米的高度。"张万民对"猎鹰"的性能无比自豪。

此外，"猎鹰"还可以环绕建筑物进行作业。作业所用的超细干粉储压罐可一次性扑灭面积约100平方米的室内火灾，高压液体系留装置适用于大多数高层住宅楼和写字楼的初期火灾。

在应急救援综合装备中，"猎鹰"无人机可挂载应急救援模块，开展物资输送、山地救援、水域救援、高空照明、通信中继、毒害气体侦检、高层被困人员救助等多场景救援。

雄鹰振翅，穿过一片片火海，飞往更辽阔的天空。

"猎鹰"无人机灭火及应急救援综合装备获得40多项专利，被列入应急管理部消防救援局2021年度消防科技成果推广目录，成为首个通过国家消防装备质量监督检验中心全项目检测的大载荷燃油动力消防无人机，并拿到国内首张无人机灭火救援装备技术鉴定证书。

张万民主持编制的《大载荷无人机灭火救援方案》《大载荷无人机抢险救援装备》等3项中国消防协会团体标准，也自2022年6月1日起施行。

面对众多荣誉，张万民却很平静："我们不过是深切感受过痛点，所以从解决痛点的角度来推导技术方案而已。"

载着消防老兵的一颗初心，挥动着灭火与应急救援的双翼，"猎鹰"从中原大地起飞，振翅翱翔于生命救援的蓝天。

创业感言

关于创业，我主要有三点体会。

一是要结合实际发挥专长。创业前建议对自己进行自我评估，弄清楚自己的优势有哪些，弄清楚社会或行业的痛点有哪些，自己的优势与社会的痛点怎样有效结合在一起。找到结合点后，再去创业。

二是要找到好的团队。"一个好汉三个帮"，不管做什么，一定要找到好的团队，就像开餐馆一定要找好的厨师一样，团队不仅可以给你信心和智慧，也是实现目标、走向成功的关键。

三是要合理利用国家政策。党和国家对于创业和创新有很多的扶持政策，提供了很多平台，一定要持续学习政策、研究政策，用好政策红利，不仅可以起到事半功倍的效果，也有利于提升个人乃至公司和产品的品牌和形象。我们创业之初多次参加政府举办的各类创业大赛，并脱颖而出，被风投机构和工业无人机企业了解和认知，才有了持续不断的资金投入和技术合作。

东风吹梦到楚襄

★ 土子冰

湖北·常秋生

常秋生，曾服役15年。1998年开始创业，在多地先后成立17家公司，2015年创办湖北云康动力集团。个人曾获2021年湖北省优秀中国特色社会主义事业建设者称号。累计带动5000多人就业，其中退役军人600余人。

南船北马，七省通衢。襄阳，是汉水流域重要的水陆码头，兵家必争，商贾云集。

常秋生是退役军人，也是一名商人，他眼中的襄阳是根于斯梦于斯的故乡，也是创业的福地。

"我一直认为自己还在创业。"坐拥全国17家分公司、总资产近20亿元的云康动力集团，常秋生仍然保持着早上第一个上班晚上最后一个下班的习惯。

年近花甲的他鬓染秋霜，却神采奕奕。

军人之志，志在必胜

常母病危！采访即将开始时，一个突发情况让常秋生爽约了。

他出生在湖北襄阳南漳县的一个小山村，母亲用瘦弱的肩膀担起了养育兄妹5人的重担，也教会子女一切都要靠自己的道理。

"没有伞，就要做一个努力奔跑的孩子。"18岁的常秋生向母亲保证，到了部队一定会争气，考军校、当军官，让她脸上有光，过上好日子。

于是，原第二炮兵驻昆明某部出现了一个勤奋好学的"多面手"。部队任务需要啥就学啥，啥岗位缺人就钻研啥，自知文化基础差的常秋生，先后4次参加专业培训，当过号手、卫生员、司务长、财务助理等，有时一年换几岗，但岗岗叫得响。

正当他准备在部队大展拳脚时，却因为训练伤病遗憾地脱下了军装。

"地方工作和部队不一样。"被安置到襄阳机电设备总公司后，常秋生迷茫过，但他要求自己尽快适应新身份。他觉得干这行不懂业务不行，主动申请到驻昆明办事处联络业务。

昆明办事处加上他共3个人，他是年纪最小的，也是最闲不住的，看到办事处的同志人浮于事，他实在无法忍受这种虚度光阴的感觉。加上昆明是老部队的驻地，有很多战友转业到当地，一个偶然的机会，他遇到了分配到某卷烟厂的战友。

"你们厂要采购车辆？"战友的情报让常秋生如获至宝。接下来的几天里，他连忙整理了公司销售的车辆资料，在战友的引荐下递到厂领导的案头。

事情出乎意料地顺利，卷烟厂一次性采购了7台东风EQ153平头柴油车，常秋生的第一单生意做成了。

总公司震动了！要知道，当时公司在昆明一年才卖19台车，他一个星期的业务量就超过公司全年业务量的三分之一，公司领导当即让他负责筹办昆明分公司。

说是分公司，加上他也不过4个人，新来的同事还没熟悉情况，不时有人撂挑子，重任落在了他一个人的肩上。

军人之志，志在必胜。常秋生一个人开始市场调研，他对所有用车的单位造了个表，骑着一辆破自行车跑遍昆明4区8县，把所有的情况摸了个一清二楚。分公司成立当年，销售车辆1700台，次年又翻了一番，达到3600多台，当时撂挑子的同事傻眼了："早知道如此，就跟着常总好好干了！"

▍东风之势，势在必行

一间18平方米的"门脸儿"，藏着常秋生的雄心壮志。

之所以从公司辞职出来创业，一是因为总公司领导和东风专营公司领导的意见分歧让他无所适从，二是改革开放大势所趋。

1998年8月，常秋生成立云南康明斯配件销售有限公司，从事发动机零配件销售。事业刚起步，却遇上"拦路虎"——启动资金不足。

他四处托朋友、找门路，最终在表姐的帮助下贷款4万元，可除去房租和其他开销，只剩几千元钱用来进货。

更不幸的是，第一批货并没有如期抵达库房，交付托运之后，货车司机竟称货物在路上丢失，仅赔了几百块钱了事。

"越是艰难，越不能放弃！"面对创业初期袭来的恶意，常秋生心如明镜，同行业的恶性竞争他见过不少，越是如此，他才越要用行动来回击对手。

东风之势，势在必行。凭着常秋生的销售能力，康明斯发动机的零配件销售业务很快做了起来，当年销售额达200多万元，次年翻了10倍，增长到2000多万元。他抓住时机建起汽车修理厂，并开启连锁扩张模式，2001年成为东风公司的服务商，2004年建成全国最大的东风公司4S店，让行业竞争对手再也不敢小觑。

让他始料不及的是，一场潜伏已久的危机悄然降临。

之前扩张之际，他曾寻求几位朋友在资金上施以援手，不料公司招聘总经理时，几个出资的朋友都想竞争这个位置，因不具备条件被婉拒后，便出现了股权之争。常秋生权衡再三，不甘心事业毁于一旦，忍痛将公司1100多万元净资产悉数赔付给几位股东，自己重新回到了起点。

"想要学会走路，就要做好摔跤的准备。"听着母亲的劝慰，常秋生释然了：军人，怎能一蹶不振？

股权风波后，他重整旗鼓，再次发力，云康集团开启了爆发式成长：完善东风康明斯发动机服务板块，依托康明斯发动机的营销中心、培训中心以及配件、应用开发和维修服务中心，年均销售额近3亿元，培训学员近80000人次。

常秋生再次站在了人们面前。这次，他站得更稳，也更加挺拔。

发展之梦，梦在必成

商业江湖从不缺刀光剑影，却不只有快意恩仇。

曾经有个实习生，以学习深造为借口拿走了员工食堂的伙食费，常秋生追回款项后，不仅没有追究责任，还资助其深造；曾经有个非常信任的朋友帮他掌管仓库，却背着他拉走价值20多万元的零配件，自己开了个门店销售，常秋生没有追究，权当投资。听说那个朋友的门店倒闭后，也只当是自己投资失败了……

"每个人都有做梦的权利，如果他的梦成真，我可能是梦里的风景；如果他的梦醒了，我也不是梦魇。"

常秋生也有自己的梦。

2008年金融危机爆发后，他敏锐地意识到，商业市场风云变幻，只有拥有核心技术的实体企业才能立于不败之地。于是，他着手进行产业布局，围绕新能源动力系统，研发生产新能源整车控制器、电机控制器、汽车改装生产、高精度产品专用生产线等产品。至此，云康集团形成了商业市场、康明斯发动机服务和汽车及零部件研发生产三大板块，构建了属于自己的商业王国。

发展之梦，梦在必成。这梦里，有着太多故乡风景的羁绊。

作为一名"楚商",常秋生出去看过了世界,更想回来反哺家乡。这些年,公司每年为部队免费培训汽修人才2000余人次,为襄阳的地方职业院校提供教学设备累计70多万元,先后安置600余名退役军人就业。每次灾情、疫情的捐款名单上,"云康"总会名列其中。

总有人间一两风,填我十万八千梦。

一路走来,云康集团从无到有、从小到大、由弱变强,常秋生既有春风得意马蹄疾的爽快,更不乏势单力孤时的无助。这一切,都化作他口中的云淡风轻,成为尘封的记忆。

东风吹梦到楚襄。岁月的沉淀,令人甘之如饴,照进现实的梦想,更让人心驰神往。

创业感言

回顾我的创业历程,有三点在这里和大家分享。

第一是认准方向。创业初期我选择做汽车零配件行业,主要原因是当时经济发展带动汽车销售量猛增,而零配件的销售和汽车维修却跟不上。所以我先卖零配件,然后开维修点,做汽配市场。有了一定的实力之后,又和主机厂联系,开始做配套、培训等售后服务。最近几年开始做实业,研发核心技术,打造自己的品牌,就这样一步步做起来了。

第二是永不放弃。有人说创业者都是疯子,一次选择,一万次煎熬,从某种意义上说的确如此。20多年创业,我真正给家里钱是从2018年开始的。创业需要全身心投入,根本没有时间陪伴家人,这种牺牲是巨大的。至于创业本身,就像唐僧西天取经一样,要经历各种磨难,必须有坚定的信念和信仰。我要感谢部队的培养,感谢家庭的支持,让我不管遇到任何困难,从未有过放弃的念头。

第三是要有规划。规划是目标达成和行动指南。我在创业之初开小店的时候,就做了5年规划,后来一直延续下来。执行计划的过程中,还要根据实际情况不断修正和完善,找出问题和解决办法。云康集团业务的拓展、产业链的延伸,都有赖于科学的规划和执行力。规划涉及方方面面,包括目标规划、管理规划、人才规划等,是一项系统工程。

"镖师"在都市

公维同

湖北·宋述领

宋述领，曾服役5年。2009年成立宜昌市金牛押运护卫保安服务有限责任公司，主营武装押运业务。现任湖北省保安协会监事长、湖北省保安协会押运专业委员会委员等。曾获评宜昌市安全保卫工作优秀个人。公司累计带动860人就业，其中退役军人328人。

清晨，天空刚泛起鱼肚白，一辆辆押运车鱼贯而出。

初冬的宜昌，已有些许寒意。宋述领观察着每一位押运员的状态，心里踏实而笃定。

待早班押运任务完成，银行开门营业。大街小巷开始热闹起来，人间烟火的气息在整座城市升腾。

日复一日，宋述领带领着500余名当代城市"走镖人"，守护着这里金融血液的正常流淌。

三十难立

而立之年，摆在宋述领面前的却是失业危机。

那一年，是他退役后参加工作的第7年。1992年底，在部队服役5年的宋述领追随爱情，来到人生地不熟的湖北省宜昌市，进入市里一家企业的车间上班。

年轻、有冲劲儿、勤奋肯学，干了不到三个月，他就从一名学徒工成为高级技工。半年之后，他又成为班组长，负责整条流水线的调控调度。

自己每月有一千多元的收入，爱人在别家企业做财务，也有八九百块钱的工资，一家三口的小日子平淡而稳定。

然而，让他猝不及防的是，与30岁生日一齐到来的，却是一张张工资"白条"。

当时，宋述领所在的企业经营不善，经济效益每况愈下，只能给员工挤出点生活费，勉强支撑到2000年，不得不宣布破产倒闭。

失业，是生活送给他的一份特殊的生日礼物。"一下子没了着落，整晚睡不着觉，做生意也没本钱……"

"去学开车吧！"就在他最为煎熬的时候，妻子拿出最后的积蓄，为他报名考取驾驶证。

妻子的鼓励温暖了宋述领的心，他一边学车，一边开始留心找工作：哪怕是先解决自己的温饱问题，不也能够为家庭减轻一些负担吗？

恰逢一家私人厂矿在招保安，有过从军经历的宋述领被一眼相中。干了十几天之后，有个邻居告诉他，宜昌市公安局下属的保安公司也在招聘，可以去试试。

很快，他收到了录用通知，不过月薪只有300元。

看着除去每天的交通费和伙食费后所剩无几的工资，宋述领不由得叹了口气。

直到在市内上了十几天班之后，一个机遇突然降临。

▎ 安保有力

安保、车辆进出、迎宾，甚至是升旗仪式……这份长长的任务清单，传到了伍家岗区政府保安队伍当中。

一时间，众人面面相觑。

当时，宋述领已被调到该区政府做保安，正好赶上区政府搬迁，搬迁的大量工作都落到了保安队伍身上。

由于保安公司新成立不久，大多数保安队员都没见过这种阵仗。这时，通信兵出身的宋述领站了出来。

他在部队时接受过系统的训练，于是主动承担了各个方案的设计和优化工作，和相关部门一起确保活动井然有序开展。

活动结束后，伍家岗区政府的保安队伍凭借专业素质走红，多家政府单位都争相前来学习交流。

"这个小伙子不错！"做事勤快、能力出色的宋述领得到领导和同事们的一致认可，很快成为伍家岗区政府的保安班长。

无论是阻止盗窃事件，还是协助抗击"非典"疫情，宋述领总是冲在最前面。3年间，他的团队每年都被评为先进班组。

2004年的一天，保安公司领导前来检查工作。

"会开车吗？"公司的一位负责人随口问了宋述领这样一个问题。

"会，能开大车。"宋述领回答说。

没过多久，一纸调令传来，他被调到了保安公司总部，成为公司督查大队的督查员。

由于督查工作大多是在凌晨出发，四五点钟返回公司，他干脆就睡在公司，第二天接着上班。

白天不忙，他做好督查简报后，又主动帮着主管部门办公室核对考勤考核表、整理员工的档案资料……

虽说只有高中学历，但勤于学习的他很快熟悉了办公室的一套活计，成了行家。

他的本职工作更是成了公司的宣传阵地，督查简报不但有通报批评，还逐步增加了公司新闻、好人好事、经验交流等，在公司上下反响良好。

宋述领的文字和组织能力很快得到大家的认可。一年后，保安公司办公室主任工作发生变动。也没人吩咐，宋述领就把办公室的工作主动扛在了自己身上。

几个月后，宋述领就被正式任命为人事部经理兼办公室主任。

后来，保安公司发展到1000多人，他接触的领域也越来越广，各方面能力得到了深层次的锻炼。

一个新的机遇又在悄然之中为有准备的人而来。

▍"走镖"重义

"此山是我开，此树是我栽，要想从此过，留下买路财！"

这是武侠小说或影视剧里常见的场面：一列商队行至深山老林，被一群突然蹿出的劫匪挡住去路。

为保护商人出行安全，确保财物安全抵达目的地，镖局应运而生。

游走于古代江湖的镖师，又在现代都市街头留下了可靠的身影。2009年，宜昌市金牛押运护卫保安服务有限责任公司组建成立，宋述领加入城市"镖师"的行列，开始了全新的"走镖"生涯。

宋述领再次从办公室主任开始做起，很快就成为押运公司的副总经理。

筚路蓝缕，创业维艰。创建初期的金牛押运一穷二白，历经租房、买地、盖房的艰辛之旅，终于在2018年建成了一座占地40亩的现代化武装押运公司基地。

在宋述领的带领下，金牛押运从无到有、从小到大，如今公司有员工500多人、押运车辆100多台，全市银行网点押运承接率达100%，成立至今未发生一起标的物被盗、被抢、遗失等案件，未发生一起枪支使用安全事故。去年，金牛押运营业收入突破1亿元大关，年纳税近2000万元。

做好本职工作之余，宋述领还练就了"十八般武艺"。他上进好学，考取了高级经营管理师、物业管理师、一级安全防范设计评估师、一级保安师等技术职称，获得高级安全评价师、高级安检师、高级楼宇管理师考评员资质。

作为一名退役老兵，宋述领始终对军人怀有一种特殊的感情，目前金牛押运公司在职的退役军人有200多人。

2020年，新冠疫情暴发，他连续50余天带领全体员工投身到抗疫战斗中，严格落实防疫卡点各项防控政策和措施。他还自费购买防疫物资，制作登记本、卡点指示牌等保障用品，协调解决工作人员的饮食、休息、防护等问题。在车辆、人员通行不畅的情况下，为保障宜昌市金融行业的需求，他每天奔赴不同的社区，想方设法办理押运人员通行证400人次、押运车辆公务派遣证300台次，执行特殊勤务1500次……

"武装押运，请勿靠近！"在那一辆辆印着警示标语的押运车里，宋述领带着同事们一直在守护着百姓的金融安全。

创业感言

我有句话分享给各位战友："搭好平台找对人，整合资源做成事。"无论是创业还是就业，这句话都值得我们反复思考，并好好践行。

平台搭好了，创业中我们需要以事业发展为目标，紧紧抓住人才培养这个"牛鼻子"，在员工的思想状态、工作作风、业务能力上下足功夫，通过提升员工归属感、幸福感、获得感留住人、培养人，推动事业可持续发展。要引导员工注重发挥主观能动性，在自己的岗位上认真履职尽责、尽心竭力，并通过集体教育与自我培育相结合的方式，鼓励员工不甘平庸、守正赋能。

另外，要建制度激励人。我们注重实行绩效考核机制、容错机制、客户反向评价机制，鼓励员工在工作方式方法上不断开拓创新，在工作作风上勤勉踏实，在工作成效上力争上游，全面激发员工内生动能。

　　创业成功与否的关键还在于能否有效地整合各方资源、各种资源到你所搭建的平台上。众人拾柴火焰高，人员找对了，人员用好了，资源整合到位了，人尽其能，各种资源得到优化，距离成功也就越来越近了。

　　当然，坚持终身学习也是事业越做越大的重要基石，战友们一定不要忘记学习。

湘军如铁，诚信似金

★ 罗胜天

湖南·刘奇

刘奇，曾服役5年。中共党员。现任湖南湘军建筑工程有限公司董事长兼党总支书记。所创办公司连续20年被评为湘潭市、湘乡市优秀企业，连续15年被湘乡市评为税收大户。个人曾被湘乡市、湘潭市评为优秀企业家、优秀共产党员。公司累计带动约35000人就业，其中退役军人800多人。

湖南省湘乡市火车站广场东侧，曾是一片低矮杂乱的建筑，如今，一栋方正厚重的现代办公楼取而代之。

走近正面，嵌于其上的红色大字"湘军大厦"格外醒目。

这是湖南湘军建筑工程有限公司的总部办公场地。而这支"湘军"的前身，一度陷入十分艰难的境地。

率领它重整旗鼓、一路凯歌的，正是公司董事长刘奇。

▍"烫手山芋"与炙热兵心

三十几名老员工到哪里找出路？几百万元的债务怎么办？一堆官司谁来解决？

1995年，一系列难题堆在了湖南湘乡市望春门街道。

这是刘奇的家乡。20世纪50年代末，他出生于一个邻近县城的贫困村子。

"遇上荒月，常吃不饱饭，就靠米豆腐充饥。"干着农活儿，刘奇慢慢长大了。

怀着对军营的向往，1978年底，他如愿当上海军工程兵。五年苦练，国防施工，身子变得硬朗，意志变得坚定，并在部队光荣入党。

"从部队回来，任何困难都压不倒我！"

退役归来，初露锋芒。1983年，刘奇先在建筑工地打了几个月工，不久又协助家乡望春门街道组建湘乡郊建工程公司，后更名为交建公司。从预算员到施工员，从施工队长到技术股长，几年工夫，刘奇成长为工程队的"能人"。

然而，交建公司由于经营不善，到1995年已负债380万元，还背着8场官司。

前景黯然，年轻一点的员工都另寻出路去了。刘奇也"下海"创业，当上了小小"包工头"。

企业的"婆婆"望春门街道发了愁：老员工、百万债务、一堆官司……这时，大家想到了刘奇，街道领导向他发出郑重邀请。

有人奉劝他："你创业开了个好头，现在接那个'烫手山芋'，怕是脑子进了水吧。"

话糙理不糙，刘奇很矛盾。

一个偶然的机会，他来到一名员工家。这位员工在公司干了10多年，上有85岁的母亲，下有3个未成年儿女，妻子体弱没有收入。现在自己工资也没着落，家徒四壁又逢雪上加霜。

老员工眼里闪烁的泪光，在刘奇脑海中挥之不去。次日，他来到街道办事处："这个烂摊子，我接了。"

比"烫手山芋"更热的，是军人的赤子之心。1995年5月，刘奇回到交建公司。

可迎接他的，除寥寥几名留守的老员工外，更多的是一大堆面色不虞的债主。

"那段时间，真是焦头烂额，深更半夜都睡不了觉。"无法，他只好拿出所有的积蓄，再用自己的资产到银行贷款救急。

一边是讨债的人马，另一边，刘奇也在重建自己的队伍。

他先和老员工一道，四处奔波，苦口婆心，找回部分失散多年的公司骨干，组建专业施工团队。

紧接着，精简和重组公司结构，组建财务、经营生产技术、质安管理、设备供应4个股室，员工近50人，其中退役军人8人，根据个人能力放到合适岗位，并严格出台管理制度。

人齐，出征。

刘奇豁出去了。找不到业务时，他就利用自己创业时的资源，亲自上门，拿人格做担保，好说歹说……

没有退路，反而博得更好的出路。他上任第二年，公司即实现盈利一百多万元。到了第三年，原来的官司和债务全部了结，公司重获生机。

"我做梦都没想到，除了工资，还能领到年终奖。"笑容，又回到了那位家境贫困的老员工脸上。

2厘米与30多万元

"赶紧行动！把这些栏杆推倒重来！"

2003年底，提前竣工验收的湘乡市人民法院审判大楼，一声怒喝响彻工地。

这声音的来源，正是刘奇。

原来，有些不放心的他再一次来到工地检查，竟发现楼梯栏杆的高度没有达到强制性标准。

栏杆上已经涂刷的崭新油漆是胜利竣工的标志之一，在他看来却异常刺眼。

他当即拿起手机，质问项目经理："楼梯栏杆短了2厘米，怎么搞的？"

电话那头，轻描淡写：这个高度可以通过验收，对方也没提出强制要求。

他瞬间火气蹿升，责令项目经理率相关人员来到现场。他们赶到后，迎面而来的便是刘奇"机关枪"似的连连发问："人家没提要求，就可以降低标准吗？开工时我们的承诺是什么？强制性标准是多少……"

这把"机关枪"是为了百姓而"发射"。

1998年下半年，交建公司响应深化改革、政企"脱钩"的要求，依法改制。改制后的出征大会上，刘奇郑重宣布企业宗旨：业主是上帝，质量是生命，信誉是资本，全优是目标。

"这不是说着玩儿的，我们的承诺一定是金！"

工地上的凛然诘问，与大会上的表态同样掷地有声。

最终，多花了30多万元，栏杆重新加高安装后达标，工程获得湖南省住建厅"芙蓉奖"。

这样的例子对于刘奇和他的公司来说，不胜枚举。

2008年，刘奇将公司更名为湖南湘军建筑工程有限公司。重新起航之时，他庄严承诺：要打造一支吃得苦霸得蛮的"建筑湘军"！

刘奇接手后的交建公司，之后更名为"湘军公司"，承建的各类项目质量合格率始终是100%，优良率80%以上。湘潭市"优质工程""湘莲奖""芙蓉奖"和湖南省优质项目数量，每年位居湘潭市同行业前列。

刘奇的工程，如同铁骨铮铮的军人，没有"过得去"，只有"过得硬"。

▍四个大字与一艘"航母"

走进刘奇的办公室，一幅龙飞凤舞的字画格外醒目。画上的四个大字，与其说是挂在墙上，不如说是写在他的心中。

2022年5月31日，刘奇来到湘潭理工学院扩建项目工地，和几名管理、技术人员一道例行检查。随后的讲评会上，大家说了进度较慢、管理不细等问题。越听，刘奇的神色越凝重。

"你们今天是怎么搞的？"他板着脸发问，"讲评讲评，就是要讲问题。现场杂物乱堆乱放，斜坡处没有护栏，存在安全隐患，你们当作没看见吗？……"

言语之间，挂在办公室里的那四个大字早已融入其中——"湘军如铁"。

无论是公司总部，还是项目现场，到处可见管理、质量、安全、技术等各项制度，要求大家严格遵守，认真执行。每月各个项目3次例行检查，几十年雷打不动。

唯有铁骨铮铮，方能挺起中国建筑的"脊梁"。

"脊梁"笔直，公司信誉随之节节攀升，企业资质实现"五年三级跳"：1996年底，公司由暂定四级转为正式四级；1998年9月，升格为三级；2001年7月，晋升为房屋建筑总承包二级企业。

2013年5月，经严格评定，"湘军公司"正式进入一级建筑总承包企业行列。如今，公司的项目和业务已拓展到全国各地。刘奇率领大家在省内外打出一场场"漂亮仗"，先后在福建、江西、云南、新疆等地承建住宅小区、大学配套、市政工程、企业厂房、专业市场等各类项目。

稳健运营，公司升级"建筑航母"。湖南奇明房产开发有限公司、湖南奇明建设工程有限公司、湖南锟武设备租赁有限公司三家子公司先后成立，累计带动约35000人就业，其中退役军人800多人。近年来，每年安排就业2000多人，退役军人占比10%以上。

"建筑航母"，乘风破浪为民护航。湖南冰灾、汶川地震等大灾和家乡重大水利灾害面前，刘奇总会以公司的名义伸出援手；新冠疫情发生后，公司承担部分医院核酸检测站的建设；脱贫攻坚战中，先后联点支持白田镇芋子村、山枣镇洙津村、翻江镇桃林村。桃林村负责人感慨道："我们村是个典型的边远山区，湘军公司在基础设施建设等方面，给予了真金白银的支持，值得点赞！"

真金白银，投入了优质的建筑工程，支援了国家的建设需要。留给自己的，是朴素的穿着、简朴的生活。如今拥有产值十亿元的公司，刘奇依然看不出是个"大老板"。

2022年国庆前夕，公司所有工地抢抓黄金季节有序施工。他从一个工地来到另一个工地，除日常检查外，还要求各个项目营造适当的国庆气氛。

"一路走来，确实不易，公司如此，国家尤盛！"

创业感言

在建设领域打拼近40年，我主要有三点体会。

作风一定得硬。无论取得多大成绩，我都保持部队磨炼出来的作风，准时上班、深入现场、注重实干，数十年如一日。我要求团队特别是管理人员像建筑中的钢铁和水泥一样，始终保持过硬的作风。

承诺一定是金。建筑工程是百年大计甚至千年大计，不能有半点含糊。从一项工程到无数项工程，从家乡发展到全国发展，我要求每项工程严把质量关，坚守公司的承诺和宗旨，靠诚信赢得市场。

制度一定要严。从几十个员工到几千名员工，公司的管理离不开一系列严格的制度，自己也带头遵守。当然，制度之外，我们也讲人性化，要有人情味，不断适应现代化要求。

如今能在建筑业取得一点成绩，主要得益于改革开放以来党开创的中国特色社会主义事业，得益于部队的教育和磨炼，得益于社会各界的关心和支持，得益于公司团队的一路打拼。业海无涯，初心永葆！

变废为宝，看餐厨垃圾雕出技术之花

★ 赵艳萍

湖南·易志刚

易志刚，曾服役12年。中共党员。成立湖南仁和环境股份有限公司，从事厨余垃圾处理技术研发和项目投资建设工作。个人获得国家发明实用新型专利40余项，曾获评中国十大科技创新领军人物。创业以来，累计带动1000余人就业，其中退役军人近150人。

"叮铃铃……叮铃铃……"凌晨五点，闹钟作响。

晨雾朦胧，朝霞初泛，人们还在沉睡，城市悄悄苏醒。轻吻睡梦中儿子的额头后，易志刚穿戴整齐，驱车向着工厂园区开去——今天是星期一，公司每周一次的升旗仪式，没有特殊情况，他从不缺席。

易志刚的湖南仁和环境股份有限公司坐落在长沙市开福区内，这里不仅有川流环绕、古刹点缀的古朴韵味，还是我国垃圾分类、变废为宝的技术革新前沿。

在当地，易志刚的企业很出名，人们都很好奇，一个天天跟垃圾打交道的企业家，为何能干得风生水起？

抱定梦想，农村孩子过关斩将上军校

岁月流转间，易志刚的公司已经栉风沐雨18个年头。18年里，在很多个无眠的夜晚，易志刚曾一个人来到园区，一步一思索，不断和最初的自己对话。

1970年，易志刚出生在长沙县的一个农民家庭，爷爷没文化，父亲只会种地。饥饱不定中，他和两个兄弟度过了自己的童年。

20世纪七八十年代，改革开放的春风吹"痛"了这个闭塞的小山村。过够了青黄不接的日子，易志刚萌生了"出去看看"的心思。

16岁那年，他一个人跑到镇上招兵办，满怀期待地在报名表上填上了自己的名字。

来到部队，他很快发现了自己和别人的不同：同期兵以城市兵居多，他们见识多，有文化知识，相比之下，农村来的自己落后很多。

但他并未因此沮丧，而是在心中悄悄藏着一个梦想——考军校。

当兵第一年，按照部队规定不能报考；第二年，初次尝试没考上；第三年，距离录取分数又差一点……到了第四年，"要么考上，要么退伍"，易志刚给自己立下军令状。

巨大的压力催生了梦想的绽放，当兵最后一年，他如愿考取了解放军防化指挥工程学院。

从解放军防化指挥工程学院指挥二系学员到北京空军87343部队技术员，从中央党校法律本科生到湖南大学工商管理硕士、博士，从清华北大研修班到湖南大学研究生导师，易志刚直言："求学之路不易，没有部队12年的历练，我走不到今天。"

时至今日，即使工作再忙，易志刚也保持着每年100多天的学习进修时间："时代在变，技术在进步，我也必须多学习。"

一波三折，路该走向何处

1998年，百万雄师大裁军，易志刚主动请辞，挥泪告别军营。

回到家乡，他被安排到国有企业、湖南橡胶厂担任董事长助理。在外人看来，这是一份体面的工作，但时逢国企改革浪潮，橡胶厂生产的轮胎、鞋子卖不出去，他所能做的，只是帮助董事长完成破产前的扫尾工作。

初出茅庐却遇上破产企业，易志刚虽心有不甘，却也只能另找出路。恰逢当地能源产业中心招聘，需要既懂专业又能吃苦的年轻人到农村去发展沼气池建设。由于这份工作要长期与农村的畜禽粪污打交道，年轻人大多敬而远之。

可易志刚眼前一亮："这工作不就是为我准备的吗！"在军校学过化学，在部队搞过科研，在橡胶厂受过磨炼。带着一腔热情，他通过事业单位选调考试，来到了能源产业中心。

这份工作，他干得很起劲儿。白天到村子里给农民科普沼气池技术，晚上研究如何把畜禽粪污转化为燃料、有机肥。

年轻的易志刚尚不知道时代洪流的威力——1999年，国有企业、政府机构大精简，能源产业中心也包括在内。

再次"下岗"后，他漫无目的地走在大街上，感到了前所未有的迷茫："三十而立，我的出路又在哪里？"

艰难起步，筚路蓝缕建成"军味"队伍

痛定思痛再出发。这次，易志刚选择了一家刚刚起步的中小房地产公司。

"当时长沙房地产业处于起步发展阶段，虽然相比大城市还较为落后，但已经慢慢展现省会城市的魅力，发展势头很好。"他这样解释着自己当初的选择。

看好了行业发展方向，他从报纸上看到一则招聘消息，便带着简历来到仁和房地产公司面试，几句交谈下来，双方一拍即合——原来，公司两个股东都是退役军人。

军人的凝聚力不可小觑。在大家的努力下，短短3年时间，这家不起眼的小公司在长沙接连开发了3个楼盘，总建筑面积近50万平方米！

谈到这段经历，易志刚有些激动，不禁怀念那段热情如注的岁月，更感恩董事长洪也凡的信任与支持："没有洪也凡，成就不了今天的仁和环境！"

原来，2003年，洪也凡为易志刚"量身打造"了一项专属任务——考察生活垃圾处理在长沙是否可以市场化运作。

接到这个项目的那天，易志刚兴奋到很晚才睡："大学的化学知识、建设沼气池的经验，这下都能用上啦！"

3个月里，他跑到北京、上海、厦门、青岛等城市，深入垃圾处理厂考察，发现不少大城市生活垃圾转运处理的技术很成熟。在长沙实施市场运作，缺的是敢于第一个吃螃蟹的人。

"既然可行，那你来试试！"看完易志刚厚厚的可行性分析报告，董事长把"指挥大权"放手交给了他。湖南仁和环境股份有限公司就此成立，湖南省环卫项目市场化运作先河从此开启。

从房地产公司跨越到环保行业，易志刚首先在管理上遇到了难题。仁和环境公司最初有170多人，多是城郊的农民或下岗职工，组织纪律松散，不好管理。

思前想后，他"借"来部队的管理办法，实行"准军事化管理"，力图打造一个"像军队、像学校、像家庭"一样的队伍。

公司为职工建好标准的6—8人间员工宿舍，统一配发生活用品，就连牙膏、毛巾也跟部队用的一样。他们还给员工上五险一金，提供三餐，节假日有福利，用较好的福利待遇免去员工们的后顾之忧。

但有一点，想要进入公司工作，必须参加为期14天的军训并通过考核。

刚开始，大家对这样的管理模式有些不适应，但时间一长，就连职工家属都交口称赞。到现在，在公司工作十五六年的老员工大有人在！

专注五年，创新追赶新技术

房地产投资靠战略眼光，垃圾分类处理靠的是实实在在的真技术。公司初创，面对没有政策支持、没有经验技术的两难局面，易志刚像被两座大山压着胸口，整夜整夜地睡不着。

仁和环境公司主要处理厨余垃圾，需要从回收来的厨余垃圾中提取出生物柴油，其中要经过分选、破碎、制浆、蒸煮、灭菌、提油等一系列环节。流程看似简单，但是仅其中的"废水技术"这一项，易志刚和团队就钻研了5年，投资数千万元。

"外国人和中国人的饮食习惯有很大差异，厨余垃圾也很不一样。直接把他们的技术拿来用是不现实的，我们得有自己的新技术！"公司投产不久，易志刚就看出了公司发展的"瓶颈"问题。

刚开始，他把废水处理交给专业的废水处理公司来做，谁知不仅技术没做出来，还吃了一场官司，高价购买的设备被当作废品卖掉，一次就亏损了两千多万元。

他下定决心，自己研发技术！但要研发技术，就要有大量资金投入。银行贷款多次碰壁，易志刚开始四处融资。一年时间不到，他游说股东三次增资，三五年下来，累计亏损了五六千万元，股东再也坐不住了——"实在不行，就宣布破产吧！"

股东的话击中了易志刚的心："最后一搏，必须搞个名堂出来！"从此，他开启了决战模式：一方面，与诸多人大代表一起提议，恳请政府将餐厨垃圾收运处理的补贴费用提高至符合市场行情的水平；另一方面，四处联系科研院所、大学、设备厂家合作，进行工艺技术和设备制作攻关……

那段时间，他吃住都在办公室里，孩子常常半个月见不到爸爸。夜半无眠时，他就打开电脑查文献，一有想法，赶紧打开笔记本记下来。

经历5年苦心孤诣，厨余废水处理技术终于取得国家专利。科研人员喜极而泣："还好当时没放弃！"

随着关键技术的解决，仁和环境公司逐步走上正轨。2017年，公司扭亏为盈，到现在，已经成为行业龙头企业。

"企业做成功了，但对家人亏欠太多了！"语调低沉，易志刚的眼里有些酸涩，"大儿子的成长我几乎没有参与过，如果能回到从前，我肯定好好陪他……"

创业感言

时间在变，环境在变，工作在变，而我的军人品格永远不变。

12年军旅生涯，培养了我不抛弃、不放弃的顽强意志和拼搏精神。我把在军校学到的知识应用到生态环境领域，20多年来带领团队创新研发出一整套厨余垃圾处理与资源循环利用工艺技术和商业模式。

虽然创业取得了一定成绩，但坦诚讲，创业真的太难了！作为创业者，必须具备超强的吃苦精神、学习能力、顽强的意志以及坚定的信念。

当今的我们正处在百年未有之大变局，退役军人出身的创业者要想在激烈的市场环境中赢得竞争，就必须发扬我军"不怕困难、艰苦奋斗、同心协力"的光荣传统，这样才有可能实现"转身不忘青云志，解甲归田亦栋梁"的目标。

道阻且长，行则将至

★ 陈延山

广东·刘利华

刘利华，曾服役24年。2018年创办韶关市宝珑保安服务有限公司。曾获评2019年度乐昌市爱国拥军先进个人。公司曾获2019年度乐昌市爱国拥军模范单位等荣誉称号。创业以来，累计带动812人就业，其中退役军人303人。

"如今的我，好像干出了一点成绩，实现了当初的愿望，但这条路，一直跌跌撞撞、弯弯曲曲。"这是韶关市宝珑保安服务有限公司总经理刘利华跟记者说的第一句话。

道阻且长，何以抵达？探寻他曲折的创业历程，记者找到了答案……

两次碰壁
转业费血本无归，还负债近百万元

说刘利华一路走来跌跌撞撞，一点儿也不夸张。

2017年，在家人的强烈反对声中，他带着50万元转业费，走上了自主择业之路。

"家人之所以反对，是因为他们认为我都到这个级别了，轻轻松松找一个政府单位，安安稳稳干到退休就行了。"可刘利华心有不甘，"24年军旅生涯锻炼出的能力，应该可以干出一番事业。"

然而理想很丰满，现实很骨感。

刘利华看准的第一个项目是3D打印技术。投资这个项目的契机是上幼儿园的女儿从学校拿回家的一张3D打印纸，惟妙惟肖的打印效果让孩子爱不释手的同时，也让他赞叹不已："这个项目今后一定能有所发展！"

说干就干是刘利华的性格特点，也是24年军旅岁月培养出来的优秀品质。组建团队、租赁办公场所、购买120台打印设备、组织人员远赴杭州学习3个月、签订广东省总代理协议……

但是，由于技术和运营平台不成熟、团队经验不足、市场调研不深入，项目最后没有落地。一圈下来，投进去了120万元。50万元转业费血本无归，刘利华一身疲惫地回到了家里。

为什么会失败呢？他在家里认真总结了半个月，最后得出一个答案：投资了一个自己完全陌生的领域。

长了教训后，刘利华整装又出发了。

这一次，他谨慎了许多，每天带着一个小本子，走街串巷调查市场。

经过调查，他发现监控设施的市场需求比较大，不管是小门店还是大公司，几乎都需要安装监控设施。更让他兴奋的是，这跟当初在部队时站岗执勤有相通之处。

就是它了！

组建团队、购买设备、寻找客户，一切都很顺利。3个月后，签约客户都表示很满意：不需要自己购买监控设备，只需要每月付一二百元租金，就能在符合合同和规定的前提下，快速看到自己门店、公司的高清监控视频。

客户满意了，但是新的问题又来了。每个监控设备的价格是5000元左右，每名工作人员每月工资6000元左右，但是，每个监控设施每月只收100~200元的费用，再加上维护费，公司一直入不敷出。

5个月后，在签约客户的一片遗憾声中，刘利华结算了员工工资——这次创业又失败了。

▋ 一个转折
重拾"军味"，5年开创知名企业

虽然两次创业都失败了，但刘利华看到了一点希望之光。他把目光投向了更熟悉的领域——安保服务。

带兵、练兵是自己的强项，管理几百个保安不在话下。

带着这个念头，他走访了曾经服务过的厂矿企业、工地学校，由于上次服务质量高，各个企业都表示愿意合作。

吸取了前两次失败的经验教训，刘利华这次步子迈得更加平稳：组建团队时，招来了在自己手下干过班长、当兵8年退伍的白少龙担任保安队长；招来了当过炊事班长的马瑞负责后勤管理工作；随后又招来6名退役军人，按部队军事化要求管理团队。

队伍拉起来了，但没有项目。好不容易，刘利华接到了第一单生意：一家建筑工地的安保工作。

相比于一般的安保服务，建筑工地人员多、材料多、物品复杂，安保难度大，很多安保公司都不愿意干。但刘利华有自己的打算："如果难度大的我们都能完成，就说明这条路选对了；如果这个难度我们不能完成，那我就此收手，还能降低损失。"

在工地上，这群退役军人用行动展现了实力：工地老板原来说2个人每1小时巡逻一次即可，刘利华却亲自带领2个小组、每组2人，24小时不定时巡逻。

3个月后，工期结束时，工地的每名工人都认识了这些安保队员。

打响了"第一炮"，刘利华开始招兵买马，并用部队的管理模式来管理公司。

他按照部队的组织架构，在公司设置了业务部、人防部、督查部、后勤部等部门，安保队员分为班、排、中队、大队。班（排）、中队、大队分别是每天、每周、每月进行开会讲评。每周组织不少于一天的训练。

公司的名气很快打响。在乐昌市教育局组织的学校安保服务招投标中，刘利华的宝珑保安服务有限公司在众多公司中"杀"出重围，成为中标单位。

此后，宝珑保安公司一路高歌，势如破竹。

一支队伍
一朝为兵，终生冲锋在服务的"前线"

48小时里，刘利华只睡了2个小时。

2022年3月，韶关三区要进行集中核酸检测，急需200人现场维持秩序、负责引导。但是由于时间紧，一时难以抽调如此多的人员。得到消息的刘利华主动请缨：交给公司志愿服务队吧！

很快，刘利华在公司志愿服务队的群里发了一个报名的消息，短短6分钟，就有近300人报名。经过挑选，最终确定了200名退役军人。

出征前，刘利华在群里说了一句话："我们曾是军人，必须有军人的样子。"

出征队员誓言铮铮："一朝为兵，终生是兵！"

2天里，200名队员被分到了20个核酸检测点。刘利华逐一巡查，顾不上休息。核酸检测结束后的反馈结果是：200名队员，人人素质过硬，个个作风优良。

这次"战役"打响了公司志愿服务队的名号。

2022年6月的一天，乐昌市区遭遇暴雨，急需30人到主要街道疏散群众、转移财产。

当地政府首先想到的就是刘利华宝珑保安公司的志愿服务队。他接到通知后，8分钟内，32名退役军人队员集结完毕。

在刘利华的带领下，经过近8个小时的连续奋战，上级指定区域的人员全部被疏散，危险房屋的财产全部安全转移。暴雨过后，志愿者又排积水、清积淤、扫卫生。直到一切工作完成，在返回的车上，刘利华和队员们穿着被雨水淋湿、被汗水浸透的衣服，沉沉地睡着了。

队员们的付出，刘利华看在眼里，急在心上：不能只让他们付出，挺身而出必须得到褒奖。为此，他在公司设置了见义勇为专项奖励，最低奖金为3000元。第一个获奖的是在某中学执勤的保安班长何成纲。在他执勤的晚上，抓住了一名偷盗学校电脑的小偷。

他还组织公司退役军人到红色教育基地，接受光荣传统教育；到学校去，进行义务国防教育。为了让公司退役军人充分感受到"企业的文化、家的幸福、军人的味道"，先后开展了"迎八一"畅谈会、慰问老兵及军属、庆祝党的百年华诞等一系列活动，重温初心使命，凝聚红色力量。

未来，公司将尽力接收更多退役军人来就业，同时进行相应的技术培训，提高能力素质，让他们即使以后离开公司，也能有一技之长，为社会做出更大的贡献。

"没有越战越勇的信念和行动，就没有我的今天。"回望曲折来路，刘利华想到更多的是同样想创业的退役战友们，"如果我的经历能给他们一点启示，让他们少走一点弯路，那就够了。"

创业感言

脱下军装，选择自主创业，我经历过挫折，遇到过迷茫，曾被质疑过，也曾彷徨过，可我从未退缩，始终保持着军人的本色。在部队历练的那24年，教会了我坚韧和不轻言放弃的信念，只要心中有信念，就没有战胜不了的困难。

创业路上谨记三点：

第一，诚实做人。所谓人无信不立，业无信不兴。要永葆军人本色，不忘初心，牢记使命，诚实做人，踏实做事。

第二，贵在坚持。成功从来没有捷径可走，任何成功都是厚积薄发的结果。贵在坚持，难在坚持，成在坚持。每一次的努力与坚持，都是幸运的伏笔。"滴水穿石，绳锯木断"，做事持之以恒，方能获益终身。

第三，要有担当。在其位，谋其职，负其责，尽其事。对工作要尽职尽责，对工作负责就是对自己负责。无论遇到多大的困难，都要迎难而上，尽心尽力把工作做好。一个真正靠谱的人，一定是负责任、有担当的人，也是坚守底线、有原则的人。

创业之路艰辛而漫长，要保持学习，不断提升，帮助别人，成就自己，不忘初心，永远跟党走。

开往春天的皮卡车

★ 王安润

广东·李炳方

李炳方，曾服役4年。2016年注册成立云安区李炳方综合农场，主要经营家畜、龙须菜、秋葵等农副产品种养销售。2017年获广东百佳新型职业农民荣誉称号。2019年农场获评广东省示范家庭农场。累计带动当地村民250人就业，其中退役军人65人。

"布谷……布谷……"手机响在凌晨5时，很执着，也很清脆。

李炳方一骨碌坐起来，麻利地摁掉叫醒功能，迅速穿戴整齐。

从绿色军营到繁华都市，再到乡土气息浓郁的综合农场，二十多年来，军人的作风始终不曾改变，也不可能改变。

▍ 驰而不息

村落在窗外飞快闪过,对于李炳方而言,发动机的轰鸣声是此时天底下最美妙的音乐。

匆匆吃过早饭后,他开动皮卡车向猪场驶去,那里有380头香猪即将出栏。

它们来自青藏高原,素以肉质香嫩闻名。若是烹制成菜肴,会有一股特殊的香味。想到这儿,笑容在他黑瘦的脸颊上浮现。

喂完他的宝贝香猪,李炳方早已大汗淋漓。几分钟后,皮卡车又上路了,这次的方向是镇子——上午10点,他要与政府工作人员洽谈一项合作。

中午,镇上饭馆飘香,李炳方点了份炒河粉,三下五除二吃完起身,发动机的轰鸣声再度响起。

皮卡车在综合农场的地头刹住,他跳下车,踩上平整的土地。这是一片希望的田野,秋葵从耕土到育苗,再从浇水施肥到收割出售,大约需要7个月。今天急匆匆赶来,就是为了把好第一关——深耕土壤。

一转眼,时针指向下午6时,李炳方突然想起与一位作家约好了视频采访。夕阳西下,山山水水颇具诗情画意,皮卡车却"不解风情",一路疾驰至自家院子。

扒了几口米饭,手机又响起来了,李炳方整整衣衫,接受视频邀请……采访结束时已经很晚了,他重拾筷子,风卷残云。

这天,是2022年10月12日。

创业这些年来,几乎每一天,李炳方都是在如此忙碌中度过的。

▍ "孤雁"有志

"我就是个忙碌的命。"李炳方直言。

换句话说,他有一颗躁动的心,时刻都在跃跃欲试。小学、中学、大学，他从来不甘人后。认准的事儿，九头牛也拉不回来，十足的"一根筋"。

毕业后辞去稳定工作，把青春献给军营，就是其中一件。

21岁的他从云浮市云安区镇安镇背岭村应征入伍，成为一名卫生兵。其间，他荣获优秀新训骨干和优秀个人等称号。之后，到珠海的部队做军医。

1997年香港回归，他近距离目睹了中国人民解放军驻港部队的军容军姿。那铿锵有力的步伐像鼓槌，一下又一下，击打着他的心，沸腾着他的血。

军旅生涯终要结束，好男儿志在四方，自己的未来又在哪里？2000年，他退役了。

转眼间，脱下军装的李炳方已奔波了好几年。干过绿化工程，也当过类似司务长之类的角色，还倒腾过砂糖橘等水果。用他的话说，像一只离群的孤雁，找不到方向。

这时，在珠海某大学工作的一名女战友得知他的情况，向他抛出了介于友情和爱情之间的橄榄枝。李炳方在继续打拼的同时，展开了对女战友的"追击战"，直至大获全胜。举目无亲的珠海，有了他的一个港湾。

婚后不久，他们有了爱情的结晶，小日子比上不足比下有余。可甜蜜之余，李炳方尝到丝丝苦涩：一个男人，怎能没有事业呢？

他进入市区一家大型连锁店，担任管理人员。业务，他精通；管理，他上心。一年下来，稳定的收入足够让这个三口之家满心欢喜。可夜深人静时，妻子发现丈夫在辗转反侧"烙大饼"，这与以往躺下就打呼噜的他大相径庭。

第二天早上，一个绕不开的话题在餐桌上展开。

快言快语的李炳方向妻子摊牌了：回去！

妻子一头雾水：回哪里？

李炳方斩钉截铁道：云浮。

妻子一脸惊诧：干什么？

李炳方信心满满：创业！

创业？你不是一直在创嘛。

开往春天的皮卡车

这次不一样。

怎么个不一样？

好政策来了……

知夫莫若妻，妻子不再细问，只淡淡一句：什么时候走？

李炳方目光炯炯：下午！

家乡的山山水水和父老乡亲在等着他，千载难逢的退役军人创业政策在召唤他。当天下午，云浮大地上再度出现了李炳方的身影。

点"菜"成金

"一个卫生兵，没种过地，底气在哪里？"对于李炳方的创业计划，许多村民持怀疑态度。

可当他不慌不忙地竖起两根手指时，他们不吭声了。

回到云浮后，经过一番实地勘察和细致谋划，李炳方决定在云浮市云安区创建综合农场，种植"两菜"。

"两菜"，就是龙须菜和枸杞菜。前者因嫩茎形似龙须而得名，不仅香气浓郁，还可清热解毒；后者经现代药理实验证明，有增强人体免疫力、抑制癌细胞生长、增强造血功能等功效。

方向既定，李炳方摸着石头过河。

没有种植经验，他就不厌其烦地问，下到田间地头摸索，一待就是几个小时。选苗、施肥、日照、土壤、水……第一手科学数据在握，李炳方长舒了一口气。

种植过程中，他发现了龙须菜的高附加值："高温高湿环境下，龙须菜生长尤其迅速，短期内可多次收割上市。"在割了一茬又长出一茬的龙须菜田里，一条切合综合农场实际的路子慢慢形成了。

龙须菜在丰产，市里各大商场里少不了李炳方的身影。他利用自己在连锁店工作时积累的人脉，主动上门寻找收购方，很快就打通了产品销路。

灯下，李炳方又在查阅资料。

221

综合农场的规模在不断扩大，但他一刻也没有忘记自己的初心——带领村民共同致富。

他走家串户做村民的思想工作，邀请大伙儿加入农场经济，并表示将毫无保留地传授种植养殖技术，免费提供种苗和技术指导。

不久，石城镇留洞村和云雾山村的两位村党支部书记慕名来到综合农场。参观完后，他们不约而同地向李炳方竖起了大拇指。两人刚离开，综合农场就涌来一大批村民。

又是一年秋葵熟。在云星村，村民陈伙娇家的田里，秋葵长势喜人，左邻右舍向他讨教，他神秘地说："都是李代表的功劳啊"。

陈伙娇口中的"李代表"正是李炳方，去年他被乡亲们选为云安区第七届人大代表。他给陈伙娇支招，种秋葵时剪下一片叶子，防止营养流失。凭这一招，陈伙娇家的秋葵大获丰收。

秋葵灿灿，乡亲们感激的目光不约而同地投向综合农场忙碌的李炳方……

▎ 春风骀荡

种植和养殖是一对孪生姐妹。

冬去春来，李炳方的综合农场和镇安镇众裕农产品专业合作社发展迅猛。300多亩蔬菜、200多亩果树年年丰产丰收，30000多只鸡、100头牛、380头香猪、100多只狗与种植业共同撑起了事业的蓝天。

有医学经验的"李军医"，自学兽医比常人容易；在部队历练过的"李代表"，雷厉风行的作风依然如故；有连锁店管理经验的"李场长"，经营理念不断与国际国内接轨。在这样的优势下，以镇安镇河东村委、背岭村基地为中心的综合农场辐射周边都杨、白石、石城、富林、鹤山、河郎等多个乡镇，带动农民就业200多人、吸纳退役军人就业60余人。

一次，在镇人大代表联络站接访群众时，有村民提出土地流转可能会失去承包权，不少人对此有顾虑。问题不容小觑，李炳方立刻耐心地向大家解释，直到大伙儿明白了提高耕地利用率、保障粮食安全的意义。之后，李炳方又来到田间地头，走进村民家中为他们讲解土地流转的优势和成功案例。渐渐地，村民们接受了新的发展模式，踊跃地将闲置土地流转了出去。

这时，一个消息传到李炳方耳中：镇安镇还有600亩荒田在"沉睡"。核实情况后，他马不停蹄地走访了全镇的13个村委，并提出，如果能解决资金问题，自己愿意提供技术和联络销路，共同打造云安区的蔬菜品牌。后来，这个建议被列入区政府的民生工程。

党的富民政策的春风唤醒了镇安镇"沉睡"的土地，想到这里，李炳方浑身涌起无穷的力量。

皮卡车又启动了，手握方向盘的李炳方，在希望的田野上不断前行。

★ 创业感言

退役后，我做过很多工作，最后确定以农业为目标。在选择农业种养结合的时候，周围很多朋友、亲人、群众都觉得我是傻瓜，用钱买辛苦。我在创业中也跌跌撞撞，一直寻找方式方法去突破。

在农业领域坚持十多年，我深深地感受到，首先，进行农业创业要对农业有兴趣，用行动去做，用心去研究品种的生长，达到质量要求，认真研究哪类土地适合种植哪类作物，辛苦付出，就是要让群众放心吃到安全的食品。

其次，不能以守旧的方式做农业，要学会做一个有智慧的新型职业农民，积极学习农业经营，学以致用，举一反三，多问问题，多找原因，了解市场，战胜困难，将风险降到最低。

最后，农业是一门学不完的功课，我用很多精力去进行种植、养殖，天一亮就进入每天16小时的工作，日复一日，年复一年，坚持到今天。只要不放弃，就有机会，相信明天会更好。

祥云飘过雪域高原

★ 王安润

广西·王世全

　　王世全，曾服役21年。中共党员。1993年创办广西北海国发海洋生物产业股份有限公司和广西南珠宫投资控股集团有限公司，主营珍珠养殖、生产、加工及销售和酒店旅游业等，"南珠宫"被胡润财富2020年认定为全球珍珠行业五十强之一。个人曾获评广西优秀企业家、广西优秀社会主义建设者、广西民族团结先进个人、西藏优秀社会主义建设者、四川省委政府百家民营优秀企业家等。2000年成立西藏高原之宝牦牛乳业股份有限公司。创业以来，累计带动1000余人就业，其中退役军人约250人。

精神矍铄，身板硬朗，举手投足间透出军人的干练。

2022年11月3日，"全国促进退役军人就业创业工作展"的一个展位前,王世全正绘声绘色地介绍着由雪域高原孕育的成果。

高原牦牛奶产品属于西藏高原之宝牦牛乳业股份有限公司。曾服役21年的王世全,是这家公司的董事长。

令人意外的是,早在乘上被誉为"雪域之舟"的牦牛前,他已在波光粼粼的广西北海徜徉自如……

■ 上山,下海

从山清水秀的四川来到空气稀薄的拉萨,18岁的王世全实现了人生的第一次跨越。

报效祖国的志向溢满胸膛,他成为西藏军区防化连的一名战士。

在连队仅仅代理3个月司务长,他又被选调到北京,当上首长警卫员。首长博学、严厉、厚道,鼓励他学习马列的书和《毛泽东选集》,逼他"啃"枯燥的《政治经济学》,还要雷打不动地看《新闻联播》。

四载春秋转瞬即逝,站在八达岭上的烽火台远眺,王世全的眼界和格局打开了。

多年之后,工作调整,他又面临抉择。一片祥云,飘进王世全的心扉——

自己年轻,应回高原一线去!

他高高兴兴地打起背包,回到梦开始的地方,继续守卫"世界屋脊"。

这一守,就是10多年,直到1993年转业,到四川成都设在北海的办事处任职。

从北到南,从高原到海洋,王世全实现了人生的又一次跨越。带腥味的海风里,晶莹剔透的中国南珠一下子抓住了他的眼球。

伴着风起云涌的创业大潮,王世全雄心勃勃地准备投身商海。

首次下海,暗礁丛生,在首长鼓励下学到的知识发挥了作用。在商言商,赚钱需要有在刀尖上跳舞的本事。没有人脉,慢慢交朋友;缺少资

225

金，千方百计借。凭借军人雷厉风行的作风，1993年，王世全联合来自广西、内蒙古、西藏等不同地方，农业部、清华大学等不同单位的股东，投资创立了广西北海国发海洋生物产业股份有限公司。

公司的创立，是因为王世全看到了"珠城"北海的潜力。

北海珍珠曾随海上丝绸之路到过波斯、希腊、罗马等地，有3000多年的历史。得天独厚的气候条件和人工养殖资源，为这个有中国特色的民族产业上了道"双保险"。

北海珍珠产业前景可观，民族情怀在王世全胸中激荡。他把祖祖辈辈靠海吃海的珠农们请来，从他们饱经风吹日晒的脸和蒲扇般张开的脚趾上看到了令人心疼的辛劳、贫苦的痕迹。

将心比心，这个农民的儿子读懂了珠农们渴望过上好日子的炙热眼神。他决定把他们凝聚起来，让珠农们看见那盏致富的航灯。

在他的带领下，公司迅速行动，将珠农们熟练的养殖技术与先进的科学管理相结合，二者碰撞出惊人的活力。公司生产的珍珠产品漂洋过海，改善了珠农的生活，树立了企业的形象。

随着珍珠生产加工、销售和酒店旅游业迅猛发展，公司日益壮大，有效拉动了当地就业。王世全也从门外汉一步步变为行家里手。这一年，广西优秀企业家的桂冠落到了他的头上。

经过9年打拼，北海国发海洋生物产业股份有限公司于2002年在上海证券交易所上市。

粼粼海面上，这一艘由他掌舵的北海海洋生物产业之船乘风破浪。

离海，归山

这些年，回响在王世全耳畔的涛声不只来自广西北海。

从遥远的雅鲁藏布江，一个声音遥遥传来，仿佛在深情地呼唤他：来西藏吧，为高原发展添砖加瓦！

王世全明白，自己曾是西藏军区的一员，没有部队的培养，就没有他今天的一切。

2000年，应西藏自治区人民政府的邀请，他带着资金返藏投资，开启了人生第三次跨越。

在西藏的土地上辗转许久，经过深思熟虑，他和团队将项目牢牢锁定在高原牦牛上。

在世界反法西斯战争中，著名的"驼峰航线"就是由数以千计的中国牦牛支撑起来的。全球有1800多万头牦牛，绝大多数生活在青藏高原。我国牦牛奶产量每年大约为300万吨，如果功能性产品问世，产值有可能提高到七八百亿元。因此，牦牛产业一旦做大做强，牦牛奶将成为西藏的一个新的经济增长点。

这对于家家养牦牛的藏区牧民来说，不正是天边飞来祥云一朵吗？

基于这样的考量，西藏高原之宝牦牛乳业股份有限公司应运而生。成立大会上，王世全的话掷地有声："我返藏投资不是纯粹为了赚钱，而是为了回馈。西藏是我的第二故乡，我想为西藏的发展尽一份力！"

这一次起步，与多年前的北海创业已有天壤之别。在他的运筹和规划下，公司按照设定的路线图，脚踏实地向前走。

二十余载春秋更迭，抱着一颗"做世界好奶"的决心，王世全精心布局的高原牦牛乳业产业现已纵深布局川、藏、甘、青等省区，一个年产值高达数十亿元的牦牛乳业帝国正在崛起。打造一个现代化的农牧业上市公司，已成为他的新目标。

在公司里，一大批退役军人活跃在各个岗位，将军人的光荣传统和优良作风带到了养殖场、生产车间、旅游景点、楼堂馆所等地。创业至今，公司累计带动1000多人就业，其中退役军人250余人。

"今天我能成功，离不开性格里的那股韧性，而这股韧性是部队和西藏给予我的。我在这里生活过20多年，早已割舍不下了！"站在当年站过岗的哨位前，王世全感慨不已。

▎海天之间，心声不变

成为西藏版《西游记》，是西藏题材大型系列动漫《亚克历险记》努力的方向。

这部动漫系列片由2014年成立的西藏高原之宝影业有限公司出品，牦牛"亚克"待人宽厚仁义、吃苦耐劳、坚韧不拔，具有舍生取义的精神。"通过这部动漫，让世界读懂西藏"，是王世全开拓西藏特色文化领域的目标和愿景。

对于文化和教育，他早在20余年前就捧出了一颗热心。

"一年之计，莫如树谷；十年之计，莫如树木；终身之计，莫如树人。"1995年，王世全在北海创办北海国发公益学校，招生2000余人，让在北海边长大的孩子们知道，这里有他们的知识家园。

采访过程中，说到未来的前景，王世全胸有成竹："'十四五'规划期间，全国各地要配合乡村振兴战略实施三产融合，巩固脱贫攻坚成果，这给了牦牛奶产业一个重要的发展机遇。"

随之，他的许多"金点子"也脱口而出，如以推广、营销突破发展"瓶颈"，以领养牦牛的方式让内地民众与西藏农牧民建立联系等，"青藏高原是一片值得为之付出的土地，这里大有可为"。

乡村振兴战略是一片祥云，它为藏家儿女带来吉祥安康，将人间的温暖送到边疆。

王世全既是乡村振兴战略的受益者，更是脚踏实地的实践者。他的事业因青藏高原而起，更因中国牦牛而兴旺发达、惠泽百姓。

奉献的味道，他已真切地品尝到——如高原牦牛奶一般香甜可口，余味悠长。

创业感言

商海30年，从创立国有民营混合公司到A股上市发行到回报西藏再创业，公司规模大了，路子多了，员工多了，钱多了，但我始终坚守并不忘：是党将我从农民培育为军队干部、公司老板，为党和人民做好事是根本和必须的。

我们创业人利用智慧、能力、资源、体力赚来的钱，理应回报社会。只要坚守这个初心和底线，吃亏会有回报，创业就会成功，基业才能长青。

没有大言，只是真言。真诚献给我创业成功的战友们和准备创业的战友同事们。

蹈厉风云一戎衣

★ 王子冰

海南·吴汉陵

吴汉陵，曾服役8年。1995年成立汉地集团，在海南省先后创建海南汉地阳光石油化工、海南汉地流体材料2家实体生产企业，主要从事高端基础油、医药食品级白油、D系列环保溶剂油等高端流体产品的研发、生产和销售。集团拥有员工519人，其中退役军人13人。

洋浦湾，一个形似耳轮的港湾，以初醒之姿俯卧于海南一隅，枕风揽月，观海听潮。

1988年，改革开放的春风终于吹到了远在中国最南边的洋浦湾。4年后，洋浦经济开发区被国务院批准设为国家级开发区。

"洋浦位于国际航道的支点，也是我事业的重要起点。"吴汉陵说，这里是颇具开发潜力的新海岸线，见证着时代向前，也记录着自己的人生蜕变。

洋浦是吴汉陵事业的起点，但他的故事，则要从一个与海相隔的地方说起。

起航：青春因战火而被赋予新定义

广西崇左，秋末冬初，一棵粗壮的白玉兰树下，53岁的吴汉陵静静伫立。

玉兰树枝上星罗棋布的花蕾，在阳光下闪烁着银白色的光芒，像是猫耳洞里的煤油灯上跳动的光焰，让人陷入回忆。

4年前，回到老部队的吴汉陵面对这一棵曾经作为精神依托的白玉兰树，想起了在坑道里写的散文《玉兰飘香》。这篇散文在《战士报》发表后，教导员满院子大喊："谁是吴汉陵？吴汉陵是谁？"

吴汉陵是谁？当时他是广西军区某机炮连的一个"二炮手"，一个抱着无后坐力炮蹲在坑道中的湖南"伢子"，一个情感细腻的战地"小作家"。

"你若没经历过前线，根本想象不到那种艰苦。"吴汉陵入伍第3年，边境发生战事，他跟随所在部队参与战斗。

初到前线时，没有地方做饭，只要冒起炊烟，就会遭到敌军的炮击，只能以压缩饼干和罐头为食。阵地上没有饮用水源，后勤补给供应不上时，只好趁下雨天蓄积点儿雨水。

潜伏在猫耳洞里时尤其艰苦，坐下伸不直腰，躺下伸不开腿。洞内温度高、湿度大，衣物容易霉烂，被褥从未干过。很多战友身上长满了疥疮，浑身瘙痒，溃烂发炎后不时流出脓液，疼痛钻心。

青春因为战火而被赋予了新的定义。战斗间隙，吴汉陵琢磨着把所见所闻写下来。于是，工事后的一支断笔，坑道中的一豆灯火，成为他慰藉自己的方式。

随着作品见报，他成为团宣传股的新闻报道员。倾尽540元的津贴，他买了一部海鸥相机，在前线跟随部队作战和训练时，拍下了一张张珍贵的照片。这些照片被他珍藏在一部厚厚的相册里，成了关于青春的永恒回忆。

坚守前线5年，吴汉陵荣立三等功3次，发表了许多作品。当战士报社的调函来到连队时，他站在营区的玉兰树下，一遍遍地闻着风中的玉兰花香。

"既然青春在战火中起航，那就扬帆到更远的地方。"他收拾好行囊，离开前线，奔赴城市。

■ 搏浪：创业如逆旅，勇者能进

从煤油灯到电灯，从猫耳洞到办公室，吴汉陵经历了一段手足无措的适应期。

"以前在坑道里写稿子，一支笔一张纸，手写后寄到报社，现在是电脑、打印机和传真机，简直不可同日而语。"面对新的工作环境、新的人脉圈、新的工作压力，他积极调整步伐跟上节奏，在改革浪潮的涌动中，坦然融入一个新的时代。

其间，他被深圳企业局挖去从事宣传工作，宽广的舞台让他对自己的路和远方有了更深的思考。

离开是一种不能选择的选择，告别是一种不愿流下的眼泪。随着原单位改制，吴汉陵依依不舍地脱下军装，凭借在深圳工作期间积攒的人脉资源，和朋友一起下海经商。

"当兵，有一群生死与共的战友；创业，有一群肝胆相照的朋友。"吴汉陵知道，这是一个比任何时候都更呼唤企业家精神的时代，搏浪勇进，恒者皆胜。虽然离开了部队，但战斗中锤炼的顽强作风和从事新闻工作以来养成的敏锐性让他在经营公司时游刃有余。

吴汉陵的公司主要从事石化贸易，有一次他到中石化抚顺研究院联系业务，在和客户闲聊时意外得知，研究院刚研发了某类通用基础油专利技术，但未实现工业化应用。

说者无心，听者有意，吴汉陵提出开发润滑油基础油的想法，但大多数人并不看好，同事更是提醒他，这类基础油的关键是原料的品质，目前国内还没有一家企业可以生产II类通用基础油，几乎全都依赖进口。

"从战场上走下来的军人，最不缺的就是坚韧的毅力和吃苦的精神。"吴汉陵没有退缩，尤其得知这类产品长期被国外垄断时，他更加坚定了要做这件事的决心。

于是，他带着团队开始对全国市场进行精细调研，不是在原料工厂，就是在寻找原料工厂的路上。

踏破铁鞋无觅处，辛苦搜寻了一年多，终于在火车上听邻座的海南旅客提起，中石化海南炼化可以提供生产Ⅱ类通用基础油所需的原料。

吴汉陵一拍大腿！中石化海南炼化恰好位于国家级开发区海南洋浦经济开发区，优惠政策不错，又有区位优势，不正适合建厂吗？

不久，他就原料供应与中石化海南炼化达成合作。辉映着时代的春光和一位老兵的希望，汉地阳光石油化工集团正式落户洋浦。

潮涌：深耕 16 年立足一隅面向世界

一滴原料油可以用来做什么？

从基础油市场的"门外小白"到流体材料领域的"单打能手"，吴汉陵用了16年。

如今谈起专业知识来，他如数家珍：原料油经过各种化学反应，将质变为高品质基础油、工业级白油等一系列高端流体新材料，辐射带动高端装备制造、航空航天、军工、医药食品、高端日化等产业运行得更"顺滑"。

为了这种"顺滑"，他经历了太多的不"顺滑"。

建厂初期，海南还不是国际旅游岛，除了海口、三亚以及东线几个县城刚刚开始建设，海南的西线还处在比较艰苦的环境中。来到洋浦后，员工们住的都是老房子，墙上蟑螂爬，地上老鼠跑，喝的是地下的盐碱水，还经常停水停电。当时的办公地点设在洋浦煤码头附近，每天卸煤时煤灰四处飞扬，屋子里都会铺上一层厚厚的煤灰。如果再赶上停电停水，几天都洗不上澡。

对于参加过前线作战的吴汉陵来说，恶劣的环境和艰苦的条件都不算什么，更难的是资金。当时，民营企业在银行贷款审查非常严格，他四处筹谋依然无能为力。

关键时刻，海南的有关部门和单位伸出了援手，不仅通过制度创新帮助企业拿到工信产业基金,还组织石化专家和应急管理等部门提前介入,帮助解决公用配套、证照审批、项目验收等一系列问题,让项目得以顺利投产。

经过几年积累,2017年汉地集团启动了"150万吨流体材料及20万吨医药食品级白油"项目建设。吴汉陵的目标没有变过,他要做的就是填补国内高端流体材料的空白,打破国外市场的垄断。

"如果说坚韧不拔是汉地阳光成功的第一要素,那么对高新技术的引进就是汉地阳光快速发展的催化剂。"如今,汉地集团逐渐发展成为业务涵盖油气化工、能源贸易、投资与金融等多领域的全球化集团公司,商务网络覆盖欧洲、北美洲、拉丁美洲、东南亚等地的40多个国家和地区。

维天有汉,地生万物。这是"汉地"精神的由来,也是吴汉陵对近30年创业生涯的感慨。在这个伟大的时代,他幸于一方天地蹈厉风云,带着筑梦民族高端润滑油的期望,立足当下,踔厉奋发。

创业感言

在流体材料(液体材料)这个细分行业,我们耕耘了整整16年。风风雨雨16年,其间艰辛,不胜枚举。

也有人问我,面对重重困难与压力,是如何保持初心不改破冰前行的?我会毫不犹豫地回答,是军营的历练锻造了我坚强的意志,军人的韧性使我面对困难百折不挠,军人超强的执行力使我在认准的行业道路上,鼓足勇气一路攻坚克难。

回忆我的军营生活,回首创业以来的这些日子,品味其中的酸甜苦辣,是我的军营生活带给我的种种优良品质使我在创业之路上有了最有力的支撑,也助我赢得了各级政府的支持,我才能扎根洋浦,一步一个脚印做实业,引进国际顶尖技术,带领企业向精向前发展,力求打造中国流体材料的世界名片。

环卫"专家",冲锋一线

任旭

陈云,曾服役5年。2007年创办的明佳集团获评2020年全国工商联"抗击疫情先进企业"、2019年三亚市"打赢脱贫攻坚战先进集体""巩固国家卫生城市先进单位"。个人曾获评海南省第三届光彩事业贡献奖。公司累计带动1700人就业,其中退役军人66人。

前传:辗转数职,本色不移

1989年10月,陈云脱下挚爱的军装,来到新的人生节点。

退伍后的陈云被分配到一家罐头食品厂,成为国有企业的普通工人。

"在新的起点,也要有新的作为。"他努力融入新环境。

本想做出一番事业的陈云,却赶上下岗热潮,不得不从工厂离职。此时的他,没有技能,没有本钱。

235

"当时想解决一家三口的温饱太难了。"陈云望着茶几一角，陷入回忆。

他开始学做泥瓦匠，跟着师傅一点点干。

夏天的脚手架滚烫，架木板粗糙，干活儿时即便戴着布手套，尖木签也能穿透手套，扎入皮肉。陈云却顾不得这些，每每下工，他的布手套都是星星点点的血迹。

长期搬砖的手，老茧脱了一层又一层，到后来连尖木签都扎不透了。

"那会儿在外面打工，常年不回家，回家想抱抱孩子，孩子却吓得躲开了我。"望着眼神躲闪的孩子，陈云心里很不是滋味。

总这样下去也不是办法，陈云开始谋起了新路子。

有人说养殖场是个不错的项目。于是，陈云带着攒下的第一笔创业启动金回到老家，寻找场地筹建养殖场。

撸起袖子干了两个月，一个简易的猪圈总算搭建起来了，可仅有的两万元起步资金也花完了。

没钱，购买仔猪都成问题，更别谈后期的养殖了。

陈云跑到农村信用社软磨硬泡，最终贷款两万元，再加上多位战友的帮助，总算筹到了购买第一批仔猪的费用。

仔猪的养殖需要保持27度左右的温度，而冬夜的合江山上只有十几度甚至几度。

仔猪刚进圈的那几个晚上，陈云整夜守在猪圈旁，生怕仔猪不适应新环境。

随着小猪慢慢长大，各种疾病也接踵而来。

半年里，陈云四处奔波，到处求医，跑到几十里外的地方学养殖技术，边摸索边养殖。

好不容易小猪长大可以出圈了，销售又成了难题。

猪卖完了，陈云却分毫未赚。

"因为超出出圈时间太久，再加上中途的运输损失和喂食等，基本上等于白折腾大半年。"

一回生，二回熟。有了第一次养猪的经验，第二次、第三次就容易多了。

有了一定的经济基础,陈云又和朋友收购了一家造纸厂。

造纸厂正常运营了两年半,虽然盈利,但因为环保问题必须马上关停。

"对于我来说,国家的需要就是命令。"陈云说。

■ 初始:我当过兵,我先来!

2007年,陈云来到三亚,蓝天白云、椰林树影、水清沙白……吹拂着海风,陈云做出了又一次重要决定。

"最开始想做环卫这一行,是因为这个行业对从业人员的要求不高,几套扫帚、几辆三轮车就能成立一支队伍。"

陈云将公司取名为明佳。"明"是明天的明,"佳"是好的意思。"我相信我们每个人只要勤劳、能吃苦,就一定能拥有美好的明天!"

2008年夏天,由于三亚一处垃圾填埋场中的垃圾堆积太久,很多垃圾渗出液体,形成了沼气,遇到易燃物后着了火。

垃圾场环境恶劣,各种垃圾燃烧后产生了大量有害气体,工作范围大,短时间内要完成清理,挑战极大。

好几家环卫队都不愿意接手垃圾厂燃烧后的清理工作。

陈云看出了队员眼中的犹豫,撸起袖子抢起板锹,给大家打气:"我是当兵出身,有一副铁身板,能打硬仗,我先来!"

看到陈云这股干劲儿,队员也跟着干起来。两天两夜,全队成员饿了在挖掘机上吃口饭,困了扎在干净的地方和着衣服眯一会儿,这项大工程在第三天就完工了。

这完美的一仗让陈云的团队在业内有了知名度,不少单位向陈云的团队抛出橄榄枝。

▌ 上升：这个"陈总"啥都行

每天看新闻，这是陈云在部队里养成的习惯。

"时代发展太快了，不学习是要被淘汰的。环境保护将是未来社会发展的重中之重！"

于是陈云将业务拓展到了园林绿化工程施工及养护，物业管理，市政工程施工及维护，垃圾和污水的收集、运输、处理，道路清扫、保洁和养护，水上环境治理等。

公司成立之初，陈云几乎住到公司，困了就趴在桌子上打个盹儿，饿了就嚼两口干粮充饥。

公司清扫队伍人手不够，他拿起清扫工具就顶上去。

公司会计岗位缺人手，他飞快地学习会计知识，白天跑业务、晚上算账，通宵达旦。

公司项目招标失败，他主动向业务部门和同行业公司问原因、找不足，直到将公司的能力水平提高到标准线以上。

仅仅几年，陈云带领的公司就成为三亚市首屈一指的环卫"专家"。

▌ 前行：没架子的好大哥

"小时候家里生活条件很差，我们兄弟姐妹过年过节吃到一块肉，都要撕成很多条来分。进入社会，更体会到文化知识的重要性，我想让贫困学生得到更好的教育，改变命运。"

前些年，明佳集团帮扶了一个贫困家庭，不仅帮他们盖了新房子，每年资助孩子读书，还联系了专家教他们种植芒果。

如今，这家人的生活已经步入正轨。每年到了芒果成熟的季节，就会送些芒果给陈云。

一次，陈云听说有位离职员工的孩子患了心脏病正在医院治疗，急需救命钱。他第一时间拿出5万元交给同事。

当同事提起这段往事时,陈云轻轻地说:"不管在公司做了多久,都是明佳人。自家人有困难,是要帮衬的。"

员工口中的陈总是个没架子的好大哥,他的车里随时准备着清洁工具,每当看到路边有垃圾,"陈大哥"就会规范地停好车,下车拿出工具清扫。

"美好的环境可以影响人的心情,好的榜样可以改变人的行动。"

陈云要求明佳中层及以上管理者必须在车上备好清扫用具。

"清扫垃圾从来不是一件不体面的工作,相反,我觉得有至高无上的荣誉感。"陈云自豪满满。

"作为一名退役军人,作为三亚明佳园林环卫集团的'大家长',我有责任、更有义务继续带领员工营造干净舒适的宜居环境,相信我们一定可以做到!"

说这话时,他像极了那个撸起袖子、抡起板锹,喊着"我先来"的冲锋战士。

创业感言

我离开部队后,创办过造纸厂,盖过楼,当过项目经理,现在主要精力用于经营环卫企业。我的创业经验可以总结为八字经:真诚无畏、合作共赢。

首先是真诚。诚实守信不仅是创业的基础,更是做人的基本素养。不诚信的人或许会短期尝到甜头,但长此以往,信用全无,不会有人再信任你、与你合作,绝无可能获得长久的成功。

其次是无畏。创业者最忌讳畏首畏尾,前怕狼后怕虎是难以成事的。无畏不是盲目跟风,而是要有强大的内心和无所畏惧的勇气。在我的创业生涯里,一旦发现某个项目值得做,那就会立刻去做,排除万难也要让这个项目成功。

最后也是我认为最重要的,就是合作共赢。俗话说,多个朋友多条路，一个人的力量和渠道是有限的，只有大家通力合作才能开发更多项目，获得更多利润。我始终秉承一个理念，那就是疑人勿用，用人勿疑。在合作之前可以对合作者进行考察，一旦决定合作就要给予充分的信任，世上的钱不可能让一个人赚完，只要大家都有钱赚，那就达到了合作共赢的目的。

七年奋斗路，一颗创业心

★ 周艳红

重庆·周中余

> 周中余，曾服役21年。2015年创办重庆元辰文化传媒有限公司，主营文化传播活动。公司创办以来，累计带动上下游供应企业600人就业，其中退役军人100人，提供志愿服务、义务宣讲3000人次。

一个奔走在部队宣传战线21年的退役军人，除了写稿子、拍照片，还能干啥？

一个写散文、诗歌的文人，能走好经商之路吗？

周中余用7年时间，告诉了人们答案。

■ 腰带上的五角星，是他创业的底气

脱下穿了21年的军装的那一刻，周中余满怀不舍。2015年退役时，周中余39岁。军装不再，他却执

着地留下了一条军用皮带，这些年来一直系在腰间。

腰带扣上的五角星，成为他走上创业之路的底气。

刚确定转业那段时间，重庆长江边时常能看见周中余徘徊的身影。脚踏黄土，仰望群山，他总会想起过去——

1994年，重庆山伢子周中余穿上军装，坐上火车，成为武警内蒙古总队的普通一兵。

从战士到军械员，再到文书，然后是武警重庆总队七支队排长、宣传干事、总队记者站记者，再到船艇支队一大队教导员……一路走来，周中余有十多年奔走在部队宣传一线，做采访、写报道、拍照片，工作间隙也写散文、诗歌、小说。新华社、《人民日报》《解放军报》《人民武警报》和中央电视台，都留下过他的作品。

一个文人，转业后能做什么呢？

周中余的选择是自主择业，创业！

彼时，他刚刚目睹了妻子两次创业失败，亏损了几百万元。周中余想与她携手，重新再来。

"部队21年的摔打锤炼给了我创业的'资本'，我有信心走好创业路。"周中余说。

抗震救灾、抗洪抢险、扫黑除恶、捣毁地下"兵工厂"……在部队经历的每一件事，甚至每一个细节，周中余都记忆犹新。他时常在夜深人静时翻看曾经拍摄的数千张照片，一边回忆，一边感慨。

有人说，生活阅历的沉淀就是生命成长的丰盈。"在部队吃过的千般苦，都累积成我生命中的万般坚强。所见证过的每一个感人场景，都教会我拼搏进取、坚韧不拔、善良博爱。"周中余坚信，军旅生涯留给他的财富，可以助力他走好创业的每一步。

首付30万元买房，110平方米，3个员工。2015年6月，重庆元辰文化传媒有限公司成立了。

▍ 创业"过山车",让他所有的心血付诸东流

周中余是老板,也是员工。白天跑业务,对接客户;晚上列表格,做市场分析。

前3个月,收支持平。第4个月开始亏损,一直到第6个月,周中余接了个50万元的"大业务"。

"感觉就像坐过山车,一下子从低谷攀升至高点。"

周中余很激动,立即熬夜做策划。根据项目需求,一个星期内"招兵"10人,并在原广告设计业务的基础上添了电视动漫。

然而,"过山车"翻过顶点后,一下子跌入谷底——项目"黄"了。他和员工们加班加点所付出的心血付诸东流。

"读书,能让人沉静,思过往、看未来。再多的情绪,也能被抚慰。"周中余在书房里来回踱步,沮丧、无奈、失落。最后,他安静地坐下来,在书房看了一夜书。

第二天下午,周中余召集员工,开了一个多小时的会。开诚布公、推心置腹,阐明三点:公司现状,举步维艰;遣散新增项目人员,依规补偿;情深谊长,江湖再见。

"您是我们敬重的大哥,有需要,招呼一声,即刻到。"

散场时,他没有亏欠员工一分钱。当年的员工至今跟他还有联系,有的还成为他的"哥们儿"。周中余将这份情感的延续归结为:"真诚能打动人心。"

▍ 用足功夫,他让企业步入正轨

周中余爱看书,尤其喜欢读《毛泽东思想》《毛泽东传》,书页的边边角角写满了心得体会。

"我特别喜欢美国记者罗斯·特里尔的一句话——'毛泽东的成功不是源自莫斯科的恩赐,也不是源于共产主义的伟大,而是源自把简单的事

情持之以恒，这就是他的伟大之处'。"

经历过一次失败后，周中余把自己关在房间里，继续看书、琢磨市场，有时一坐就是一整天。

当周中余拿着公司未来发展规划、市场调研报告、数据比对分析表等回到办公室时，他已然明确了企业的发展方向——拓展业务，增添广告印刷、影视传媒、活动策划等业务；关键工作岗用专业、可靠、稳定的人，如设计、财务等。

"我在部队当过教导员，懂得识人、用人、管人的重要性。"

经过一番调整，团队的凝聚力、战斗力、向心力大大提升，公司员工都爱学习、勤钻研、讲诚信。客户要求的交付时间，必然提前交付；客户定好的产品宽度与厚度，必须分毫不差；客户约好的到场时间，必然提前到达。

"退役军人创办的企业，有军人的速度、硬度、气度！"周中余很快在行业中树立了良好的口碑。

2017年，企业中标，承办中国新歌声（原中国好声音）重庆海选赛潼南、合川两个赛区。周中余和团队前前后后忙碌了几个月，"跟部队行军打仗一样，有方案、有组织、有纪律"。累了，就和衣在椅子上眯一会儿；饿了，方便面、盒饭都能应付一顿。

活动很成功，在网络直播不火的2017年，这场直播的流量达20余万人。

在企业之后所承接的各类活动中，周中余有三天三夜不睡觉、双眼充血也坚持查看桁架安全的拼劲儿，也有反反复复修改方案十余次、忙得焦头烂额的韧劲儿。

一直到2019年底，周中余的公司终于步入正轨，年营业额超千万元。

▌企业"预备队"，让他度过创业寒冬

"大多数人眼中成功的创业者都闪着光。但他们忽视了光的背后，也伴随着疲惫的身影。"周中余坦言，创业是在刀尖上跳舞，前进则可阔步

无限，后退则是万丈深渊。

"身边每一个创业的朋友都是摸爬滚打、跌跌撞撞熬过来的。尤其是在疫情影响下，能够坚持创业的人，都很不容易。"

2019年春节，家人团聚。全家人都建议他放弃广告印刷、影视传媒业务，集中力量做活动策划。但周中余不赞成，他始终记得一条：部队领军打仗，必有预备队伍。广告、影视两个板块，就是他企业的"预备队"。

2020年初，新冠疫情暴发，公司活动策划市场萎缩，曾经的主打业务丢了。原定的合作项目，不得不全部终止，一百多万元的舞台设备，封存、落锁、生锈。

即将腾飞又归于起点。

他又时常一个人坐在窗前看书，或者在公司没人的时候，打开仓库，守着一堆设备思考。

深思熟虑后，周中余重新分配人员、划分业务比例，一块钱分为两份用，在广告印刷、影视传媒两大领域发力，所赚不多，略有结余，维持了大半年的公司运转。

"做生意，不一定要追求大而全，做到小而精，也会有收获。"

近两年，在疫情防控大环境下，周中余精细做好广告印刷，精心开拓文化传媒，逐步走出了困境。此外，他还带动上下游供应企业600余人就业，其中100余人是退役军人。

对于企业今后的发展，他又有了新的规划——涉足无人机。说到这儿，周中余笑了："未来，你或他，说不定还会乘坐我为你服务的无人机呢。"

创业感言

和一些战友谈起创业的事情，有的战友已经放弃了创业，去找公司上班了；有的正在创业的路上，信心满满；有的战友公司受新冠疫情影响，已经千疮百孔。

我觉得，创业是行走的独木桥。世上没有现成的成功，更没有轻轻松松的创业，只有那些敢于面对挑战、敢于跨越艰难困苦的人才能创业成功。

所谓的成功，只不过是把简单的事情做到极致，并持之以恒。除此以外，再无其他办法。

我创业7年，经历了许多阵痛和艰难。有时遇到有意刁难，有时遇到出尔反尔，有时遇到不讲诚信……做点事情真的不容易，有时候想，我每个月有点退役金，何必低三下四的？不干了！但反过来再一想，如果就这样放弃，我还是退役军人吗？哪个人没有困难？哪个人没有艰苦？哪个人没有泪水？只有勇敢地前进，才能取得最终的成功。

碰到设计作品被抄袭，自己心里清楚就行；遭到工作人员刁难，就慢慢解释沟通；遇到不讲信用的，就留下证据……办法总比困难多，过程虽有曲折，但只要最终出效果、得到客户的认可，就都值得。

我刚开始创业，是因为自己需要一份收入来养家糊口。现在公司慢慢做起来以后，更多的是责任和担当。公司是大家的，是社会的，而不是我自己的。公司员工是每个家庭的顶梁柱。为此，我必须为他们负责，和这群兄弟姐妹一起打拼，共同缔造美好未来。

三次请辞，只为铿锵创业梦

★ 杨辉阵

重庆·向绍军

向绍军，曾服役12年。2014年成立重庆鸿永建筑工程有限公司，在房建和市政建筑施工等业务领域取得较好成绩。截至2021年底，公司累计纳税3000多万元，带动300余人就业，其中退役军人、军属230余人。

向绍军现在还记得，他在部队最后一次出车归来是2008年11月29日。

11月底的西藏昌都已经下了几场雪，高山、平地早已成了冰雪世界。当指导员递来一杯热水，告知他的退役申请已被部队批准时，他的心因失落瞬间变得冰凉——

尽管他之前向连队提交过退役申请，但当退役成为事实，他又难过不已。毕竟，这是陪伴他12年青春的军营。

他的人生，也由此走上了分水岭。

▎退役还乡

重庆奉节的山地里，16岁的向绍军扛着锄头，在地里终日劳作。

向绍军出生于1978年，家里六个兄妹，上有两个哥哥一个姐姐，下有两个妹妹。全家人靠耕种几亩薄田瘦土为生，日子过得捉襟见肘。

1994年，向绍军初中毕业后，本可以去读高中或中专，却因为交不起学费报不了名。他抹掉眼泪，心一横，背着锄头跟着父亲和哥哥上山挖地去了。

面朝黄土背朝天的日子过了两年。1996年12月，西藏武警总队征兵队伍的到来，让时常在城墙上窥视武警中队出操训练的他实现了当兵的梦想……

在西藏这块热土上，他要守卫的不再是几亩薄田瘦土，而是千万人民群众。

2008年3月14日，一群歹徒在拉萨街头打砸抢烧，向绍军直视刀尖寒光，挺身而出，截住暴徒，大喝："住手！"

话音未落，尖刀直入。

右侧肋骨处血流不止，可他仍死死扭住暴徒不放，直到群众跑远，才摇摇晃晃地倒在血泊中。

这一役，他被授予二等功奖章。

7个月后，当指导员和向绍军进行退役前的谈话时，他恭恭敬敬地向指导员敬了一个军礼，转身回到车场，将车冲洗干净，又检查了一遍油路、电路和方向盘，确定汽车一切完好后，才回到宿舍。

他把所有的功勋章和荣誉证书用红布包了一层又一层，收藏好，然后在心里默默地告诫自己：功勋和荣誉只属于过去，一切又将从头开始。

▎有钱"不挣"

按规定，向绍军是二等功荣立者，12年军龄，可以名正言顺地由政府安排工作。但习惯了部队紧张有序的生活，向绍军不愿意按部就班，自主创业的念头在他的心里悄悄扎了根。

正巧，有个私人老板正在招收客车驾驶员，听说他在武警西藏部队开车12年，长期跑川藏线，还获得过武警总队授予的"技术人才二等奖"，立刻上门诚心聘用。

虽说这算不上创业，但抱着适应新生活的想法，向绍军接受了这份工作。第二天，他熟练精湛的驾驶技术让老板赞不绝口："不愧是部队练出来的！把车交给你，我放心！"

然而，怀揣梦想的人，总在追梦的路上。为私人老板开了一年大客车，向绍军决定辞职。

一年里，他为老板节约油料和修理费近两万元，零违章，这样的驾驶员谁舍得！

老板提高工资再三挽留，却只能望着他的背影叹息。

向绍军的第二份辞职信递给了奉节县人寿保险公司领导。当时他刚在公司里干了3个月，就做到业务量第一，保额突破40万元。

提拔他为业务经理的话在领导的嘴巴里转了一圈儿，不得不咽回肚子里，愣了半天，才说："你究竟为了啥？放着钱不挣！"

没有人跟钱过不去，只是，自主创业的种子在他心里发了芽，催着他。

没过多久，向绍军和几位退役军人前往陕西镇坪。这一回，他要承包煤矿掘进工程。

这是个完全陌生的行业，但向绍军没有像之前大多数人那样哭着鼻子走人——长年的军队生涯提高了他对危险的敏锐感知。在进场前，他就和甲方依法依规逐条逐项签订了合同，向安全和管理要效益。

工程结束，甲方恶意刁难，他啪的一声把合同拍在桌子上："有合同在手，上天入地陪你！"

向绍军的军人架势慑住了对方，老老实实按照合同约定付了款，他如愿以偿赚到第一桶金。

心底的幼苗拔节抽枝，迫不及待想要长成一棵独挡风雨的大树。

249

▎"用兵"董事

2014年，向绍军涉足建筑行业，成立了重庆鸿永建筑工程有限公司，主要承包土地整治、房屋建造和市政工程。

为了让自己成为内行，他还自学取得了国家二级建造师资质。

成立公司之初，向绍军就给自己约法三章：不搞歪门邪道，不偷税漏税，不欺行霸市。

在第二次创业的路上，向绍军最先选择在生他养他的地方从事土地整治，从小工程做起。

他有句口头禅：贪大嚼不烂，贪多不消化。

别人看不起小工程，他却一丝不苟地当大事做。他常说："政府的钱也是老百姓的钱，不是大风刮来的。做事要对得起良心。"

鸿永公司后来做大了，名声和形象好了，他又带领团队，参与江津、秀山等区县的土地整治等施工项目。所到之处，他不仅重质量，还抢时间。工程质量都是优良等级，工程速度远超其他公司，被上级部门评为"AAA"诚信企业。

公司还就地使用农民工，为其增收。走的时候，周围村民时常是跟着车一路小跑，不舍地挥手告别。

向绍军骨子里有一份军人情结，只要说起你是当过兵的，他就格外高看一眼；只要战友有困难，他就力所能及地帮忙。

因此，鸿永建筑公司用人有个原则：退役军人优先。

这些年，鸿永建筑公司每年都会举行两场退役军人专场招聘会，为退役军人提供合适的就业岗位。

入职后，公司会组织新员工培训会，帮助他们转换角色，熟悉公司制度和掌握基本专业知识。每次向绍军都要给大家讲第一课，他的第一句话是：

"战友们好，我们又在一个战壕了……"

然后，他侃侃而谈。讲一日当兵一生是兵，讲天下军人皆战友，讲他自己的故事，讲公司的注意事项……讲着讲着，眼圈就红了。

向绍军还成立了奉节县媛爱农业开发有限公司，公司集农产品种植、销售于一体，承包土地超500亩，主要种植脐橙、李子等奉节特色水果。通过"公司+农户"的利益链接模式，带动农户脱贫增收，为乡村振兴助力。

在这些受惠的农户中，有5户是退役军人家庭。一方面，他们通过务工获得每月3500元的劳务收入；另一方面，每个退役军人家庭还能在年底享受到平均1万余元的分红收入。

截至目前，公司累计纳税3000余万元，帮助300余人就业，其中230余人为退役军人或退役军人家属。

他还组织进社区、捐善款、扶贫弱30余次，累计捐资捐物140余万元，帮扶退役军人及军人家属60余户。

武警西藏总队奉节籍退役军人陈世明，由于出车祸，眼睛失明，无法正常工作和生活。

自2015年以来，鸿永公司坚持每年上门看望，给他捐钱捐物，为他带去了生活的希望。

在家乡这片希望的田野上，向绍军把自己的创业梦想植根于乡土之中，践行着一名退役军人的庄严承诺。

现在，向绍军正筹备成立奉节县退役军人创业联盟，组建奉节县退役军人建筑业志愿指导团队，想通过自身的成功经验现身说法，激励和带动更多退役军人就业创业，实现退役后的再启航。

创业感言

12年军旅生涯给我打上了深深的红色烙印，培养了我吃苦耐劳的创业精神。12年的部队熔炉铸就了我艰苦奋斗、敢想敢闯的军人品质，也成为我退役后拼出一片天地的力量源泉。

我坚信"成由节俭败由奢"的古训，认为赚钱不易，聚沙成塔,钱要用在正途上。在创业路上,要立足一个"闯"字,守住一个"诚"字。不论业务大小,"蚂蚱也要当成老虎打"!甲方付给你钱,你就该事事为甲方着想。做工程信守质量,讲求进度,向管理和安全要效益。就是这样,公司积攒了人脉,越做越强,业务越做越大,信誉越来越好。

点燃梦与爱的"星火"

★ 王子冰

四川·寇健

寇健，曾服役20年。2002年创办成都佳发安泰教育科技股份有限公司，提供教育信息化整体解决方案。个人曾获评四川省退役军人就业创业之星。公司创办20年来，累计带动就业1300人，其中退役军人100余人。

成都，天府之城。川西平原的湿润滋养着这古老城市的人文岁月，既有现代风景，又有传统的韵致。

站在佳发教育科技大厦的大门前，我才发现这幢现代工艺和材料铸造的建筑物竟形似一顶唐朝文士的幞头，与它的创办人寇健一样，透着一股娴静儒雅的气质。

"教育是国家发展的基础，我们选择的是一条信息技术和教育发展的融合之路，希望通过先进的信息技术助力国家的教育事业。"

寇健走到窗前，离她不远处，技术人员正噼里啪啦地敲击着键盘，编写代码，余音绕梁，不绝于耳。退役18年，她始终保持着亲自上阵、带头攻关的习惯。

曾经的"星火"已然燎原，但在寇健心中，梦与爱还有无尽的远方。

■ 没有资金、没有方向、没有市场，她用真诚打开局面

"为什么是军校？"

高考填报志愿时，寇健的第一志愿出乎大家的意料。

她的第一志愿是南京通信工程学院。

"如果我的知识和能力能用于国防事业，那将是无上的光荣。"寇健坚定地回答。

彼时，全国近百家报刊都在转载李存葆的《高山下的花环》这篇小说，寇健掩卷长思，无数先烈用血汗和身躯堆起中华民族的根基，作为和平年代的年轻人，应该接过火炬，勇敢前行。

两年后，电影《高山下的花环》上映，此时的寇健已是南京通信工程学院的一名学员，毕业分配时，她放弃了留校，来到一家军队重点研究所。

"不同的时代需要我们寻找不同的'战位'。"20年的军旅生涯恍若昨日，自主择业的寇健来到了人生的十字路口。

她清楚地认定，未来几年电子技术领域将迎来翻天覆地的变化。就如录像带存储会渐渐退出历史，数据会写入硬盘里一样，存储模式将从模拟存储快速发展到数字时代。

于是在老战友的建议下，寇健毫不犹豫地投身于熟悉的电子技术领域。

没有资金、没有方向、没有市场。公司创办之初，寇健面临着和多数人一样的困境。

为谈下第一单业务，她每天带头往返于各个甲方之间，一找到机会就推介自己的产品。

好不容易打听到一家房地产公司准备安装安防工程，可当她辗转找到

项目负责人时，对方的一句话如一盆冷水浇灭了她的热情："已经找到合作公司了。"

寇健不死心，她没有就此打道回府，而是诚恳地介绍起自己的产品。

也许是寇健的认真打动了他，项目负责人提出想考察一下他们的产品，寇健二话不说，立刻带对方来到正在实验室状态下的产品检验现场，结果对方啥话都没说就离开了。

正当寇健以为没希望了，一个电话打来："同样的价格，你们的技术更质优也更先进，老板决定选用你们的产品！"

从小区做到工厂，从监狱做到银行，公司先后多次面临业务转型，遇到的困难数不胜数。然而，得益于军旅生涯历练出来的韧劲儿和果敢，她不曾放弃每一个挑战。

因为她知道，机会永远留给有准备的人。

因势而谋，因变求变，她用攻坚拿下技术高地

转机出现于2004年。

在一次项目竞标会上，寇健了解到，国家教育考试中心将开展国家教育考试视频监考平台建设试点工作。

军人的敏锐性让她意识到，这对于公司来说是一个千载难逢的机会，抓住了这次机会，能让公司上升一个新的台阶。

然而，当时国家教育考试视频监考平台尚在试点阶段，没有统一的建设标准可以参考，而且平台建设地点在学校，绝不能因为平台的建设影响学校的日常教学，因此建设任务相当繁重。

"这是一场攻坚战，不计代价也要拿下来！"严峻的挑战反而激发了寇健的斗志。

"战斗"打响前，寇健多次带着公司的技术骨干赶到试点城市，反复与考务管理部门、学校监考老师、考生等进行现场交流，充分了解他们的需求。

做好了"战前"准备，她又带着技术骨干进驻学校，白天学校上课，

他们就在宾馆写代码，晚上学校放学，他们就去安装调试设备。方便面成了标配的三餐，实在困得不行就趴在教室的课桌上眯一会儿……经过夜以继日的攻坚，他们终于拿下了这块技术"高地"，也正式进军国家教育考试考务信息化领域。

"成功的阶梯不是电梯，停下脚步只会留在原地。"寇健清楚地知道，公司需要因势而谋，因变求变，只有不断创新，才是公司未来应该走，也必须走的正确道路。

寇健组织建立公司企业技术中心，设立生物识别、音视频技术等多个课题实验室。她每年拿出6%以上的销售收入作为技术研发投入。有同行发出感慨："利用军工技术反高考作弊，可以算是一大发明了！"

2016年10月，佳发安泰在深圳证券交易所创业板成功上市。凭借一枝独秀的反作弊"核心技术"，公司拿下国内18个省级反作弊平台项目，在150个地市打桩建设标准化考试平台。

从单一产品，到解决方案，从考试信息化，到教育信息化。围绕高考、新高考，寇健和她的同事们，成就了一个佳话。

■ 不以疫情为隔，不应以山海为远，她用爱完成薪火传递

2018年，佳发安泰更名为佳发教育。

从反作弊单点突破到考试考务综合平台，业务的不断拓展让寇健的责任越来越重。

顺利完成高考保障任务，既是公司长远发展的需要，更是对全国上千万考生及家长负责。

新冠疫情暴发以来，每年的高考在疫情特殊时期中进行，公司的上下游配套厂家不同程度地减产甚至停工，部分国外进口元器件缺货断货，对公司生产任务造成了极大的影响，许多业务不能顺利开展。

面对困境，寇健多次召开采购部门会议，拓展供货渠道，反复与供应商沟通，优先保障高考。那段日子里，她几乎彻夜不休。

"保障高考是神圣而光荣的，每当想到考生能顺利参考并被心仪的大

学录取，我的心情和当时走进军校时是一样的。"寇健无不动情地说。

这股敬业和负责的精神打动了供应商，公司的生产得以顺利进行。

从一个注册资金50万元的不知名企业到市值近百亿的大公司，一路走来，星火成炬。除了拼搏，寇健始终怀揣着最初的梦想和爱心，也让这份梦与爱薪火相传。

"梦想与爱心，不应以山海为远。"2015年，寇健从公司驻西藏办事处得知，部分贫困农牧民的孩子还在用着简陋的教学设备和器材，当即捐献了价值上百万元的智慧教育产品，配备他们迫切需要的教育资源。

在了解到吉安市有些家庭困难儿童不能正常上学读书后，她果断捐赠了5万元的圆梦助学金。

面对新冠疫情，为了配合教育部门部署"停课不停学"的工作，公司向各级教育主管机构提供了价值500万元的自有产品与服务，开发提供了"新冠防控智能填报系统""测温电子班牌""校园人脸识别测温终端"等产品，帮助学校全力抗疫。

爱的薪火，在不断传递。

一支由退役军人组成的"战旗红"志愿服务队奔波于成都的大街小巷，为群众送粮送药……

创业感言

经常有退役的战友问我，退役之后要怎么做事业，有没有什么经验窍门。

我觉得，做事业没有捷径，没有轻而易举的成功，各位战友回到地方之后，一定要尽快转变身份，认清自己的能力，在自己擅长或适合的行业发展，在没有成绩成果的时候，既要敢于坚持，又要敢于把握机会。

在这里，我提两点建议：

第一，机会都是留给有准备的人。创业肯定会有很多选择，有很多路可以走，俗话说得好，三百六十行，行行出状元。走好每条路都可能会成功，但怎样才能走好创业的路，还是要基于自身情况，提升自己的眼界与能力，才能在创业路上少栽跟头。

第二，天道酬勤，付出总有回报。付出与回报成正比，我在创业时为了做好学校的信息化项目，白天在宾馆写代码，晚上去学校安装调试设备，饿了就泡碗方便面，困了就在课桌上眯一会儿，通宵达旦是常有的事情。我们部队培养出来的战士，就要有敢打敢拼的劲头。

创业20年，我经历了很多艰辛，即便因为"5·12"汶川地震，客户已经对我们四川的企业免除违约责任，我们还是采用肩挑背扛的方式，多方辗转，把设备按时保质地交给用户，用服务赢得用户的认可和尊重，也赢得公司的发展。

回头想想，感谢自己的坚持不懈，感激一路上所有风雨同舟的朋友，感恩这个时代，也祝愿各位战友能找到适合自己的舞台，坚持努力，一定能成功！

仰望星辰大海，锻造军工特钢

★ 赵艳萍

四川·熊建新

熊建新，曾服役2年。2004年创办四川六合特种金属材料股份有限公司，主营重大装备用高端金属材料研发生产。个人曾获全国模范退役军人称号。公司自创办以来，累计带动1200人就业，其中退役军人150人。

四川江油，龙门山脉于此绵亘蜿蜒，江彰平原在这儿延展舒放。

群山沃野，多家特钢公司盛开在这欣欣向荣的山原之上，"六合特材"应运而生。

公司创始人熊建新仰望天幕，他决心把"六合"这颗新星挂在最高最远的天空。

从军：少年梦圆，高原展翅

从未接触过部队的熊建新，不知怎的竟然变成了一个"小军迷"。

20世纪70年代，出生于四川江油普通家庭的熊建新，每当看见街上有身着军装、手握钢枪的士兵走过，总要回家模仿好几天。

18岁那年，熊建新高中毕业，适逢部队征兵，他二话没说，在西藏武警征兵的花名册上填上了自己的名字。

"要当兵就去最远最苦的地方。"

看着他坚定的样子，父母找不出理由阻拦。

高原之上，熊建新对军事装备的痴迷开始显露：训练之余，他经常扎进书堆研读武器装备的发展历史，钻研各种武器分解结合的相关程序，战友们称他是"武器达人"；日常生活中，他是中队的内务标兵，各种条令条例严格遵守，随便拿出一条问他，他都对答如流。

"肯钻研、听指挥、能冲锋"是战友们对熊建新一致的印象。也正由于这些品质，在拉萨市一项军事行动中，熊建新表现突出，荣获"拉萨卫士纪念章"。

少年梦圆，他终于成为高原展翅的雄鹰！

创业：风雨飘摇，一炮而红

"在那里端的是'铁饭碗'，领导和家人都不同意我离职，但我不在乎，人生的价值不该拘泥于此。"

退役后，熊建新被安排到江油市建设局工作，是人人羡慕的工作。但熊建新忘不了在部队和各种军事武器打交道的日子，他一直盘算着，开一家什么公司才能与部队的需求接上轨？

江油有特殊钢生产的雄厚基础，好钢材才能锻造出好军备，熊建新的点子来了。

2004年4月，熊建新带上自己的全部家当，又拉来5位投资人，四川六合特种金属材料股份有限公司成立，专研特殊钢，用高端、特色军品为国防事业出力。

"六合特材"在风雨飘摇中起步，"建厂初期我们资金不富裕，只能借农民的房子搞科研，那时候屋外下大雨屋里下小雨，工作人员连个整觉都睡不了"。

就是在这样的环境下，六合产品战胜了与之同台竞标的百亿级企业，从此一炮而红！

2008年，金融危机席卷全球，四川地区又遭受"5·12"汶川地震的重创，成长中的"六合特材"又面临着另一场危机。

"研发投入一分也不能少！其他方面我来想办法！"

熊建新坚持把先进技术掌握在自己手上，"再难也要实现'叶片用钢的国有化'的目标"。

在熊建新的努力下，10%的年研发资金按时发放，六合人再次渡过难关。他们的成功却让一些国外企业红了眼，多家国外企业先后申诉六合抄袭。面对质疑，熊建新很坦然，"真技术是抄不走的，我们会用更好的产品来证明"。在六合人的坚持下，到2011年，国内基本没有了国外产品的身影。

▍ **向前：仰望星辰，飞速研发**

"六合特材该为航天事业出点力。"

"十三五"期间，我国航天事业迅速发展，星辰大海的征途中，每一步都是炎黄子孙对未来的浪漫希冀，熊建新紧跟时事，始终不忘自己的初衷。

适逢国家将全面启动实施航空发动机和燃气轮机重大专项，熊建新瞄准机遇，结合自身企业转型的步伐，做出了新的"战略想定"：实施叶片钢、模具钢、其他高端特殊钢三大类产品的"443"结构布局调整，并把造出中国最好的军工特殊钢产品作为企业目标。

为实现这一目标，2017年，公司投资8亿元，上马航空与燃机合金技改项目，到2018年，真空感应炉、浇注车项目正式投产。

"你办的是企业，投这么多钱，赔了咋办？"

面对熊建新的"大手笔"，有人质疑。"国内高端特钢的需求在不断增大，国防建设更需要好钢，以科技创新为主导的企业转型是我们的发展之道，技术、人才、装备的投入一样都不能少，一年不行就5年，5年不行就10年。"在一项项着眼长远的部署中，熊建新对公司的发展路径更加清晰——

唯有弄潮儿，方能永立时代潮头。

如今，四川"六合特材"已经成为专业生产航空航天、舰船、核电、燃机等高端重大装备用材的国有参股混合所有制企业，公司生产的高温合金钢在成功应用于火箭发动机之后，再次应用于我国首艘国产航母动力系统中。

"我们正在加快打造国内一流的高温合金钢生产基地，争取为国家提供更优质的钢材！"熊建新说。

思源：从这里取得，在这里回馈

从前，曹兴国是熊建新在西藏当兵时的战友；现在，他们再次并肩，成了企业发展中的拍档。

原来，"六合特材"成立后，熊建新得知战友曹兴国回到地方找不到合适的工作，便让他来六合试试。

"没有特殊照顾，跟其他人一样，要从原料车间做起。"

曹兴国一边感动于战友的帮助，一边立志不能给退役军人丢脸，每天边工作边思考如何才能把效率提得更高。

他借鉴国内外的成功经验，不断摸索，终于总结出了一套快速科学的原料遴选分类流程法。这套方法推广后，每年可为企业节约成本230万元，装卸料的时间缩短了4个小时，为公司年盈利700万元。

曹兴国成了车间的名人，退役军人也成了六合招聘的"香饽饽"。

"退役军人是块宝，要把他们用起来！"每次招聘，熊建新都会特别要求注明：退役军人优先。在"六合特材"的第一批员工中，就吸纳了66名退役军人。

战友情谊深厚，桑梓之情更不能忘。熊建新生于江油，长于江油，回馈家乡绝不含糊。他坚持把公益事业、对口支援、精准扶贫和困难职工帮扶作为"六合特材"的"一把手工程"。

在精准脱贫攻坚战中，熊建新为江油市铜星乡苦竹村队员捐款30万元，援建了几鸡蛋和肉鸽养殖基地，太阳能光伏路灯进村到户，向布拖县先后捐款14万多元。在"金秋助学"活动中，资助北川县通泉乡11名大学生，圆了贫困学生的"大学梦"，助学捐款达8万余元。在困难帮扶公益行动中，为社会慈善事业捐款共达百万元。倡导并带头为困难职工捐款25万元……

从最初只有28人的小公司，发展到如今拥有950人的大公司；从年收入1200万元的传统制造企业，发展到今天年收入达28亿元的国家级高新企业，熊建新立志"造出中国最好的军工特钢"！

创业感言

曾经有很多人问我："你到江油市建设局工作，这是多少人羡慕的职业，为什么还要不顾家人的反对和领导的挽留，提出辞职，下海经商？"

我说："人生就是要不惧风险，勇于挑战！我骨子里还有军人的热血，我不想过安闲日子。"辞职下海后，我从事过多种职业，也创办过数家不同类型的企业。虽然历经过多次失败，但在挫折面前，我有一股绝不服输的倔强。

2004年4月，我与5位投资伙伴共同创立了四川六合特种金属材料股份有限公司，开启了我人生新的征程。我们研发、生产高端特殊钢材料，用高端、特色军品为国防事业贡献力量。

艰苦卓绝，打破叶片钢国外垄断。研发"瓶颈"、产品滞销、金融风暴、汶川地震都使企业困难重重……加上国外还借叶片钢进口问题卡中国的"脖子",但这些都未能让我这个军营走出来的男子汉退却!我带领团队迅速投入对叶片钢的研发中。

他们越"卡脖子",我们越要奋发图强!冲锋号已经吹响,我们要在号角声中锻造大国重器!这是我心中坚定的信念。我们在简陋的科研环境下,战胜了与之同台竞标的百亿级企业。我的叶片钢拿到"国家级出生证后",成为中国乃至全球重要的汽轮机叶片生产基地。

接下来,公司将紧扣重大高端装备特殊钢用"六合造"的发展理念,着力构建科技创新与产学研一体化的体系,努力把企业带上一条以科技创新为主导,打造极具识别性的高端装备特殊钢的民营企业发展之路。

诚爱写在山水间

★ 吴永煌

贵州·官智敏

官智敏，曾服役3年。2002年创办贵州省独山百汇药业有限责任公司，主营生物制品，包括中药饮片、制剂等。个人曾获贵州省第五届道德模范、黔南州民营经济社会贡献之星、拔尖乡土人才奖等荣誉，是贵州省五一劳动奖章获得者。公司累计带动80余人就业，其中退役军人15人。

2001年"五一"这天，官智敏一反常态，起了个大早。

"我还是想办家药业公司。"

他走到正在灶上忙着的母亲跟前，又说了一遍昨天晚饭时的话。

"咱家还有个小卖部，工作丢了，日子还过得去。"母亲顿了一下，停下活，在围裙上抹着手，还是劝阻着，"办公司，不是说说那么简单的，那可是砸锅卖铁的冒险事。"

面对母亲的再三劝阻，官智敏会如何抉择？

创业:"砸锅卖铁"的 10 万元

前些天,官智敏不是躺在床上看着屋顶发呆,就是在屋里转来走去。实在憋屈了,就跑到黑神河边,望着远处黛色的紫林山,攥紧双拳,举向天空,把头埋在双肩,歇斯底里地喊几声。或是抓起一块石头,狠狠抛进黑神河。

那山的回声,萦绕经久;那河的水花,晶莹剔透。

晚饭时,他实在憋不住了,把压在心底的想法说了出来:

"分站关了,我来开!"话语斩钉截铁,铿锵有力。

话语一出,母亲和爱人唰地一下就黑了脸。

母亲悄无声息地走进了灶房。

爱人嗔怪地斜了他一眼,一声不吭。

他自己也没吃好,在床上辗转反侧了一宿。

1983年,高中毕业的官智敏应征入伍,在边境战争中,在广州军区某部队担任报务员。

热血岁月总是转瞬即逝。1986年,官智敏从部队退役,被分配到黔南州药材公司独山药材分站。凭借出色的能力,他很快从一名普通员工成长为业务骨干。

日子红红火火地过着,可正当他踌躇满志的时候,2001年春节过后,分站却因经营不善,无奈关停。

于是,便有了文章开头的一幕。

第二天一早,爱人起床后,忧心忡忡地对他说:"我们才成家不久,也没有什么本钱,拿什么开?"

"把小卖部盘掉。"他好像早有了这个打算。

爱人顿时一脸惊愕,气呼呼地说:"那可是我们家唯一的生活依靠啊!你难道准备倾家荡产,一家人喝西北风吗?"

是啊,真要盘掉小卖部去开公司,一大家子日子怎么过?

他也很揪心。可一想到奶奶和父亲,他的心又硬了起来。

1986年，奶奶因病无药可治，不幸去世。不久，在县木材厂工作的父亲也因缺医少药，撒手人寰。

家里就靠母亲在屋后的坡地上种点苞米、土豆勉强维持生计。等他退役到分站工作后，家里才又有了一份稳定的收入。之后，他用积攒的工资给家里开了一个小卖部。

"万一血本无归，全家不仅还要上坡上种苞米、土豆，且还正在读小学和初中的弟弟妹妹都要辍学。"他掂量着。

可他不甘心"束手就擒"。他曾是一名军人，见过血与火的战场，见过出生入死的战友。那一刻，他的耳边仿佛又吹响了冲锋号，一往无前的力量让他心潮激荡。他下定决心，砸锅卖铁也要拼一把！

原本美丽的"五一"清晨，被这个话题打乱了。母亲哭了，在坡上的苞米地里哭。

爱人生气了，直接回了娘家，眼不见心不烦。

弟弟妹妹眼巴巴地看着……

官智敏理解他们，但没有动摇。

"五一"长假最后一天，他把几个从分站下岗的同事召集到村里的小茶馆，商议"抱团取暖"的事。大家七嘴八舌，很是热烈，但却神情凝重。

"钱从哪儿来？"

"我想好了，把家里的小卖部盘出去，能有个三四万元。再把这两年的积蓄和下岗安置费都拿出来。大家看看自己能出多少？"

大家面面相觑，不吱声了。他们开始在心里盘算家底。

"智敏，我相信你，我跟。"终于，沉闷被打破。

"我也跟。"

"我也把安置费拿出来。"

……

"这样我们就有差不多10万元了，可以启动。"他一下有了底气。

2002年1月16日，在县城中华南路，独山县百汇药业有限责任公司正式挂牌成立。

▌ 诚信：忘却的 36 万元

车无辕不行，人无信不立。

2012年春天，官智敏的公司已步入稳定拓展的阶段。

"刘总，我又新开了一家分店，急需进批药材，你那里有没有现货？"

刘总是贵州瓮安县一家生产药材公司的董事长。官智敏和他是在一次药材采购展销会上认识的，虽有几次业务往来，但见面只有那一次。

当天下午，刘总公司的送货车就来了。

药材一一清点后，官智敏顺手把送货师傅给的36.2万元账单揣进了口袋，随后又交给了财务。

可过了一阵，公司财务人员对他说："官总，刘总那边联系不上，那笔36万多元的货款打不过去。"

官智敏这才像被人猛击一掌一样："哎呀，这都几个月了？！怎么回事？赶紧给人家，太对不起人家了。"

他立即抓起办公桌上的电话拨打给刘总，但对方已经停机。

他又赶紧给刘总的朋友打电话，原来刘总在一次出差途中不幸遇难。他又联系刘总的妹妹刘慧。

刘慧接到电话很感动，也很意外，她不知道还有这笔业务。

官智敏当即安排公司人员与刘慧一一核对账目，一分不少地付清了36.2万元货款，并向刘慧表示歉意。

正是诚信，成就了百汇药业有限责任公司。公司先后获得了全国"守合同重信用单位"、省级"守合同重信用单位"、"诚信私营企业"等多项荣誉。

"诚信是做人做事最好的名片。"官智敏说。

▌ 大爱：41 万元与 800 名患者

独山县地处贵州东南部，虽山清水秀，但因喀斯特地形，水土流失严重，土壤贫瘠，农业薄弱，曾是国家级贫困县。

"我们现在可以做点什么？"官智敏问爱人。他仿佛觉得巍巍紫林山的松涛和汤汤黑神河的波涛在呼唤。

"你看着办吧，这是积德的事。"爱人支持她说。

他给爱人讲起一件事。一次，他走在上班路上，看到迎面走来一对盲人，他们都戴着墨镜。一个拿着棍子在地上点点戳戳，另一个用手搭在同伴的肩上。

突然，一只宠物狗从林中冲出来，撞掉了盲人手中的棍子，两个盲人慌忙弯下腰去，在地上乱摸。

官智敏赶紧跑过去，帮他们捡起棍子，扶起他们，把棍子放到他们手上，两位盲人感动得连连道谢。

于他而言，这太微不足道了，可对两个盲人来说，却是生存的必需。

大爱的种子在他心里抽出了芽。

2015年11月，官智敏联系县中医院。正巧，独山县中医院在为白内障患者组织"光明行"募捐活动。

"我们愿意为患者捐点款，搭建募集会场的经费，我们也出了。"

2016年5月10日，听说邻县人民医院也要为白内障患者举行"光明行"慈善募集活动，他直接带着20万元，穿过紫林山和黑神河，开车径直赶赴活动现场。

忙活完一天，他婉拒了活动组织者的晚宴，趁着暮色返回独山县。

山路弯弯，河水汤汤，在车灯下时隐时现，爽爽的夜风从车窗外拂着他的脸庞。

两个月后，他从电视里得知，独山、三都两县800余名白内障患者先后重见光明。

他心里一片亮堂。

创业感言

我参军入伍,圆了父亲的当兵梦;我创业做药业,是为了疗愈父亲留给我的痛。当兵,给了我做人做事的勇气和毅力;做药业,给了我为群众排忧解难的机会。

回想起这些年走过的创业路,可谓百感交集,但我感到很安慰。自己心里有目标,没有退却,而是勇往直前,并小有成就,还得到社会和群众的信赖。

人无信不立,立则不败。诚信是衡量一个人的品行所在,做药业更要讲诚信。药业关乎群众的生命,只有一丝不苟,诚信为本,才能对得起良心。

毛主席说过:"一个人做点好事并不难,难的是一辈子做好事。"回馈社会和群众,让更多人重见光明,是做好事。只要我力所能及,还会一如既往地为社会奉献微薄之力。

亲爱的战友,世上本没有路,只是走的人多了,便成了路。路就在脚下,关键是第一步,关键在勇毅。我们无悔于军人,也一定要无悔于今天和明天。

独腿老兵走过40年山路

★ 马晓琳

贵州·王明礼

王明礼，曾服役6年。2007年创办思南县东升农场，主营茶叶种植、加工销售。个人曾获全国脱贫攻坚先进个人、首届全国最美退役军人等荣誉称号。公司创办以来，累计带动1000余人就业，其中退役军人210人。

山路十八弯，万顷茶园香。

茶垄间，一位皮肤黝黑的中年汉子微微屈膝，躬身翻耕土地，刨去石块，铲除杂草，施上肥料。一切准备工作完成后，再插苗，浇水。

微风拂过，茶田涌起碧浪。他满意地笑笑，终于直起身，上扬的嘴角却扯出一丝不自然的弧度。

他又弯下腰，将左腿裤管卷至膝盖上方，露出小腿——

一支高约30厘米的假肢支撑着身体伫立在栽满茶苗的山上。

▍ 双腿染血

痛，好痛。

王明礼挣扎着睁开双眼，双腿传来的剧痛提醒着他，他是伤员；然而，震耳欲聋的炮火也提醒着他，这是边境战争的战场。

他撑起伤残的身躯，朝受伤战友的方向挪去，满是弹坑的大地上生生拖出两道绵延的血线。

直到战友们被营救成功，他绷紧的神经才终于得以放松，随后昏迷在血泊之中……

5天后，王明礼再次睁眼。这一回，他躺在战地医院的病床上，而他的左腿裤管是空的。右小腿的骨头在受伤时被炮弹皮削飞了，经过11个月的住院治疗和数不清的大小手术，最后也只救回了一条腿。

用一具残缺的身体换来3名战友的生命，换来作战任务的圆满完成。而这一切，在他连写6份请战书申请将最艰苦的作战任务交给他所带领的尖刀班时，就做好了充分的思想准备。

但一想到自己的未来，他还是忍不住流泪：伤成这样，活着还能做什么？

那年，他20岁。

▍ 奇迹脱拐

第二年，1985年11月，王明礼脱下军装，拄拐还乡。

收好四级残疾军人证，他撑着拐杖走进了思南县总工会的大门。

工会领导看他行走不便，特意安排他坐在门房里收发邮件。当时还没有传真电话，上级通知、单位文件、信件报纸等只能靠人工转寄。

然而，王明礼很快就坐不住了。他发现，这些邮件大多是寄给本县各单位的，距离并不远。

事实上，思南县地处山坡，爬坡过坎是当地人的家常便饭。但这对于独腿者来说，难度好比只用一根筷子吃饭。

然而，在国家利益和个人安逸之间，他毫不犹豫地选择了前者——与其花费国家8分钱邮资，不如亲自翻山越岭送件。

从此，在思南县的大街小巷，人们总会看到一个肩背口袋、手拄双拐，行走吃力却步履不停的身影。

而在他们看不到的地方，左腿残端已被叉股磨得血肉模糊。

只有母亲偶然目睹了儿子的伤处，老泪纵横，直想跑去上会找领导，却被儿子一把抱住："娘，咱是军人！"

军魂如刀，为民染血。凭着这股劲儿，王明礼创造了一个奇迹：寒来暑往，独腿10年，送信10万件，毫厘不爽。

但让他没想到的是，无数次的迈步和摔跤悄然化作大腿结实有力的肌肉和日益稳健的步伐。10年山路，每一步都算数——他，脱拐了！

"借宿"10年

随着通信方式的变迁，信件收发的数量不断减少。

时代往前走，尖刀不肯锈。2000年，为响应国家振兴乡村的号召，已近不惑之年的王明礼主动申请离开岗位，扎根农村。

这一"扎"，不仅扎进了贫困村，还扎进了江水里。

2008年3月，乌江思林水电站即将蓄水发电，但仍有部分沿江村民不愿搬迁。尤其是三道水乡柏杨村柏杨组的6户人家，村民老杨扬言："要想让我搬出去，除非把我拖走！"

就连老杨自己也没想到，10多天后，他竟然哽咽道："啥也不说了，我明天就搬家！"

这一切，还要从王明礼刚到柏杨村驻村说起。

当时，他了解到柏杨组移民户的情况后，主动接下这块烫手山芋，打起背包就走四五公里山路到寨子里，主动找老杨当他的联系人。

说好听点儿是联系人，说难听点儿倒像个"跟屁虫"。

见老杨上山干活儿，他也扛起锄头跟着上山，一面帮他干农活儿，一面做他的思想工作。义肢磨坏了,他悄悄用铝丝捆紧,若无其事地继续行走;残端伤口处磨破发炎了,他一声不吭,偷偷抹点止痛药。

"借宿"村寨多个日夜,竟没有一户人家发现他是残疾人。

一天下午,大雨滂沱,洪水汹汹。王明礼冒雨去找老杨,恰巧在路上碰见他正赶着耕牛回家。两人结伴而行,路过一座简易木桥时,木桥突然断裂,只听"扑通"一声,耕牛坠入大江。

老杨还没反应过来,又听见一声"扑通——",王明礼已经跟耕牛一起消失在了湍急的江水之中。

"快来救人啊!"

老杨一边大喊一边往桥下跑,没过一会儿,竟看见浑身湿透的王明礼在下游几百米处,拖着沉沉的假肢和钢板,牵着耕牛,一步步朝他走来。

老杨紧紧握住王明礼的手,几度哽咽,第二天便搬了家。

驻村10年间,王明礼先后转战了8个国家级贫困村。村里没路,他带领村民凿石开道;没水,他号召乡亲们挖沟开渠;没电,他组织立杆架线接电缆;没钱,他就倡议垦田畜牧种果树。

因驻村工作突出,王明礼在2013年和2014年连续两年获评铜仁市"百佳驻村干部"。

征服"死山"

驻村期间,王明礼还把自家房子卖了。

2007年,他带着自己能凑到的全部积蓄,叫上一群退役战友:"走,咱们上'死山'!"

所谓"死山",指的是万家山。万家山地处武陵山脉与大娄山山脉之间,山上日照充足,雨量丰沛,土壤肥沃,是历史上的晏茶产地。

然而,历史已成过去,目光所及之处,乱石嶙峋,荆棘丛生,杂草遍野,故得此山名。

促使王明礼直面"死山"的,是他作为一名老兵的使命感。

下乡期间,他注意到,农村的部分退役军人和乡亲们缺乏一技之长,只能长期忍受着贫困的折磨。他决定在荒山上开辟一条致富之路，于是萌生了筹建万家山茶园的想法。

理想很丰满，现实却很骨感。王明礼迈着残腿，与战友们一同登山，过上了起早贪黑的日子。

手里，是柴刀和暂时用创可贴遮盖的红肿血泡；

脚下，是煤油灯的光束和一刀一刀砍出来的路；

肩上，是日晒的痛疼和汗水的冰凉。

吃进嘴里的，多数是方便面；塞进口袋的，只有消炎膏和止痛药。

长达两百多个日夜，平均每天10个小时以上的劳作，辟荒山、开新路、种茶苗，王明礼和战友们硬是把千亩荒山变成了绿色茶园。

谁料，茶园建好后，他们还没来得及享受成功的喜悦，就迎面撞上罕见的雪凝灾害。看着成片冻蔫的茶苗，王明礼的眼泪滑落在雪地上。

有的战友想放弃，王明礼却仍如从前那个20岁的战士一样，也会因残疾和迷茫而流泪，却从未磨灭直面困难的勇气。

"我们曾经是军人，绝不能半路当逃兵！"他很快振作起来，经过多次补栽茶苗，万家山又绿了！

2019年，王明礼联合战友，成立了思南县东升森林家庭种养农场。经过10多年打拼，万家山茶园已带动10个贫困村庄摘下贫困的帽子，并将继续巩固脱贫攻坚成果。

此外，王明礼又创办了甜蜜事业——养蜂产业，辐射带动更多退役军人及军嫂，闯出退役军人的"甜蜜"产业，由曾经的"兵王"转变为"茶王"和"蜂王"，在乡村振兴中续写"戎耀"担当。

一个人活着，总要做点事……

痛失左腿，却站得更直、走得更远。对于王明礼而言，这数十年的山路，值得继续走下去。

创业感言

走过十余年创业打拼路，我有以下经验和战友们分享：

不怕困难。选择创业，注定困难重重。怎么筹集资金，怎么拓展客户，怎么管理企业……战友们选择创业一定要有充分的心理准备，我们所遇到的难题，会超乎我们当初的想象。我的创业过程遇到了无数困难，我会因为迷茫而彷徨流泪，但从未失去面对困难的勇气和决心，想想自己在部队时连死都不怕，还怕这点困难吗？只要咱们自己不抛弃、不放弃，困难总会过去，风雨之后总会见到彩虹。

选好项目。选对了项目，创业就成功了一大半。千万不要看着别人干什么挣钱，自己就照单现学。要结合当前的形势，结合自己的能力特长，选择适合自己的项目。千万不要一开始就把摊子铺得很大，创业以后有很多你想不到的花钱的地方。可以一开始小打小闹，慢慢做大，万一不行，船小也好调头。

凝聚人心。创业和打仗一样，单枪匹马干不成事，关键要团结大家一起干、一起闯。能够带领大家一起闯的关键在于凝聚人心，让大家心甘情愿和你一起干。创业这些年，我坚信只有团结大家一起干事才能干成事，和几十个战友、上千户农户一起努力，才能有今天的成绩。

战友们，军人精神是我们骨子里流淌的血液，希望我们永远珍惜这份宝贵的财富，让它在我们的人生岁月中闪闪发光。

一个退役士兵的职场孤勇

★ 李胡德

[云南·李侠]

李侠，曾服役3年。2012年创办云南宇辰物业服务有限公司。个人曾获云南省模范退役军人荣誉称号。公司是中国物业管理协会会员单位，是通过"三标一体化"认证的物业服务企业，累计招用退役军人300余人。

2022年9月21日，记者走进云南宇辰物业昆明公司那天，正是该公司成立10周年，一天不差！

如今，这家物业管理公司已覆盖云南省5个州市，拥有13家子公司，3500多名员工，年产值近2亿元。

宽敞明亮的办公楼里，退役军人、云南宇辰公司负责人李侠打开了话匣子……

▎绝境：身无分文，狼狈回乡

"话从哪里说起呢？就从2001年开始吧，那是我人生的低谷。"

2001年6月,在外闯荡了半年多的李侠回到昆明。

他背着个双肩包,提着个白色塑料袋,里面有日常换洗的衣服、一串钥匙、身份证及一个喝得见底的水瓶。除此之外,李侠一无所有。

"那时我真的是山穷水尽,身无分文。"

走出车站,李侠仰面朝天,让高原热辣耀眼的阳光照在脸上,突然有种想哭的冲动:"终于回来了,我一度怀疑还能不能活着回来。"

"我打了一辆出租车,直奔父母而去。他们从四川老家来到昆明后,在南太桥、东风广场一带摆摊多年,就租住在昆明。最无助的时候,我只能投奔父母。"

"身无分文,打出租车?"我有些疑惑,停下了采访记录的笔。

李侠腼腆地笑了笑:"没办法,因为我不敢坐公交车,公交车要投币1元,我拿不出。当然,我也走不到家,饿得脚杆打闪闪。"

"从新疆到成都再到昆明,我口袋里一共只有400元,还是借的。单车票就花了375元,靠着剩下的25元钱,我撑了4天!转车期间在成都住了一晚旅社,5人间一个床位20元。还剩5元,实在太饿了,在成都火车站外吃了碗面。在火车上,我饿着肚子,在座位底下昏昏沉沉睡了3天。"

出租车到了楼下,李侠急促地喊妈妈下来付出租车钱。母亲有些愠怒:那么大小伙子竟然要当妈的付出租车钱!在不快中,母亲还是下楼了。

也就半年多时间,儿子完全像换了个人,又黑又瘦,哪里还有刚退伍时英气勃发、青春活泼的样子?

母亲付过出租车钱,接过儿子简易的行李,转身擦拭了眼角的泪,带着儿子上楼了。

■ 低谷:一腔热血,铩羽而归

"送战友,踏征程,默默无语两行泪。"

半年多前,也就是2000年11月,当了3年义务兵的李侠,在嘹亮的歌声中,脱下了军装。

一个退役士兵的职场孤勇

当时，他刚好20岁。

文凭低、年纪轻、没有社会经验，他面临的选择并不多。

摆在李侠面前的有两条路：一是子承父业，跟着父母摆地摊；二是回四川老家或者在昆明打工挣钱。

"世界那么大，我想去看看。"李侠没有选择其中任何一条路。他不想一辈子就这样过。

揣着浓烈的梦想，他出发了。

第一站，他去了广州，一个承载着年轻人梦想的都市。但由于文凭低、没有专业技能，李侠接连奔波几天，一份简历也投不出去。为了活下去，再脏再累的活儿他都干。实在没有活计，李侠就与一起打工的老乡站街揽工，等着被雇用。但这样的工作并不稳定，遇到下雨天，连续好多天都没有收入。

"我记得最长的一次，整整两个月，我没有吃过一片肉。吃不起菜，我们去菜市场捡白菜帮子回来煮了吃。"

在广州找不到用武之地，李侠决定转战新疆。

没想到，在新疆，他还是四处碰壁。

"我连每月350元的工作都找不到，因为不仅需要担保人，还要交押金，我翻遍口袋都凑不够押金。"

李侠只得铩羽而归。

这趟旅途花了3万多元，那几乎是他全部的退役补贴。但这趟旅途带给了他直面困境的勇气和触底反弹的决心。

▎逢生：从零开始，白手起家

回到昆明的第二天，李侠就去找工作，一家中介公司推荐他去应聘保安。

这个很多人都看不起的职业，李侠却格外珍惜。

当保安的第二天，李侠就带班出操。按照部队的训练标准，他让保安队伍的精气神焕然一新。

当保安，就要当最好的保安！李侠暗暗下定决心。遇到业主，他尽可能记下他们的面孔和所在楼层；遇到业主外出，他重点关注业主家的安全；遇到老人、小孩或行动不便的人，他主动帮助提东西送到家……

由于工作表现出色，李侠工作20天就当上了班长，半年就当上了保安队长，直到成为项目主任。

这一时期，我国房地产行业高速发展，但物业服务行业还处于起始状态。李侠清醒地认识到，物业市场大有可为。他时时琢磨物业管理的问题和改进措施，设想如果自己来管，怎样才能做得更好。

2009年，一家公司的高管看中了李侠的才能，主动提出与他合作开办物业公司，李侠一下子从保安变成了物业公司的副总，全盘负责公司的运营和管理，他管理的项目多次被评为省、市、区（县）示范项目，个人被评为"全国物业管理优秀项目经理标兵"。这一岗位为李侠后来的发展奠定了坚实的基础。

李侠做人做事的风格引起了两位房地产老板的注意。他们主动联系李侠，让他负责物业管理事宜。

李侠嗫嚅着不敢答应，对方把这么重要的任务交到自己手里，干砸了怎么办？

"你是当过兵的人，我看重你的为人，你做事，我放心！"一位老板说。

另一位老板笑着说："现在市场竞争那么激烈，别人见了这样的好事，都抢着要，你不先考虑自己，倒先怕辜负了我们，非你不可了！"

就这样，两家地产公司的物业都由李侠负责管理。

实践证明，李侠把工作打理得井井有条，受到业主的广泛好评。

见李侠把物业打理得那么好，两家公司老板都主张李侠成立自己的公司，让他的才能有更大的施展空间。

2012年9月，李侠正式成立了自己的公司：云南宇辰物业服务有限公司。

佳境：学无止境，永当尖兵

有了认可，李侠也有了往前冲的勇气。

创业初期，管理人员较少，管理方式也很随意。随着业务量的增加，问题凸显，效率低下。

"一个优秀的企业，是要用制度管人，而非用人情管人。"

李侠改变管理思路，建立健全企业制度，树立企业文化，使公司业绩大幅度上升。

李侠也与二位老总成了挚友，经常在一起交流企业管理或发展方面的话题。李侠说："他们是我的引路人，我发自内心地感谢他们。"

他山之石，可以攻玉，学习借鉴对于企业来说也非常重要。

"物业管理跟城市环卫其实是相通的，为什么不向城市环卫发展一下呢？"

2017年底，云南省房地产业协会组织省内知名企业赴山东考察，其间，一家从事环卫工作的企业让李侠备受启发。

2018年，正值云南省在搞七个专项行动，其中之一就是提升环境卫生。

李侠主动与有需求的部门对接，谈判、考察、对比……2018年，他与政府平台公司成立了混合所有制城市综合服务公司，负责城区的道路保洁、绿化养护、停车管理、广告管理等业务。

通过近4年努力，李侠公司的服务模式得到了政府和百姓的肯定，开创了宇辰物业城市服务的新篇章。

如今，宇辰物业已是云南知名的物业服务企业和城市服务供应商。

10年风雨路，李侠喜欢和退役战友一起并肩战斗。他说，3年部队生活弹指一挥间，部队的烙印却相伴一辈子："遇到困难，我们把后背交给战友，用部队培养出的那股韧劲儿，一个顶着一个往前走，才会有今天。"

创业感言

退役20多年，由于文凭低、起点低，在创业过程中我吃过很多常人难以想象的苦。我摆过地摊、当过搬运工、做过保安，这些经历是苦难更是财富，让我知道生活的艰辛，也让我更加珍惜每一次机会。

回顾往事，有过委屈，有过泪水，有过血汗。但再苦再难，我从不放弃，因为即便脱去军装多年，我依然是一名铮铮铁骨的军人。

感谢部队的培养，让我知道了吃苦、坚持、踏实、敢干的可贵。

如果说我创业小有成就，那也不是我一个人的，那是社会赋予的，那是亲人支持、朋友帮扶的共同成果。这期间，有太多的故事，也有太多的磨难，每走一步，都需要勇敢面对，奋勇向前。

我没有什么创业的秘密，也没有成功的经验。一路走来，无论是风和日丽还是风霜雨雪，我只顾低头向前，就像一头默默耕耘的牛，不问收获，只顾努力前行。

无论何时，我都坚持一个观点：做人做事，踏踏实实，忠于良心，忠于内心的信念。无论事情大小，不管职务高低，没有职业贵贱，只求用心做好，不求其他。只有做好人、做好事，才能得到社会的认可。

老兵夏宇的"鲜花世界"

★ 黄忠敏 白书瑜 宋海军

云南·夏宇

夏宇，曾服役2年。2016年创办云南佳海农业产业有限公司，是集优质鲜花种植、销售于一体的鲜花专业运营公司。个人曾获评第十一届全国农村青年致富带头人，荣获云南省退役军人创业创新大赛一等奖。公司累计带动50余人就业，其中退役军人11人。

深秋时节，天气渐凉。

晚上7点，冷风中的夏宇焦急地在昆明长水机场等待。落地窗外，一架载着10万株洋桔梗的航班终于平稳地降落在停机坪。

然而，夏宇的心还是没落地。

几名身穿海关制服的工作人员正紧张地进行病虫害等通关检疫。

"夏总，可以了！"

在通关文书上郑重签完字，夏宇舒了口气。连夜，10万株洋桔梗种苗装上冷链车，拉到40公里外的昆明斗南花卉市场。

忙完这一切，已近凌晨2点，大家拖着疲惫的身体，倒头睡去。夏宇却毫无睡意，再过几个小时，他还要带着车赶到种植基地，运输安全、人员保障、大棚温湿度、后期管护……每一样都要他亲自调兵遣将。

▌ 起步维艰

距斗南花卉市场110多公里的云南省通海县河西镇，有一处近百亩的鲜花基地，洋桔梗、向日葵、小菊花、玫瑰花、蝴蝶兰……形态各异，竞相怒放，让人赏心悦目、流连忘返。

"我们一共有230多亩地，这是比较大的一处。"看着眼前长势喜人的各色鲜花，夏宇很自豪。

说起创业经历，这位肩宽臂粗、体格壮实的退役老兵三句不离"我们当兵的"。

"我们当兵的，在军队大熔炉锻造了敢想敢干、吃苦耐劳、不怕挫折的性格。"

夏宇出身于军人世家，父亲是参战老兵，叔叔、舅舅、姨父、姑父、堂弟都当过兵。2002年12月，夏宇延续家族的血脉，加入陆军。

"团里三四百号新兵，选五六个去学校学技术，其中就有我。"

当兵2年是夏宇高光的时刻。优秀士兵、训练标兵、专业尖子、反坦克能手……说起军旅岁月，夏宇比看到满地的鲜花时的神态还神气。

两年服役期满，夏宇退伍回乡。

回到通海，夏宇跟个"闲人"似的，既不急于找份工作，也不想着创业，成天跑田间地头，遛农贸市场。他发现，通海的农作物种植还是小而散的传统模式，多以家庭式的小作坊为主，农药、化肥既对土壤造成破坏，也污染了被通海人视为"母亲湖"的杞麓湖。

他找到当地一家花卉公司，希望改进通海鲜花种植的老旧模式。

"夏宇一身迷彩服，天天跟着技术工人了解鲜切花的生长习性、病虫害预防、水肥灌溉等。"同事陈敏说。

"大棚温度高，夏宇在里面一待就一天。"陈敏记得，夏宇整天用手搓泥巴，看湿度，看松散度，看养分。

羽翼渐丰的夏宇，在2016年创办了云南佳海农业产业有限公司。

然而，创业之初却连吃了几次"瘪"。

"当时口袋里不超过500块钱，还要维持公司正常运转，公司面临存亡压力。"

公司刚起步，鲜花品相一般，卖出去回款慢，销路迟迟打不开，资金链一直处于紧绷状态。祸不单行，公司2名合伙人要求退股。"商场如战场，退一步可能就前功尽弃。"夏宇咬着牙，把房子和车子作为抵押贷了款，又靠着父母一点压箱底的钱，将股份退给了他们。

可还没消停一年，技术工人又被一些老厂挖走。"技术工可不是一天两天能培养出来的。"说起当年的困境，夏宇直摇头。

尽管如此，夏宇还是那股倔劲儿："仗才开打，怎能轻易缴械？"

这时，看中夏宇身上军人作风的业务骨干陈敏，主动跳槽到夏宇公司，帮他共渡难关。

开疆拓土

"从干这行开始，我就有个心愿，一定要打破大家各自为战的现状。"

公司步入正轨，夏宇做起长远发展的打算，他想把大家联合起来，一起做大做强。可作为后起之秀，大家并不看好他。

"攻山头破城门，一定要找到突破口。"

夏宇找到村里一位大姐，跟她签订鲜花收购协议，公司提供技术和管理，收购后由公司销售。选这位大姐作为示范，夏宇经过了一番考量。

早些年，大姐的丈夫因病去世，2017年自己又查出尿毒症，家有年迈的母亲，小孩还在上学，靠着几亩农田，用传统方法种植鲜花艰难度日。

像这样的困难户，还有好几家。"如果把他们带动起来，我的集团作战模式才更有吸引力。"为此，他专门在协议里写上附加条款："一周一付款，不欠一分钱！"

但毕竟"后进户"起点太低，收购的鲜切花质量不高，销售惨淡。

为了花农的利益，即使烂在自己的大棚里，夏宇也按合同价把农户的鲜切花照单全收，半年下来，公司亏损了38万元。

家人没少数落，员工没少抱怨，有的甚至打起了退堂鼓。

愁从心来，夏宇独自来到杞麓湖旁。

眼前的湖水清澈明亮，涤荡心灵，当初"保护母亲湖""造福家乡"的豪言壮语萦绕在耳畔。

回到公司，夏宇下定决心，砸锅卖铁也要推行"公司+示范基地+合作社+品牌"的运作模式。

花农们纷纷跟进，市场也慢慢认可了夏宇的好口碑，一年后，公司扭亏为盈。

一鼓作气，乘胜追击。公司开疆拓土，在红河州、楚雄州、安宁市、石林市等地建立了示范基地，带领当地农户加入鲜花种植行业。

检查路线安排、下地监测土壤、帮农户规划大棚……面对繁杂的工作，夏宇四处奔走，亲力亲为。

花农王熙云种植的向日葵签订合同时收购价为一支7角钱，可有段时间向日葵行情不好，斗南花卉市场每支只卖两三角，但夏宇公司坚持按合同价全收。

受新冠疫情影响，鲜花滞销，夏宇挑起了领头人的重担，积极参与政府开展的"助力花农行动"，紧急召集本地员工及家属参与花卉加工，通过互联网平台线上营销，帮助花农卖花。

越是艰难，越显担当。

2022年7月，为整合资源，夏宇又"独断"了一回。在家人和员工都反对的情况下，他坚持在一个落后村建鲜切花示范基地。

夏宇的理由就一条：乡亲们信我。

于是，300万元启动资金砸了进去。

目前，大棚建了起来，生产车间有了雏形，当地村民也看到了曙光。

走向世界

疫情延宕，经营很难。

对于比较依赖上游产业链和国内外大市场的鲜切花来说，更是如此。

鲜切花的种子在日本，种苗需在荷兰培育3个月后才能空运回国。可是由于新冠疫情原因，航班常常取消或延误。其他鲜花品种的外贸订单也出现滑坡。

为此，夏宇带着技术骨干，亲自到日本、荷兰、中国台湾地区调研，学习洋桔梗的培育种植技术，并在国内寻找替代方案。最终，在中国台湾等地达成供苗协议和种苗落地大陆的意向。

解决了种苗问题，夏宇开始大力推行现代种植技术。

在通海县河西镇大回村，有一个现代花卉智能大棚，大棚看似普通，实则大有玄机。在大棚的各个角落分布着许多监测传感器，这些传感器实现了温室数据信息自动化收集，通过手机就可以实时在线监控及操作大棚温度、湿度及光照等情况，保障鲜花生长质量。

"有了这套系统，花卉'渴了'浇水，'热了'通风，'冷了'加温，随时处于一个最佳的生长环境中。"

为实现洋桔梗鲜切花种苗本土化种植，公司投资650万元，建起了占地2万平方米的大棚，实现恒温管理、精准滴灌。

核心技术有了，大棚厂房盖了，关键要有人才。

这方面，夏宇下了大手笔。

每年，他都从日本、荷兰等地聘请技术人员，对农户进行相关技能培训，先后培训3万余人次，发放价值5万余元的种植生产资料，为160多户花农的农田进行土壤检测并提出改良建议。

事业有成的夏宇，名气越来越大。9月底，云南省退役军人服务保障体系建设现场推进会在玉溪举行，与会代表慕名前往夏宇的"鲜花世界"。

走在一眼望不到头的花海里，空气清香，沁人心脾。

厂房内，工人们正快速分拣鲜切花，修枝去叶，整理打包。

"这些鲜切花今晚就会送到昆明斗南花卉市场，随后发往全国各地，将出现在北京、青岛等地的超市及鲜花市场，还会远销俄罗斯、韩国、日本、迪拜、澳洲、泰国等地。"

满载鲜切花的运输车队一辆一辆开出昆明，开出云南，开向世界……

创业感言

创业6年来，我最大的启示就是一定要有"长风破浪会有时，直挂云帆济沧海"的坚定信心，一定要有"敢闯敢试，敢为人先"的攻坚精神。

在旁人看来，我的创业是成功的，但创业路上的酸甜苦辣，只有自己知道。说句实在话，创业有风险。我经历过风雨，遭受过挫折，身处过艰难，但凭着军人的韧劲、闯劲，我咬牙坚持住了，才有了今天的成绩。

在我看来，自己的成长和企业的壮大，离不开党和国家对退役军人在就业创业上的大力扶持，离不开部队的培养。

回顾创业历程，是军旅生涯将我磨炼得更有担当，淬炼了我战胜困难的勇气，坚定了我创业的决心，让我能带领公司走出困境，取得成功。

作为一名退役军人，我要在乡村振兴的道路上，充分发挥军人勇往直前、百折不挠的精神，助力现代化农业产业发展，让我们的鲜切花走遍全国，走向世界。

三尺讲台，一方世界

★ 胡铮

陕西·王振峰

王振峰，曾服役17年。2004年创办西安城市交通技师学院。个人先后被评为全国模范军队转业干部、陕西省最美退役军人。学院累计吸纳350余名退役军人就业，为316名军人子女减免费用300余万元。

秋风萧瑟，枫叶飘红。

夜幕降临，古都西安，万家灯火通明。王振峰还伏案准备着经验交流的材料，他计划把这些年办校育人的创业经验传授给刚从部队转业回来的战友们。

恰逢其时，笔者聆听了他满满的回忆。

▌ 成为学子：考学、留校、转业

小小的乡村里，小小的王振峰，背着书包走在求学的路上。

小学、初中、高中、军校……他不但走出了乡村，还走进了部队，走向了城市。

在河南开封那个落后的小村里，王振峰成为父老乡亲眼中"别人家的孩子"。

1985年，18岁的王振峰以优异的成绩考入解放军第二炮兵工程学院，让全村父老乡亲为之自豪。

以优异的成绩毕业留校后，王振峰成为"王老师"。三尺讲台，成为他的广阔世界。授课之余，他开始对火箭发动机专业和机电一体化专业进行深入研究。这是他所热爱与熟悉的领域。

"那时感觉对这个专业懂得越多、会得越多，就越有成就感。"在那个年代，能接触到这么先进的专业和装备，并有机会深入研究，是令王振峰很自豪的一件事。

2002年，为顺应部队改革大局，36岁的王振峰告别母校，自主择业回到地方。

他的人生，也由此翻开新的一页。

"在部队忙惯了，闲不下来。我感觉浪费时间就等于慢性自杀，总想干点啥。"在军队院校工作这么多年，忙是王振峰工作的常态。

2003年，全国突然遭遇一场意外考验："非典"暴发。

在"非典"冲击下，中国楼市呈现"冷热交加"特征。在那个年份，首次作为投资者的王振峰发现，相比其他投资领域，投资房地产比较靠谱。

和一些房地产的朋友沟通过后，王振峰决定踏上创业之路。

"我就是创业界的'小白'，啥也不懂不会，只能摸着石头过河。"由于缺乏创业经验，加之遭遇"非典"的严重影响，王振峰一只脚才刚刚踏进房地产领域的大门，便赔得血本无归。

创业起步的失败，让王振峰彻底认清了理想与现实的差距，创业并不是一件简单容易的事。

那些天，王振峰将自己关在房子里总结教训。"这个环节很重要，让我静下心来总结得失，也为我第二次创业积累经验。"王振峰说。

这是王振峰第一次尝到创业失败的滋味。

创办学院：办学、筹资、兴建

跌个跟头，捡个明白。

"成功从来都不是一蹴而就的。脱轨社会多年，创业面临很多困难，这是必然的。"王振峰感慨。

一次偶然的机会，王振峰了解到，当时国内民办教育处于高速增长期，各类民办教育学校和基地如雨后春笋般崛起。而自己又是刚刚从军队院校转业回来，这条路子不正是自己熟悉的领域吗？

王振峰越想越激动，越想越兴奋。这一次，他没有再仓促行动，而是先进行深入的社会调查，了解当时陕西民办教育的处境和现状，以及存在的问题。

2004年初，经过深思熟虑，一个大胆的想法在王振峰的脑海涌现——创办职业技能教育学校。

想法一出，第一时间得到了家人的支持。王振峰激情满满地开始筹办学校，但困难再一次摆在了他的面前：缺乏启动资金。

父母和妻子为了支持他，把家里所有的积蓄都拿了出来，但还差很多。

夜深人静，王振峰辗转反侧。这一家老小都需要开支，一旦失败，全家人的生活怎么办？

想到这里，王振峰动摇了。

"我们相信你的能力和为人，可以借钱给你创业啊！"没几天，王振峰在和部队老战友打电话时，战友的一句话，重燃了他创业的激情。

借钱创业的序幕就此拉开。

"相信你能干成！"

"我们信任你的人品！"

借钱的过程中，王振峰听到越来越多的鼓励，也收获了满满的感动。几十万元的创业启动金，硬是靠着一个个的3万元、5万元凑够了。

"那时候，大家生活都很拮据，能借给我几万元已经很不错了。"每每回忆于此,王振峰都感激不已。

筹够了创业资金,王振峰开始四处考察选址、投资建设、办学招生。

那段时间,在建设工地上,王振峰每天忙着盯施工中的每一个细节,一站就是好几个小时,皮肤被盛夏的阳光晒得如同黑铁。

"感觉浑身充满了劲儿,必须要把这件事干成。"

王振峰回忆说,那段时光是这辈子最忙碌的时候,也是最有劲头的时候。

培养学子:蹚路、发展、育人

有什么样的目标,就应该拿出什么样的姿态。从办学之初,他就坚定了高品质与高就业的办学理念。

第一届学生毕业,学生所学技能与就业单位岗位实现"无缝衔接"。当师生都沉浸在喜悦之中时,一项跟踪培养计划方案已经悄然落地。

王振峰说,在这一方案里,既关注学生毕业后的社会就业率,又关注社会的人才需求倾向。

王振峰感到,办学育人不能闭门造车,必须根据市场需求培养人才,才能更有针对性地提高办学水平,进而提高就业率。

2005年,学院决定进行"供给侧"教学改革,着力蹚出一条复合型职业教育的路子,目标就是培养双学历人才。

教学改革带来的教学成果伴随着社会快速发展的春风,吹进更多的普迪家庭,越来越多的学生开始走进这所职业技能学校,学院的教学质量和水平也"水涨船高"。

2008年,全球遭遇金融危机,社会各行各业对技能人才的需求大幅提升。回想当时,王振峰自豪地说:"那一时期,学院培养的学生都很抢手,学院的名声越来越响。"

尤其是印刷专业的人才。全国各地的印刷厂、印钞厂纷纷前来"要人",学生就业供不应求。那一年,学院派出印刷专业学生代表陕西省参加全国印刷专业比赛,一举获得优胜奖,从此学院名声大噪。

此后，学校培养的人才走向社会各行各业，也得到了许多家长的认可。

后来，国内许多民办的职业技能学校纷纷前来"取经"。王振峰也不吝啬，对同行业的来访者倾囊相授，把自己这些年创业办学总结的心得和盘托出，得到了来访者的赞扬。

在办学条件的改善、师资力量的选用上，王振峰也煞费苦心。学校的诸多教职员工，王振峰优先使用退役军人。如今，在学院工作的退役军人中，2人担任院级领导，4人担任系部领导，还有30余人任教师及管理岗位。

走得再远，也不会忘记来时走过的路。王振峰始终惦记着部队的战友，每年干部转业时，他都会回到部队作报告，帮助战友树立信心。

2012年，西安城市交通技师学院获批成为陕西省自主择业军转干部就业创业基地，先后举办了物业管理、电梯安全等培训班，累计培训了800余名退役军人。

不仅如此，2019年，学院成立了二级学院——退役军人培训学院，专注退役军人培训工作。

从幼时紧紧盯着三尺讲台上的老师、海绵般吸收着知识的营养，到长大站上三尺讲台、为共和国军事进步培育莘莘学子，再到搭建三尺讲台、为祖国锻造成千上万的技术工人……三尺讲台之间，他打造了一方天地。

创业感言

创业真的太不容易了，门槛高的，我们普通人进不了，门槛低的，大家都可以做，竞争太激烈。

创业路上我曾多次徘徊、迷惘，之所以能坚持下来，是因为部队锻造出来的那份坚韧不拔、迎难而上的精神在支撑着我。

但对于退役军人来说，我感到最重要、最首要的是转变"官"念，重整心态再出发。

就拿我创业之初来说，也曾想过尝试一些小本生意，但总觉得自己在部队是个军官，放不下面子。实际上，创业之初先投资一些小本生意，不仅成本低、风险低，还可以积累一些宝贵的经验。我们往往把创业起点定得太高，不愿俯下身子从头干起。

放不下"官"念，自然高不成低不就。

更重要的是，军人脱下军装投入商海后，没有太大的竞争力。军人的优势是不怕吃苦、不怕付出，曾经的光环是身上的军装，脱下军装，要及时调整心态。

第一次创业失败后，我不断说服自己、分析自己，最终决定选择自己熟悉的领域创业。不断发挥自身优势、弥补能力短板，在不断的摔打中将劣势变为优势。

说实话，我在创业过程中经历过几次大的失败，从中吸取过很多教训，但这种学费付得很值，因为作为退役军人，我们不能被困难吓倒，而是应该想尽办法战胜困难，赢得胜利。

吹尽狂沙始到金。对于退役军人而言，创业虽然艰难，但只要注重总结，不断坚持，创业也是可以成功的。

他来了，菜绿了，果甜了

▲ 周玉明

陕西·张文潮

张文潮，曾服役5年。中共党员。2012年创办宝鸡市凤县嘉陵绿谷农业科技开发有限公司。公司累计吸纳215名退役军人就业，带动6个乡镇632名群众增收，为群众每年产业分红140余万元。

"**太**忙了，偌大的公司，千头万绪，哪一样我都得操心。"

10月29日，几次相约未果的张文潮终于接通了笔者的电话，满是歉意。

"在部队服役5年，在地方政府部门工作8年，从来没感觉这么累过、忙过。"谈起自己的创业经历，张文潮感慨。

但他心中，亦有一番欣慰。

"看到一些农民日子越来越好，我打心眼儿里高兴。能够扎根农村，回馈社会、帮助他人，我找到了自己的人生坐标。"张文潮笑着说。

▌ 选择，萌生自一个深夜的念头

列车徐徐启动，载着张文潮从西北出发，驶往广东，开启了5年军旅人生。

2004年12月，张文潮17岁。刚刚高中毕业的他，听从父亲的建议，打算到部队接受淬炼，然后回乡接手父亲的企业。

让父亲意外的是，从小饭来张口、衣来伸手的张文潮，到了部队跟换了一个人似的。他不仅军事素质过硬，各项工作也干得出色，什么脏活儿累活儿都抢着干。短短几年，张文潮不仅转了士官，当了班长，还入了党。

张文潮有不少战友是从偏僻山区来的，地域的劣势造成他们知识的落差。

"电脑和计算机有什么区别？"

面对战友的提问，张文潮感到震惊。有的战友不会使用电话，有的不会在自动取款机上取款，有的乘坐公交车不知道投币……许多人把这些当笑料讲，可在张文潮心里却不是滋味。

改变，发生在一个深夜。

那晚，下哨回到宿舍的张文潮，听到一位战友蒙在被窝里呜咽，他循声上前。原来，这位战友接到母亲来信，80多岁的奶奶一场病花光了家里所有的积蓄，还欠了几万元的外债，正读高一的妹妹只得辍学打工……

看着泪眼婆娑的战友，张文潮的心被狠狠刺痛了。他不仅将自己当兵3年多来存下的2.8万元津贴和工资全部捐给战友，还将此事报告给连队干部，组织全连官兵捐款1.5万元，并每月固定资助战友的妹妹300元，直到她大学毕业找到工作。

同时，一个想法在他心里涌现："到农村去！帮助那些需要的人！"

蹚路，别人进城他进山

"农村人都进城打工了，你还去农村干啥？"

"城里好日子不让，眼看入农村自己苦呢。"

2009年12月，服役期满，张文潮离开部队。父亲想立即安排他进自己的企业，培养他成为自己的"接班人"。可张文潮有自己的想法：农村也需要建设，农民更需要过着丰衣足食的幸福生活！

在他据理力争之下，张文潮最终来到了凤县双石铺镇草店村担任新农村建设指导员。

"下到农村，虽然环境苦，但只有与老百姓打交道，了解他们的苦处与难处，才能设身处地为他们做一点实事、好事，让老百姓过上好日子。"张文潮说。

相比于凤县其他村，草店村相对贫困落后，交通闭塞、土地贫瘠，有些家庭连温饱都得不到解决。张文潮发动村民修水渠、平田地，鼓励大家田里种粮食、地里栽果树、院里种蔬菜、圈里搞养殖。

那段时间，他的脸晒得黑不溜秋，如果头上再顶块白毛巾，活脱脱就是一个地道的农民。

在张文潮的努力下，第一年，村里就有了起色，温饱问题基本解决。

张文潮的目光又投向了一条泥泞不堪的路。

那是进入村里的一段路，由于地势低，这段路常年被水浸泡，泥泞不堪，不仅车进不来，就连人也得卷起裤子蹚着水过，不仅影响了村民们出行，也严重制约了村里的经济发展。

"要想富，先修路。有了农副产品，卖不出去也是'白搭'。"

在张文潮的带领下，一条7公里的公路将村庄与外界连接了起来。

村民的苹果有车来收购了，饲养的猪、牛、羊也卖上好价钱了。农闲时，好多村民还将自家种的蔬菜、养的家禽、做的布鞋、纳的鞋垫以及鸡蛋等拿到城镇集市上去卖，换些零花钱，日子过得一天比一天红火！

对一些孤寡老人，张文潮也始终记挂在心上。

在村里，有一对80多岁、无儿无女的老两口，靠着政府救济过日子。由于住在铁路边上，出行极不方便，万一有个头疼脑热，救护车都开不过来。张文潮积极与当地民政部门联系，为两位老人争取到一套60多平方米的安居房。入住当天，老两口泣不成声："想不到这辈子还能住上这么好的房子！"

▎发展，一条乘胜追击的路

"怎么才能让大家吃到放心蔬菜？"

看到朋友圈里很多人吐槽食品安全问题，张文潮陷入了沉思。

"如果我自己种呢？"

张文潮萌生了种植绿色蔬菜的想法。

但他的想法刚冒出头，就遭到了反对。

"不帮家里的忙，跑地里干啥？"父亲不解。

"好好的班不上，跑去捏泥巴算个啥？"妻子埋怨。

"农业投资周期长、见效慢，风险大！"朋友提醒。

母亲更绝，听说儿子要去农村创业，干脆躺在床上，闹起了绝食。

"矿产资源总有一天会枯竭，还会污染环境，而农业有利于生态平衡，我是党员，又是退役军人，带领农民致富，责无旁贷……"

张文潮耐心地给父亲讲道理，终于争取到了父亲的支持。父亲帮着他做起了母亲的工作："儿子把撂荒的土地集中起来，增加农民收入，我们应该支持！"

2012年，张文潮辞去指导员的公职，注册成立了凤县嘉陵绿谷农业科技开发有限公司。

"公司怎么定位？怎么规划？如何运营？如何开拓市场？怎样才能实现盈利？当时真的是一头雾水！"

创业初期，张文潮两眼一抹黑，不知从哪里下手。他干脆住进办公室，日日夜夜与员工商讨公司事宜。他反复咨询专家与学者，虚心请教创业的朋友，经过一番学习，很快有了方向。

可是，由于经验不足，加上技术不过关，农产品合格率低，原材料损耗大，第一批蔬菜销售完后，一算账，不仅没有赚钱，反倒亏损了十几万元。

负面的语言铺天盖地，身边的村民也对他指指点点，连他自己也开始怀疑选择这条路到底正不正确。

首战失利，遭遇人生中的第一次"滑铁卢"，张文潮情绪跌落到了低谷。

伤心过后，张文潮痛定思痛，带着公司干部，到外地学习生产技术和企业管理，回来后制定出了一套规范流程和管理措施。

打药、施肥、除虫、除草，张文潮亲力亲为。他凭着一股坚强的信念，把产品合格率提升到了95%以上，生产的白菜、萝卜、辣椒、豆角等蔬菜远销省外。到年底，扭亏为盈。

走稳第一步，张文潮又迈出了新的步伐。

他决定种植苹果。有了前次的教训，张文潮意识到技术的重要性。

那段时间，他在果园里搭建了一个棚子，白天与工人们在拉枝、除草，晚上学习果园管理技术。

3年后，果树开始挂果了，苹果个头儿大、色泽艳、口感好、脆甜可口，含糖量高，供不应求。

张文潮乘胜发展，又先后栽植了新型高产葡萄、红心火龙果、樱桃、草莓等，建立了温室大棚、农副产品气调冷藏库、普通式果蔬冷库、农副产品展销大厅……

张文潮的产业越做越大，吸引了许多年轻人回乡就业。

"在家门口就能打工挣钱，还能照顾老人和孩子，何乐而不为！"

村民的日子越过越红火。

到农村去。张文潮不仅去了，还把自己深深地"扎"在了那里，并结出了香甜的硕果。

创业感言

5年创业，感想很多。

首先要相信自己。连自己做的项目都不信，就是浪费青春。

其次执行力、贯彻力要强。目标定了，就要把方案措施落实到行动中，要当日事当日毕。

最后是要有计划性。既有长期规划，又有短期目标，每月进行总结，哪些事完成了，完成得怎么样，哪些事没有完成，原因是什么，困难在哪里，然后再制订改进方案，确保完成任务。

创业者就是要创造条件，创造条件的能力越强，成功的希望越大。创业是摸着石头过河，压力、质疑、沮丧、愤怒、消极等情绪都很常见，不要抱怨，要有抗压能力。创业还要有激情、要有拼劲、有一定的风险意识。

创业面临的实际困难还很多，比如，常年在部队，活动范围有限，与社会接触少，在处理社会事务时，由于经验不足，资源有限，难免欠考虑。所以创业是一种全面素质的挑战，找准定位很重要。

创业中，要注重发挥团体的作用，不能单打独斗。此外，企业的管理、产品的销售是影响企业生存的生命线，产品销售不出去，就没有资金运转，工作也无法开展，这些仅仅是一个企业循环最基本的步骤。

总之，如果战友有想法、有胆量、有魄力，不妨大展身手，实现人生价值。

生命中永杆不倒的旗

★ 王子冰

甘肃·王都成

王都成，曾服役3年。2020年创办甘肃九穗谷生态农业科技发展有限公司，主营农林牧渔技术推广服务。个人曾获全国退役军人创业创新大赛优胜奖、甘肃省退役军人创业创新大赛一等奖。公司累计带动562人就业，其中退役军人108人。

六盘山上高峰，红旗漫卷西风。

六盘山，因山路曲折，盘旋六重始达山顶而得名。这是红军长征所翻越的最后一道高山，也是王都成年少离开，兜兜转转却始终回望的峰峦。

"年轻时登六盘山，心潮澎湃，不管多累都要爬上山顶。现在再望六盘山，内心却很平静，因为我终于回到了这里。"

六盘古丝路，五彩回乡情。王都成的家乡就在六盘山西边的静宁县。大山里长大的孩子，都有着走出大山的憧憬。而王都成不同的是，他不仅想走出大山，还想着回来改变大山。

远行，是为了归来。带着这样的期冀，王都成在30年前的一个初冬，出发了。

▍"当过兵的人，站在人群里就是不一样！"

王都成的父亲，曾是川藏线上的一名汽车兵。在儿时的印象中，父亲每次归来总是风尘仆仆，并在床头的笔记本上记下行车的公里数，告诉王都成："没有读万卷书的天赋，就要有行万里路的毅力。"

父亲笔记本上的数字与日俱增，王都成心中当兵的种子也扎根发芽。1993年冬，他如愿参军到北京某部，成为一名警卫战士。

"新兵第一堂课，指导员为我们讲了张思德的故事。"

王都成当兵前听过许多英雄的故事，但当自己也成为一名战士时，再听这些故事，却有了不一样的体会。

"就像是在漫长的生命中，看见了引领自己的一面旗帜。"

这些故事不仅指引着他，还深深在他心里扎根发芽——他帮战友补衣服、鞋子，替战友写家信，还把外出的名额让给需要的战友……当兵4年，当过班长，代理过排长，收获了一群胜似兄弟的战友。1996年底，王都成光荣退出现役。

因为在部队的优异表现，王都成退役后被战友推荐从事某单位的日常协调工作。但随着时间的推移，他感到繁琐的工作距离最初的理想越来越远。

走不出舒适圈，就无法搏出新天地。王都成想："竭泽而渔终至无鱼，何不放手一搏？"于是，他转战成都，寻找新的机会。

来到成都，王都成四处投送简历，终于得到一家知名药企的面试通知，同时接到通知的还有十几个年轻人。面试的进程很慢，在大厅等待的人一会儿转圈踱步，一会儿探头打听，还有的索性跑到外头抽起了烟。王都成坐在角落里，腰背挺得笔直，像挺拔的哨兵。

那次面试，王都成被当场录用，面试官说："当过兵的人，站在人群里就是不一样！"

同样做保安，当兵的有啥不一样？

王都成应聘的是药企安保部门管理岗位，上任当天，手下几十个保安衣衫不整自由散漫地站到他面前，王都成皱起了眉头。然而，不到一周，他便将安保部门管理细则摆到上级的案头：从门卫交接到安保登记，从岗哨口令到动作规范，从巡逻队形到接待用语，应有尽有。

在他的带领下，整个药企的安保形象焕然一新。上级视察遇到保安队队列训练，还以为走进了部队的训练场。

"离开部队，从站稳到迈步或许很艰难，但我已经有了行万里路的毅力。"王都成如是说。

▍"敢想就要敢干，就要在死胡同里找出路！"

成功的定义是什么？每个人都有不同的答案。对于王都成来说，走出大山时既定的目标未完成，永远算不上成功。

"安于现状比挑战未知更可怕，但走出舒适圈才能遇到更舒适的圈。"在安保管理岗做出一番成绩后，王都成决定放弃高薪和稳定工作，继续寻找事业的突破口。

一年间，他先后在战友的推荐下当过销售、干过监理，不求挣多少钱，只为积攒更多创业经验。

白天穿行在成都的大街小巷，夜里守着台灯充实自己。一个偶然的机会，他在战友的介绍下认识了从事能源工作的朋友，凭着军人的敏锐性，他准确判断出经济发展的风向标，于是决心从最外围的销售人员做起，投身能源行业。

积累了几年经验后，王都成筹划创办了自己的公司，既当老板又当员工，既是司机又是业务员。尽管在能源领域沉浸多年，但起步却没想象中容易。

王都成筹建的第一座加油站定在老家静宁县，拿到审批手续，满以为会顺利进场施工，然而迎接他的却是各种各样的难题：资金的周转、关系的处理、拆迁对象的不理解等。由于当时还没有私人承建加油站的先例，他有时一天要跑十几个部门，协商审批进度，有时一大早就守在老乡家门口，苦口婆心讲政策、做工作。

王都成回忆，当时他成了很多人的笑话，负债累累还在异想天开，有时把自己关在屋里，任谁敲门都不开。

"敢想就要敢干，就要在死胡同里找出路！"在坎坷、困难面前，部队的历练是最宝贵的财富，王都成凭着不服输的斗志挺过了难关。

为了回笼资金，加油站在建成运营后很快就转卖了出去，这一段经历让王都成格外心酸。直到很多年后，每次路过那座加油站，他总会停下车看一会儿，就像看着自己曾经带大的孩子。

迈出了第一步，王都成的事业更加稳健扎实。几年间，他先后在四川、甘肃发展了7座加油站和1座加气站，又一次走进了别人梦寐以求的舒适圈。

"抬头看见的路，都长在家乡的土地上。"

从成都到甘肃，王都成一步一步接近年少时的理想。他想改变大山，首先就要回到大山。

静宁县属六盘山片区，曾是全国832个贫困县之一。当看到还在贫困线劳作的乡亲，王都成知道自己该做一些事儿了。

"抬头看见的路，都长在家乡的土地上。"王都成说，当年张思德牺牲后，毛主席发表了"为人民服务"的演讲，"为人民服务"这几个字是他生命中一杆不倒的旗帜。在能源行业挣再多的钱，也帮不了太多的乡亲；让家乡父老一起致富，才是自己最想要的成功。

在成都创业时，王都成曾遇到一位退役的战友，他戍守边陲多年，一朝回到都市，在灯红酒绿的生活中迷失了自我，几十万元的退伍费不到一个月就花了个精光。这件事也成了他心里的一个疙瘩。

"不能创造财富的人，就没办法守住财富。"农村战友退役，拥有一笔财富，如何让这笔财富成为杠杆下的基石，撬动家乡改变，王都成思索良久。

生命中有杆不倒的旗

回到家乡，王都成先后创办了静宁县凯杰职业培训学校、静宁县致森人力资源管理有限公司，联合退役军人事务局对退役士兵进行免费技能培训，对转业军人进行免费岗前培训，用自己的亲身经历告诉他们如何去创业，怎么去工作，怎么去待人，让退伍战友尽快去融入社会。如今，406名退役军人参加培训后成功实现就业，踏上了人生的新赛道。

与此同时，甘肃几穗谷生态农业示范园建成，有效化解了附近农户收入低、就业难、种植不能产业化的难题。新冠疫情期间，通过电商平台，光苹果的累计销售额就达1000万元以上。

"从当兵起，我就没想过成就什么，唯一想做的就是能为心中的大山做些事，不论是服务一个人，还是服务一座城市。"

创业感言

我一直认为，机会是留给有准备的人的，所以，退役后我四处奔波，在自己的能力范围内，干适合自己的行业，谋求新的发展道路。打拼多年，经历艰辛，当兵的经历，潜移默化地影响着我，部队生活给我带来的不只是体能进步和心性成长，知识储备和技能也不断提升。

后来，我在四川一家大型企业做管理工作，由于不断努力，被公司评为"优秀先进管理者"。之后，我转入石油领域发展，工作期间销售业绩突出，得到公司上下一致认可。但军人敢闯敢拼、不安于现状的精神和胆识，让我萌发了自主创业的念头。2010年，我开始进军能源行业，经过5年的奋斗，赚取了人生第一桶金。这时，我又开始思谋人生道路上的又一次蜕变和转身。

今天的成绩是过去的磨炼和坚持换来的。我也祝福战友能为自己的事业努力坚持，打造出属于自己的天地！

二手车老兵的"航母"梦

★ 马晓琳

甘肃·张宁

张宁,曾服役14年。2004年创办兰州新通力汽车服务有限公司,主营交通运输、物流及机动车驾驶人培训、考试等项目。个人先后被评为兰州市再就业明星典范、复转军人自主创业先进人物。企业累计带动1053人就业,其中退役军人213人。

"全体都有,立正!"
"报数!"
"1、2、3、4、5……"
"稍息!"

张宁看着眼前着装整齐、严阵以待的"战士们",肃然道:"既然当过兵,就要有个军人样儿。今天的卡口就是曾经的岗哨,完成任务!"

军绿色有序分散,迅速钻入周围一辆辆汽车驾驶舱。一时间,引擎轰鸣。

这45名"司机",是由奔马·新通力驾培集团董事长亲自抽调员工组建的"奔马新通力退役军人志愿服务大队"。

而这位董事长，正是同样军人出身的张宁。

■ 复员费拼出二手车

"咚——"

新世纪的钟声敲响，欢庆千禧年的烟花在夜空绽放。

2000年，对于张宁来说，是光荣退役的一年，也是自谋职业的一年；是创业碰壁的一年，也是重新出发的一年。

一切，都从这一年开始了。

从部队退役后，张宁选择了创业，自己经营一家餐馆。然而，餐馆生意冷清，几个月下来只能以亏本告终。

到底该干什么项目呢？

面对未知的职业规划，习惯于部队规律生活的他很迷茫。

这时，转机出现了。

"咚——"

一套沉甸甸的家具被稳稳地放在地上。

"自己搬家真麻烦，找别人我们又不放心。辛苦你了，要是有专门的搬家公司就好了。"

亲戚没想到，自己这番话反而让张宁更加辛苦。

听到亲戚的话后，他立刻走访调查，果然发现兰州缺少专业的搬家公司，都是一些个体户在"打游击"，服务跟不上，遇到纠纷就跑路，惹来各种不信任。

确实，搬家是非常辛苦的活儿，一般人不爱干也不会干。但军人怎么会怕吃苦！

2000年7月，张宁用复员费拼凑出一辆二手车，叫上战友，踩下油门，兰州通力搬家有限责任公司，就这么上路了。

定价，是做生意的第一个门槛。然而，当新公司迎来第一位客户时，他却说："我们用军人的品质做好服务，价钱你们看着给就行。"第一单生意，他和战友凭借那辆二手车，把家具从五里铺的六楼搬到了静宁路的三楼；凭借真诚的态度和专业的服务，拉近了与客户的距离。

时效，是干服务的另一项指标。有一家工厂搬迁限时一周干完，偏逢阴雨绵绵天，无人敢接活儿。张宁二话不说，披上雨衣，带上战友，给家具套上防水布，风里雨里，来去匆匆，只用4天就完工了。

事后，每每听到客户说"搬家一定找通力"，他只是笑笑，绝口不提每天下班后如同散架的身体，以及曾投在他身上或同情或不屑的目光。

仅3年，通力搬家公司从一辆二手车发展到拥有30台车，荣升兰州搬家行业第一品牌。

这时，一个更大的理想在他的脑海里萌发。

"航母"是怎样诞生的

2003年，小轿车的普及率远不及现在，但家用轿车的井喷式苗头已经显现，群众学车的需求迅速增加。

相比之下，作为服务供应方的驾培行业显得有些格格不入，有的驾校连个像样的训练场地都没有，整个行业参差不齐。

已经在搬家行业握着一手好牌的张宁，将自己赢得的筹码推向了驾培市场。

于是，"通力"前面添个"新"字，兰州新通力汽车服务有限公司又上路了。

这回，坐在二手车驾驶座的不再是他自己，他的目标变成了让更多的人驾照傍身、安全开车。

在细节上，凡教练员，一律穿工作服上车教学；凡教练车，必须保持干净整洁。在训练上，率先在兰州市驾培行业实行"单人单车，一对一教学"的全新机动车驾驶人培训模式。

凭借高标准、高规格的布局，张宁再次赢下了这场牌局。他打出的"王炸"，是一支优秀的教练员人才队伍。

久而久之，就像曾经在兰州坊间流传的"搬家一定找通力"一样，兰州人民的嘴边又多了一句——"学车一定找新通力"。

时光流转，理想常在。2017年，驾培行业迎来改革关键年，新通力驾校与奔马驾校、奔马考场强强联合，共同成立奔马·新通力驾培集团。

集团不但拥有标准考试场地、培训基地，而且增设陪练、陪驾课程，施行专门队伍跟车训练、中间班、夜办班为学员服务。

一艘承担着兰州市10万多机动车驾驶人培训、考试服务责任的驾培"航母"，就此扬帆起航。

永不偏离的航向

2017年8月，一场特殊的颁奖典礼在兰州市公安局交警支队举行。

这项奖励面向广大机动车驾驶人而设立，不比拼炫酷的车技，更不是较量速度与激情。

比赛共有2万余名选手参与，经过3个月的激烈角逐，只有"荣获零分"的人才能胜出。

张宁捧起一座晶莹剔透的大拇指水晶奖杯，递给了兰州公交集团75路公交车驾驶员胡玉梅，笑盈盈道："恭喜你成为本届新通力杯'零分王'！"

这是一场关乎安全出行、文明驾驶理念的评选，表彰兰州交通违法零记录的文明驾驶员。这个活动，新通力驾校自2009年至2017年已经举办了六届。

创业以来，张宁始终将履行社会责任视为第一职责。除新通力杯"零分王"评选活动外，他带领职工从2007年起在高考期间免费提供"高考爱心直通车"，2009年至2015年连续7年参与"阳光童年""阳光冬衣"大型爱心公益活动，为边远山区的学生、老人送去煤炭、棉衣、字典和电脑等爱心物资。

新冠疫情暴发，他搁下手头的难题，带着员工到批发市场采购物资，蔬菜、粉条、粮油……2天后，满载奔马·新通力集团爱心物资的车队从兰州出发，日夜兼程赶往武汉。

2020年3月，奔马·新通力集团将100个学车名额免费送给奔赴武汉抗疫前线的甘肃白衣天使，用实际行动致谢抗疫英雄。

2021年10月，兰州突发本土疫情，张宁在与城关区退役军人事务局联系协调后，迅速成立了一支由集团内部退役军人组成的志愿服务队，也就有了开头的一幕。

永不褪色的"军装绿"，与一道道黄色警戒线、一抹抹蓝白色身影一起，共同构成了兰州街头亮丽的风景线。

▎ 把驾校开到网上去

"来，大家看，半坡起步的关键技术在这儿，我给大家多演示几遍啊。"

"看完这个视频，你的科目二通过率会提高300%！"

在奔马·新通力驾校的直播间和抖音、快手账号主页里，诸如此类的"网课"令人眼前一亮。

疫情常态化下的行业之痛，再加上消费市场的细分，近年来驾培行业已经走到十字路口。在这关键时刻，是往左、往右走，还是往前、往后走？

张宁给出的答案是——"网上"走。

"教练也可以当网红，个性的直播能带来流量经济。还要让教练年轻化，和学员交朋友。"

在他看来，驾培行业依然有着广阔的发展空间，但不能像前些年那样坐等学员"到碗里来"。

而全新的战场，就在日新月异的互联网。

更年轻、更青春的呈现方式，更个性、更细分的驾培服务，更多充满机遇和挑战的未知海域，等待着张宁带领他的"水手"们前去探索开拓。

创业二十二载，从开二手车起步，到驾驭上千名员工、上千台车辆的驾培"航母"，退役军人张宁一直在路上。

创业感言

人要有梦想，生活才会有光芒。作为退役军人，我们接受了严格的军事训练，培养了百折不挠的意志，这是我们创业的最大资本。

用敏锐的目光发现商机，用时不我待的努力去实现。创业路上我们需要冷静地思考，而不是一股脑儿的冲动。选对路将一路顺风，选错路则难以到达终点。

2000年初，随着社会经济发展，人们对搬家有了更高的要求，如何让消费者放心、舒心搬家，这个创业窗口期已经到来。事实证明，我们当初的选择是正确的，3年努力，通力搬家由一辆车发展到30辆，成为兰州搬家公司第一品牌。

要学会低头冲锋，更要学会抬头看路。商业的蓝海和窗口期转瞬即逝。21世纪，汽车产业迎来飞速发展，小轿车由奢侈品向普通商品转变，司机不再是职业而是技能。2003年，我们进军驾培行业，用雷厉的作风和全新的服务快速引领兰州驾培行业，短期内将新通力打造成兰州驾培头部企业。20年来，我们成为了兰州驾培市场标杆。

这些年有成功也有失败，有欢喜也有忧伤。一路走来，我庆幸自己一直在成长，而这一切的决定因素是人。作为退役军人，为兄弟们创造更好的就业平台是我义不容辞的责任，一日战友一生朋友，用好退役军人资源，对企业发展将会起到很好的作用。这些年商海打拼，有兄弟们不离不弃，让我对未来充满信心。

红心赤胆再砺剑

★ 毕华明

青海·孙万红

> 孙万红，曾服役24年。2017年创办青海砺剑拓展文化服务有限公司，2021年创办青海砺剑退役军人就业创业孵化基地。公司创办以来，累计带动200余人就业，其中退役军人180余人。公司孵化基地带动32家企业205人就业，其中退役军人113人。

金秋的西宁，天高云淡。

伴着秋日暖阳，青海砺剑退役军人就业创业孵化基地又迎来了一批中小学生。

"热烈欢迎小战友入营，希望你们在砺剑军事夏令营茁壮成长！"在军事教官的掌声中，基地负责人孙万红激昂的声音响彻基地。

队伍前的孙万红站得笔挺，谁也看不出来，此时的他，膝盖在隐隐作痛……

一腔热血，却被现实浇了一头冷水

2018年3月的一天，孙万红正摩挲着自己的膝盖，眼中满是纠结。

从新兵到青海武警总队海东支队副支队长，孙万红已服役20多个年头，常年的高强度训练下，他做过韧带重建手术的双膝早已不堪重负。他不愿意给组织添麻烦，更不愿意碌碌无为、平庸度日，满含不舍地向部队请辞。

是安于现状还是再扑腾扑腾？军人的血性让他不屑于选择前者。

退役后，他没有回河南商丘老家，而是留在了自己曾经战斗过的地方——高原古城西宁。

"当时，我看好军训市场，自己也曾给一些学校当过校外辅导员，有些人脉资源。"孙万红坦言。

没想到自己一腔热血，却被现实浇了一头冷水。

"我和战友像打游击一样，到处协调关系，还要看别人的脸色行事，给一些学校搞了几次军训，费心费力，最后只挣了一点辛苦钱。"

孙万红拉着3名战友四处奔走，为了打开市场，甚至免费给一些学校做爱国主义教育活动。好不容易争取到了军训业务，学校领导却在费用面前"不讲情面"。

"人家说培训费用不能打给个人，所以我们就注册了青海砺剑拓展文化服务有限公司，4个人每人拿了5万元当作启动资金。"

作为公司法人，孙万红需要面对方方面面的问题，他身上的担子更重了。

有了员工，不管有活儿没活儿，每月都要按时发放工资，缴纳社保。而为学校组织军训，是季节性很强的一项业务，工作弹性大，收入很不稳定。

"公司没挣到钱，我们上一天班发一天钱。"孙万红回忆创业之初的情形，一脸苦涩。

创业一年多，公司一直在亏钱，公司合伙人看不到希望，撤出的撤出，退股的退股。

"看到战友失望的目光，我比打了败仗还难受！"孙万红一度非常苦恼，整夜不能安眠，头发也大把大把地掉，受过伤的腰腿也总凑热闹似地一并发作。

痛定思痛。孙万红认真总结了经验教训："不能四处打游击，要集中优势兵力搞突破。"他对公司的运营模式作了深入剖析，重新制定了企业发展战略。

经过紧锣密鼓的筹备，2019年7月1日，专为中小学生量身定制的"砺剑军事夏令营"在湟中县包勒村开营了！

包勒村是西宁市的一个旅游点。这里不仅房源充足，场地宽阔，村里还给了孙万红很大的优惠。

孙万红就像回到了久违的战场，他感到浑身舒坦，干劲儿十足。

当兵24年，孙万红多次立功受奖，被武警总部评为"优秀带兵班长"。有一年，武警部队组织反恐大比武，孙万红所带的小分队夺得了三项第一、两项第二、一项第三的骄人战绩。

在军事夏令营中，孙万红本色出演"老班长"，成为孩子们追捧的"明星"。

结营仪式上，孩子们精彩的汇报表演赢得了家长们的阵阵掌声。一面面锦旗、一条条哈达，映衬着孙万红的笑脸。

孙万红借助抖音和微信公众号等媒体，发布军事夏令营的精彩瞬间，家长们也口口相传，"砺剑军事夏令营"的人气越来越旺。

那个夏天，孙万红和战友们一共组织了6期军事夏令营，480个孩子参加，除去各种费用，净赚40多万元。

2020年夏天，有600多个孩子参加了夏令营。

2021年夏天，参加夏令营的孩子达1000多人！

■ 碰一鼻子灰，反而激发了他不服输的劲儿

"我们干了3年军事夏令营，虽然取得了不错的业绩，也挣到了一些钱，但还是游击战，成不了气候。"

孙万红并不满足于现有的成绩，他有更长远的打算。

听说当地几处较大的孵化基地有优惠政策，孙万红就上门去打听情况，却被告知："我们主要为大学生就业创业服务，你们不符合条件。"

碰了一鼻子灰，反而更加激发了他军人那股不服输的劲儿。

一个偶然的机会，孙万红听说西宁市总工会有一块闲置场地。到现场一看，竟然有将近7000平方米，而且设施配套齐全。

"就像找对象一样，我一眼就看中了！"

虽然一见钟情，但究竟能不能为自己所用，孙万红心里没底。他找到工会有关负责人，说明了来意。

"我们这是国有资产，对外出租有严格要求。"

"国家鼓励退役军人就业创业，有许多政策支持。"

"我们再研究一下……"

几轮磋商后，工会方面有了松动，孙万红趁热打铁，请当地退役军人事务部门出面协调，并立下了"军令状"：打造青海首家退役军人就业创业孵化基地。

精诚所至，金石为开。经西宁市总工会研究决定，按照国家有关政策，该场地免除房租，只缴纳管理费。

合同一签就是5年。孙万红拿到合同时，激动得像当年比武夺冠一样。

一个"马达"高速运转起来，孙万红不顾腰腿疼痛，没日没夜地干。

基地有可以容纳1000人就餐的大食堂，有容纳150人的会议室，还配备了60个标准间，条件不亚于一个宾馆，费用却低得多。

2021年8月1日，在庆祝建军节的日子里，青海省第一家退役军人就业创业孵化基地——砺剑基地开始试运营。

"有了自己的根据地，就可以'筑巢引凤'，吸引更多的优势资源，就能把事业做大做强。"孙万红踌躇满志。

▎一家、两家，40多家企业先后加入

砺剑孵化基地试运营的消息像长了翅膀一样，很快在当地的退役军人中传开了。

"退役创业不容易,首先要有一个合适的落脚点,砺剑孵化基地可以'拎包'入住,不仅减轻了我们的负担,还有许多可以利用的资源。"

一家、两家……不到半年时间,陆续有40多家退役军人和军属创办的企业找上门来,要求入驻。

退役军人高鹏成立了青海鹏圆教育服务有限公司,他和砺剑公司达成了战略合作,共享共赢。

"为了帮助战友走好创业之路,我们邀请名师指导,开展了一条龙服务。"

孙万红切身感受到了退役军人创业的艰难,为了帮助创业战友少走弯路,他邀请了全国各地167位知名专家、研学导师和西北五省营地教育拓训老师加盟指导。

走好一步,满盘皆活。

"我们组织开展的军事特色夏令营,在西宁不仅规模最大,而且品牌最响!"

砺剑孵化基地积累了丰富的资源,逐渐扩大了经营规模。不仅担负了青海省退役军人适应性培训任务,还为党政机关和企事业单位提供培训服务,公司从初始的5名员工发展到48名员工,其中退役军人占81%。

2021年12月,青海砺剑拓展文化服务有限公司变更为青海砺剑文化服务集团有限公司,相继拓展了安全保卫、生鲜配送等服务,公司流水每年达上千万元。

"我们正在向红色党建、亲子活动、研学交流、心理疏导、生态修复专项培训和酒店管理服务方面探索。"谈及未来发展,孙万红眼眸中闪动着光。

创业感言

从18岁到不惑之年,有24年我都在部队度过,脱下军装的我算是一名老兵,但在创业的路上,我却是一名新兵。

3年多的拼搏，1000多个日日夜夜，我基本没有睡过一个囫囵觉，每天想的就是如何突破一个个难关。

经过苦苦挣扎和奋力拼搏，公司稳步向前，不断扩容壮大，发展形势渐渐向好。

我深深感谢党的培养和部队的教育，部队培养了我吃苦耐劳、艰苦奋斗、绝不退缩的精神，磨炼了我的意志，塑造了我的人格，提高了我的能力，这些是我创业最大的"本钱"。

创业要有所作为，首先要选定一个正确的目标，理出思路，抓住重点，以"咬定青山不放松"的定力和"不破楼兰终不还"的韧劲勇往直前，想方设法破除一切障碍，方能事有所成。

昨天我在沙场当"尖兵"，今天我要在市场上当"先锋"，引导军创企业和退役战友迈好工作转轨、事业转型的关键一步。

荒山"油画师"

★ 高茹钰

青海·晁沐

晁沐，曾服役3年。中共党员。2011年创办青海树莓农业产业化有限公司，主营树莓种植、研发及销售。个人曾获青海省优秀退役军人等荣誉称号。公司创办十余年来，累计带动300人就业，其中30人为退役军人。

"在家门口挣钱能不乐吗？哈哈哈……"马大姐正捧着一把"红果"笑得合不拢嘴。离她不远处是一片浓郁的葱绿，一抹抹鲜艳亮丽的红色穿插其间，似一幅色彩鲜艳的油画。

这幅"油画"的创作者是青海省退役军人晁沐。他以铁锹为笔，以大地为纸，在黄土荒山之间，做出一幅山川秀美的画卷。

▎他退役了

一切还要从三十多年前说起。

"部队不也是一所大学吗?"

1987年,17岁的晁沐高中毕业,由于家境贫寒,他只得停止继续深造。可是,一股火苗依然在他心中燃烧,他转身投入军营这所"大学"。

一身男儿血,满腔报国志。

晁沐非常珍惜在部队这所"大学"深造的机会,枯燥乏味的军事理论,他"啃"得津津有味,让战友们抓耳挠腮的理论考核,他得心应手。

合格的军人不仅能文,更要能武。晁沐在训练场上摸爬滚打,练就了一身过硬的本领。"优秀士兵""技术能手""神炮手"……荣誉纷纷落在这个勤学的小伙子身上。

"领导,我想退役。"就在晁沐发展得顺风顺水时,他却做出了一个惊人的决定。

"家乡的乡亲们过得太苦了!我想回去为他们做点实事。"

原来,这些年即便身在军营,晁沐内心依然牵挂着那个小山村。1991年,晁沐辞别军营,回到家乡西宁市湟源县。

泥石流通了

"如果自己做老板,就可以带动周边的百姓就业,帮助他们增加收入。"

刚刚回到县城的晁沐发现,家乡的百姓大多以土地为生,忙月在田里务农,闲月串门聊天。收入不稳定不说,若遇到天灾,甚至颗粒无收。胸怀壮志的晁沐首先想到了办企业。

他东奔西跑凑了30万元,在湟源县创办了一家生产网围栏的企业。说是企业,其实更多时候是晁沐亲自上阵,既当老板又当司机。

有一次,牧区跟晁沐签订了15吨网围栏。可牧区远在千里之外,开车也要一两天的时间。

"累点没什么,但是货品必须如期交付到客户手里!"

晁沐没有丝毫犹豫,带着一名助手驱车赶往牧区。

可刚走了一半就出事了。

一堆泥石流拦在了道路中间，晁沐的车被堵死了。如果原路返回，这批货物就无法按时抵达；如果前进，车也不能长翅膀飞过去……晁沐进退两难。

"咱做生意，不能失了诚信！下车！"

晁沐拎起一根修轮胎的钢钎，向那堆泥石流走去。整整一夜，他和助手硬是用最原始的方法疏通了道路，当两个汉子用血迹斑斑的手为牧民卸下网围栏时，在场的牧民都深深被他们打动了。

"靠质量，靠诚信，企业才能长久发展。"晁沐的企业吸收了当地百余名闲置劳动力，他的梦想抽出了嫩芽。

▎ 树莓活了

"啥时候才能让家乡的人民都富裕起来呢？"

企业虽然办起来了，可看着家乡人民仍然居处简陋、生活困苦，晁沐心里很不是滋味。

晁沐的家乡在湟源县西部的前沟村，土壤贫瘠，赤地千里。别说致富，许多村民连基本的温饱都解决不了，纷纷外出务工，如此一来，土地更荒芜了。

2009年，晁沐狠了狠心，决定返乡创业。

"靠山吃山，靠水吃水，咱农民还得靠种地吃饭！"

晁沐认为，想改变家乡的境况，最好的办法还是充分利用土地。他立刻行动，前往各地考察，经过一番慎重的比较与选择，晁沐把目光投向了树莓。

树莓有极强的耐寒能力，如果高热或多雨，反而会使它被灼伤，甚至烂根。

"这不正适合咱们西宁嘛！"

晁沐如获至宝，兴冲冲地把树莓从黑龙江等地引入家乡。

"树莓？树莓是啥？"

"要种你种，粮食都不够吃，瞎折腾啥？"

"都一个村的,凭啥给他打工啊?"

村民们一听晁沐要在家乡种树莓,顿时议论纷纷。全家人都指望着这点贫瘠的土地来过活,谁敢拿它开玩笑?

没人肯种,就自己先干。晁沐撸起袖子,整日与土地为伴。可缺少了专业人员的指导,第一次种树莓的晁沐多少有些摸不着头脑,最终,树莓的试种以失败告终。

"还是技术太生涩了。"

晁沐没有被失败劝退,他转身赶赴河南,虚心向专业的树莓种植户求教,还带了一批优质的树莓苗木满载而归。

"活了!活了!都活了!"

让晁沐惊喜的是,这批引进的优质苗木全部结出了小果。日复一日,晁沐精心培育着这些"宝贝"。看着它们,他似乎看到了前沟村的未来。

可是,还没有品尝到胜利的甜果,一个严重的问题就出现了。

原本顺利生长的树莓,不长了!晁沐的心又提了起来。

"当初就说让你不要瞎折腾,你不听,现在好了吧!

"放着好好的生意不做,非要弄这些。"

……

原本一直对种植树莓心存疑虑的家人对晁沐很是埋怨。晁沐走在村子里,听着村民的闲言碎语,他的眼泪重重地砸到了土地上。

晁沐的身影在前沟村消失了,没有人知道他去了哪里。就当大家以为他放弃了他的树莓产业时,转折出现了。

那是他消失后的第二个月。"咦?那不是晁沐吗?晁沐回来了!"只见,晁沐带着几张陌生的面孔,有说有笑地回到了前沟村。

原来,这两个月中,晁沐沉下心来,去省外学习了更精细的种植技术,还聘请了树莓种植专家亲临指导。

在专家的指导下,晁沐调整了树莓的养殖方法,针对施肥灌溉、种植深度、苗木间距等都严格把关,事无巨细。

"这红果可真甜啊!"这一年丰收季,邻里乡亲们都尝到了晁沐种植的树莓。小小的树莓感化了乡亲们的心,纷纷加入种植树莓的队伍中。

"晁总，你看我家这树莓怎么比别家小啊？"

"晁老板，你快来看我这间距合不合适。"

……

2011年，青海树莓农业产业化有限公司在前沟村成立，晁沐既当老板又当技术员，穿梭在各家的土地中。

"出去打工干啥呀！现在，我们在家门口就能挣钱！"村民马常芳不仅每年可以在树莓基地打工挣钱，树莓结果后，她还可以拿分红。

小小的"红果"，让乡亲们的腰包鼓了起来，大家的生活越来越好了。

在晁沐的坚持与努力下，一幅红绿相间的"油画"覆盖了前沟村原本荒芜的土地。

▍ "油画"更美了

树莓产业发展起来了，可仅仅靠这小"红果"的收益，还不能完全改善乡亲们的生活。

"怎样才能实现树莓的利润最大化呢？"

晁沐将目光投向了树莓的深度加工。

经过一番考察，晁沐决定把树莓加工成果汁，扩大树莓的销路。

起初，晁沐抱着尝试的心态，生产了10000瓶树莓果汁，可没想到果汁一上市，就广受消费者青睐。工厂立刻投入大量生产，树莓红酒、树莓果酱、树莓酸奶等树莓系列产品，源源不断地涌向市场……当地村民的"穷帽子"慢慢被摘掉了。

就当大家都认为晁沐可以躺在功劳簿上享受成果时，晁沐的目光却投向了更远的地方……

他将自己在网围栏生意中积累的资金几乎全砸到了农业产业，把树莓推广到了环境更加恶劣的西部地区。

这幅色彩鲜艳的"油画"从西宁绵延开来，穿过了玉树，绕过了层层山脉，直抵西藏南山……树莓所到之处，不仅经济发展了起来，环境也越来越优美了。

2018年，晁沐参与了国土绿化施工，用他的"画笔"愈合了矿业开发留下的"伤疤"。

产业逐渐壮大的晁沐，并没有忘记退役时许下的誓言。在他的资助下，许多因家庭经济原因濒临辍学的孩子都重新返回了校园。2016年，前沟村的两位村民出了车祸，得知消息的晁沐还远在拉萨，他立即给两位村民各汇了5000元帮扶资金……

书声琅琅，莓香阵阵。

那个多年前一心想让乡亲们过上好日子的小伙子，坚守着他的初心，为他的"油画"增添着新的色彩。

创业感言

作为一名共产党员，又是一名民营企业家，我不能忘记一个共产党人的情操和胸怀，牢记为人民服务的宗旨。利用当地资源优势，大力发展树莓种植产业。把自己的满腔热情融入这片土地。

创业之初，公司经历了树莓种植产量低、品质次、效益差等尴尬局面。通过不断外出考察、学习培训，自己的认知不断得到提升，我深深体会到企业要想获得持续发展，必须调整产业结构，转变观念，只有秉承绿色的发展理念，产业才能长远发展，乡亲们才能真正通过树莓产业发家致富。

我改变了一心只想创业致富的思想，整合当地土地资源、闲散劳动力资源，引进树莓新品种，进行规模化的推广种植，不仅解决了当地土地荒废问题，而且实现了乡亲们就近就业增收。相继打造出"青藏圣果""瑶池红"系列的树莓鲜果、果酱、果汁、红酒等产品，显示出深厚的产业基础和发展潜力。公司的发展得到了政府的关注和支持，相继获评"中国树莓产业领军品牌企业""绿色产业示范基地""中国生态食材生产示范基地""省级精品农业产业园""国家3A级旅游景区"等荣誉称号。

我决心以这些荣誉为新的起点,立足独特的树莓资源禀赋,持续打造树莓品牌,也有信心将树莓产业做大做强。

退役一兵的硬核力量

★ 王子冰

宁夏·王欢

王欢，曾服役5年。中共党员。2014年创办宁夏智安电力工程有限公司。公司曾获"中国雷锋企业"荣誉称号。公司累计投入190多万元帮扶慰问退役军人，带动1500余人就业，其中退役军人350人。

"平常我穿得最多的就是迷彩服，只要有任务，即刻就能出发！"

视频那端的王欢，短寸头、迷彩服，胸前戴着鲜艳的党徽，视频刚接通，他就端端正正地敬了个标准的军礼。

对于30多岁的王欢来说，不论是在军营还是在公司，"战备"都是刻在骨子里的印记。

不打无准备之仗，就算打，也要摆好士兵突击的姿态。

▎ 战旗所向，只有迎难而上，没有如丘而止

王欢的朋友圈很"燃"。

他的昵称是"一声到，一生到"，签名写着"钢铁意志钢铁汉，踏敌尸骨唱凯旋"，就连他每天的工作动态都是"开始战斗！""继续战斗！""生命不息、战斗不止！"……

这种积极向上、充满阳光和热血的状态感染着很多人，也逐渐形成了公司独特的企业文化。

"战旗所向，只有迎难而上，没有如丘而止！"回顾军旅，王欢语调上扬。从年幼时听太爷爷讲述亲历的上甘岭战役开始，参军的种子就在他心里扎下了根。

2004年冬，作为第一批大学生士兵，王欢如愿穿上了军装，同批新训的300多名新兵里，他是唯一的党员。班长杨继成非常欣赏这个脑子想事儿、眼里有活儿的小伙子，很快推荐他当了副班长。王欢后来在司令部工作，干得有声有色。

"和机关工作相比，我更喜欢待在连队的感觉。"

王欢所在的部队，每年汛期都会提高战备等级，随时准备出发抢险，每年这个时候，王欢都会申请回到连队。

2006年秋，王欢刚到连队，家里就传来了母亲离世的噩耗。在回家奔丧途中，汉江、渭河流域发生洪水灾害，母亲的葬礼还没结束，他就赶回连队。自古忠孝难两全，在母亲灵前，王欢流着泪道："此时更需要我的，是在洪水中受灾的老百姓。"

有时候，深切的悲伤也是一种力量。王欢回到抗洪一线，和战友一起扛沙袋、固大堤、站人墙、打木桩……抡起锤子的手早已血肉模糊，筋疲力尽到站着都能入睡，雨水、汗水、泪水混合着在脸上肆意地流淌。

遇到危险时，王欢总是第一个跳下水冲到最前面。最惊险的一次，他和战友被一个大浪冲到几公里外，他被营救回来，战友却永远地离开了。

"没有流血，没有牺牲，我们将一无所有。经历过生死，便无所畏

惧！"不论是公司的项目施工，还是参与抗疫抢险，王欢所带领的队伍永远是值得依赖的"硬核力量"。

军魂依旧，不怕从零开始，只怕从未开始

王欢的办公室，延续着部队的"军魂"，两字装点得满气势恢宏。

很少有老板会把公司打理成这样：走廊里贴着"若有战召必回"的标语，会议室铺着迷彩色的桌布，员工宿舍统一的黄脸盆、折叠凳，清一色叠成"豆腐块"的被子，就连毛巾都摆放得像卡尺量过般整齐……

"一朝参军，终生是兵。"说话时，王欢咳嗽两声，这是他在出国维和期间胸部受伤留下的后遗症。当兵的人，有些习惯一辈子也改不了，比如他喜欢穿迷彩服，五分钟吃完一顿饭，住宾馆时从来不会熄灯……

这些战备习惯更多缘于他在刚果（金）的维和经历。

在"吃饭靠上树，经济靠援助"的异国他乡，王欢和战友时刻处在战备状态。他带着侦察排障班，每天穿着40多斤重的排雷服，顶着40多度的高温，执行排雷任务，经历着一次次生死险境。

退伍后，王欢被安置在交通运输厅下属的黄河辅桥收费站，稳定的工作却无法平息他内心的热血，他毅然辞去工作，寻找新的人生赛道。

兜兜转转两年，跟随一个煤炭老板挣到第一桶金后，王欢放弃了百万年薪，转而联系了20多位战友，投身电力行业。公司成立的当天，王欢就放出话："赚了是大家的，赔了是我自己的。"

没有资金、没有技术、没有人脉，想创业，堪比登天。公司刚成立两年，王欢不仅赔掉了第一桶金，还负债80多万元。他没有食言，抵押了房产，借遍了亲友，愣是没有亏待一位战友。

"跟着王欢，你一定会吃苦，但绝对不会吃亏。"战友们说。

一次，公司承接了一个白塔水的线路铺设项目，施工地点远离城市，而且全是岩石，因为环境恶劣、条件艰苦，几乎没有公司敢接。王欢不

怕，他右手一挥问战友们："能不能拿下？"

行动就是回答。一群退伍兵带着帐篷和干粮走进了无垠大漠，机械打不开的岩石，他们就手握电钻一点一点凿，嘴唇干裂、手脚磨破，没一个人吭声，直到项目提前完工交付，一群铁打的汉子在大漠中高唱着军歌，泪洒当场。

经此一役，王欢的公司在行业中站住了脚。如今，公司业务已发展到甘肃、青海、内蒙古多地，吸纳了97名退役军人，累计带动1.7万人就业。

▎兵心永恒，改变的是角色，不变的是初心

在王欢现在的职务里，他最喜欢的不是董事长、总经理，而是银川市应急营排涝连连长。

"生命的意义就是奉献，生命不息，奉献不止。"经历过汶川地震的救灾，王欢更明白生命的真谛。

那是一个普通的午后，担任连值日员的王欢看到平日里大风都刮不晃的高压线在大幅度摆动，当即意识到出了事。从紧急哨响到接到团部命令，全团十分钟集结完毕。任务下达后，立即赶赴灾区。

王欢所在团奉命奔赴陕西省宁强县青木川镇，大型机械作业会对被困人员造成二次伤害，时任代理排长的王欢带着党员突击队进入废墟，冒着余震，用手刨、用肩扛，争分夺秒地挽救生命，被血渗透的衣服贴在背上，指甲掉了，脚被门上的铁钉扎穿……他顾不上，脑海里只有一个想法：救人！

"我们救了150多个人，还立了功，但真希望这些事未曾发生。"亲历过无数生死离别的场景，王欢养成了一触即发的敏锐性。2020年除夕，正在家里和家人团聚的王欢看到了解放军驰援武汉的新闻，意识到疫情的严重性，在电视机前立马开了个视频会议，决定把第二年项目的30万元启动资金拿出来，购置防疫物资，并迅速把公司的退役军人组织起来，成立

退役工兵的硬核力量

抗疫志愿服务队，春节期间守在各个路口、各个岗位……

"我们总搞这些出力不挣钱的事干什么？"

王欢的公司被编入预备役队伍后，他带头参加军事训练、应急抢险、治安执勤。有些员工却不理解，他们平时施工时一天能挣五百元，但参加预备役训练只能拿到一二百元的误工补助。面对员工的抱怨，王欢耐心解释，自掏腰包发放了100多万元的差额补助。疫情以来，公司累计出动2600余人次参与疫情防控志愿服务，投入费用达210余万元。

"但有良田千顷，你也只吃一碗饭。"公司做得风生水起，但王欢是一个不愿意享受的人。他不开豪车，不住豪宅，房子还是结婚前买的那一套，他和儿子睡的还是高低床……

心中有火，眼里有光。

"在中华崛起的时代里，我庆幸是时代之光的见证者，但我更愿意做一名光的守护者。"这些年，王欢先后资助14名退役军人子女圆梦大学，鼓励15名员工和42名家乡青年入伍参军。

热血还在继续，前行路上的每一步，他都会保持着军人突击的姿态。

创业感言

我今天的成就，离不开一路同行的战友。

在选择创业之前，我在额济纳旗的口岸跟着一个老板做煤炭贸易，每天凌晨一两点钟睡、四五点钟起，工作很累、收入不少，如果不是二十几名战友对我的信任，我可能真下不了决心辞去这份年薪百万元的工作。

创业多艰，战友们不离不弃，再难完成的项目我们也能"啃"下来，风餐露宿也好，吃糠咽菜也罢，只要他们在我身边，我就不会放弃前行。如今，公司的管理层基本全是退役军人，大家在一起工作，总能找到在部队时的感觉。

从创业角度讲，选择合伙人非常重要，作为退役军人，我们寻找合伙人有着天然的优势，那就是一起扛过枪的战友，彼此之间有着可以托付生命的信任。

从当兵到退伍，党和国家给予我们的政策倾斜很大，来之不易的创业环境和平台值得战友们珍视，当我们有能力的时候，不妨去帮助更多的退役战友，让他们少走弯路。也希望战友们脚踏实地去做事，用坚持点亮人生。

"聂团长"的低姿突击

★ 李 万

宁夏·聂广进

聂广进，曾服役30年。2007年创办固原进元驾驶员培训学校，为4200名学员减免学费120余万元，帮困助学、帮困扶贫、公益事业捐款100余万元。个人曾获评全国模范退役军人、全国爱国拥军模范。创业以来，累计带动150人就业创业，其中退役军人、军属30人。

2004年12月的一个夜晚。

操场上，已经跑了几十圈，大汗淋漓的聂广进试图把大脑跑成一片空白，然而，一停下来，两种想法依然在内心相互缠绕、相互厮杀。

筋疲力尽后，他拖着双腿，走进家门。

那一刻，聂广进下定决心，选择自主择业。

他要舍弃已有的一切，走上不拴保险带的钢丝绳，走出摸爬滚打了多年的军营，一个猛子扎进商海。

是畅游还是淹死，全看自己的本事。

1

聂广进不得不承认，办企业和当军官完全是两码事。

2005年初，聂广进联合两名战友，拉起了一支三人创业商队，成立了百味源枸杞油旗舰店，注册了固原广进商贸有限公司。

是年5月，门店正式开业。

可一进入商海，他就被呛了一鼻子水。

销售过程中，聂广进东奔西跑，上门给人家说好话，无论见了大人还是小孩，他都微笑着问候。

可就算嘴再甜，要想从别人口袋中掏几个钱，比登天都难。

有一次，在海原县一户人家门前，他和同伴敲了半天门都没人搭理。

正当他们准备离开时，一道黑影从猫眼晃过来，聂广进心中希望的火苗瞬间被点燃，一边自我介绍一边请求："请开一下门让我们进去好吗？"

"谁知道你们是干啥的，滚。"猫眼对面的住户闷声闷气地说。

随之，黑影离开了猫眼，他们僵在门外。

聂广进像是被人打了一闷棍，脑中一片空白。

他们两个对看一眼，好半天没说一句话。空荡荡的楼道里，响起他们沉重的脚步声。

从一个曾被仰视的团长到被人看不起的商贩，聂广进心里的憋屈让他想大哭一场。

但开弓没有回头箭，既然选择了，再苦再难也要坚持下去。

坚持不懈地跑了3个月后，他们总算把第一批产品推销了出去。

第一批产品虽然只挣了5000多元，可对于他们"三人团"而言，这些钱是汗水和心血，是市场对产品的接受，是对他们辛苦多日的微薄回报，让他们看到了希望。

2

辛苦了一年，到年底一盘点，赚了不到3万元。

这微薄的收入，只够维持基本生活，就连这样，还是靠朋友、战友以及老部队首长的支持得来的。

"三人团"经过研究、分析、商讨，加之一年来在跑市场过程中积累的经验，他们最终决定：做钢材销售。

2007年初，在他们的诚信经营下，钢材生意逐渐有了起色，资金回笼步伐加快，形势趋好。

然而，当百万元的资金摆在面前时，聂广进却感到了空虚，对自己选择的路产生了质疑。

他觉得，挣钱不是主要目标，他希望通过努力和奋斗，再次实现自己的人生价值，得到社会的认可。

2007年春天，对于聂广进而言，是别样的春天。

他决定在固原创建一所驾驶员培训学校。

他跑去彭阳驾校取经，回来后，把战友叫在一起定方案、定计划、定人员，很快投入驾校的筹办之中。

他们聘请专业人员设计图纸、规划布局，合理设置各种学习、训练、教学场地，购置设备和车辆，招贤纳士……千头万绪，归根结底就是三个字：钱、地、人。

找钱，聂广进找亲戚、朋友、战友、同学借，向银行贷款，总算凑够了400万元，申请注册了固原进元驾驶员培训学校；

找地，聂广进没有车，也不会开车，他骑着自行车把周边跑了个遍，最后总算在清水河工业园区内划定了30亩地；

找人，既然人称"团长"，手下总得要有个兵，有人才能拉得出，这是初创，要有吃苦受累的思想准备。

然后就是干！为了节约资金，聂广进组建建工队，带着一起转业的战友，一人一顶草帽、一双胶鞋，顶烈日，冒酷暑，接受自然环境和经济拮据的双重炙烤。

为了买砖，聂广进带着人，一家一家跑砖场，货比三家，看砖的质量，一分一分跟老板讲价钱。

拉来的料，一车车登记得清清楚楚，他要求员工和施工人员一个环节一个环节做好、做扎实。

聂广进和战友在工地搭起简易工棚。那年的雨水特别多，三天两头地下，为了抢速度，他们每人配一双雨鞋、一件雨衣。小雨不停，施工不停。

日子一天天溜走，驾校一天天有了雏形。聂广进手上的老茧褪了一层又一层，头发由黑变白。

有一天，聂广进前往三关口水泥厂买水泥，见到了老朋友、厂长王春敏，两人相谈甚欢。

几天后，王厂长来到进元驾校建设工地。看到昔日着装整齐、精神抖擞的聂团长，如今卷裤腿、戴草帽、两手泥、一身土，和施工的民工一般。

王春敏在水泥厂拼搏了大半辈子，深知创办企业的艰辛与苦累，他为聂广进的创业精神感动，将赊账供应水泥变为无偿供应。

不料，聂广进没领这个人情，坚辞不受。

2008年4月27日，驾校举行隆重的挂牌仪式，当裹着大红绸子、印有进元驾校的牌子在一阵礼炮声中正式挂起来时，聂广进的内心五味杂陈。

如今，进元驾校走上正轨，效益日渐增长，王春敏也在为公益事业操劳奔波，倡导社会捐资。每有公益捐款之事，聂广进总是慷慨解囊。

当初赊欠的水泥款也早已还清。

3

走进进元驾校，一排火红的"中国梦 进元梦 我的梦"的文化长廊格外醒目，随着步履的移动，你会被不同的标语和励志警句包围着，每一个方向，每一个角度，每一个位置都有。

这些被员工们称为"校长语录"的格言警句，在驾校共有130多块。

这些"校长语录"是聂广进读书时从各种书籍里摘录下来的。创业后，无论多忙，他都不忘学习。

走进聂广进的办公室，整面墙的大型书架有股几中举人的气势，里面的名人传记、法律法规、政策解读、中外名著、企业管理等书籍见证着驾校的发展，也无言地传递着主人在知识海洋里遨游所激起的浪花。

这些是聂广进的精神食粮，也是他成功转型的坚强后盾，他把这些化作前行的动力，也把它们渗透在驾校的建设中，使之成为全体员工的行为准则和行动指南。

他系统学习法律法规，展开主题阅读，将学到的内容进一步提炼，作为企业文化融入驾校的各个方面。

除此之外，他还专程请人为驾校创作了专属校歌。音乐奏响，百人齐唱，豪迈之气一发而不可收。

戒骄戒躁，砥砺前行，在摸索中学习，在学习中固本，聂广进保持着军人不服输的韧劲儿，用自己的双手，创造了一片灿烂天空。

十余年过去了，聂广进不仅把驾校经营得风生水起，还铭记着"一日为兵、终生是兵"的誓言。

从部队复员的黄斌来驾校学习驾驶技术，聂广进了解到黄斌家境贫寒，便免去了他的全部学费。

军嫂常娟是驾校的业务员，因患带状疱疹住院做了手术，聂广进不仅多次派专人护理，还全额发了她的工资……

"企业是树，员工是根，只有给根施肥浇水，树才得以茁壮成长。"聂广进将驾校发展的成果惠及每位员工，鼓舞了士气，凝聚了人心。

军装褪去，军魂永驻。

十多年前，聂广进不甘于安逸，向难而行。如今，他早已习惯在荆棘中寻找出路，一步一个脚印地开拓新途。

创业感言

2004年，我离开军营，走上自主创业的道路，推销过宁夏的枸杞油，也销售过建楼的钢筋，直到2007年，才下决心创办了固原进元驾驶员培训学校。

前期的商海试水失利，看到了世态炎凉，也感受到了人间温暖。但人生有追求才有意义。驾校运营15年，实现了稳定、健康、良性发展。我有三点体会，与战友们分享。

一是做人要诚，做事要真。不要想一口吃个胖子，或者靠投机增长财富。"释己而教人者逆，正己而化人者顺。"凡事自己要先立标杆，做表率，员工才能服你、敬你、爱你。

二是管理要严，靠规章制度和激励机制吸引人、留住人、培养人。没有纪律的军队是乌合之众，没有制度约束的企业是一盘散沙，既没有凝聚力，也没有战斗力。

三是要满怀对社会的感恩，提升创业之志。企业所能创造的任何财富，不是企业家个人独享的，而应该回馈社会，造福他人。我们创建企业、管理企业、发展企业，吸纳劳动力，提高就业率，就是为政府分忧，为社会担责，为他人谋幸福，这应是企业家的终极追求。

于远方，奔赴山海

★ 吴永煌

新疆·郑晓峰

郑晓峰，曾服役4年。2016年成立新疆远方企业集团有限公司，主营业务涵盖物流、商贸等。个人曾获全国建设新农村杰出复转军人、开发新疆建设奖章、喀什地区60年建设突出贡献奖等荣誉。公司累计带动2万余人次就业，现有退役军人、军属280人。

"**急**啊！再过两个月就要进入冬季停工期了。我们得抓紧赶工，把因为疫情耽搁的工期抢回来……"

由于新冠疫情阻挠，第一次与郑晓峰"会面"，是在手机视频里。

彼时的他，正戴着安全帽在工地里忙活。透过手机屏幕，我看到他被晒得黝黑的脸和额头上细密的汗珠。

创业韬略
退役军人企业家的闪光足迹

■ 奔赴远方

"那边那么远,那么苦,还去干什么?再说去了能做什么?"

听到郑晓峰要回喀什,母亲十分担忧,喀什又偏又远,好不容易回到家乡,又要回去,母亲放心不下。

郑晓峰生长在秦岭山区的一个小山村。

1990年,他应征入伍,成为一名中国人民解放军战士,来到中国最西部的边陲城市——喀什。

入伍前,父亲嘱咐他"认真做人是本分,踏实做事是本色",他将这句话牢牢记在心里。

4个月的新兵训练,他摸爬滚打,跑操练靶,班长夸他是块好料子。

后来,他被分到连队炊事班,一手花样繁多的陕西小吃,让战友们吃得满口留香。

在保管班做保管员时,他将账目理得一清二楚,物品也摆放得整整齐齐,经常受到领导的夸奖。

当兵4年,他对喀什这座丝路千年古城有感情,也有想法。

"我觉得那里是一块待开发的热土,蕴藏着很多机遇,我想去闯一闯。"

"去吧!世界那么大,男孩就该出去闯闯,吃点苦也没什么。"父亲话不多,但很有见地。

带着父亲的支持,郑晓峰再次去往远方。

回到喀什后,他进入一家国企,成为一名驾驶员。军人作风让他很快在新岗位上发光,逐步提升到公司副总经理。

在这家企业积累了一些管理和运营经验后,郑晓峰辞职成立了一家小公司,并为它取名为:远方。

40多平方米的办公室、包括他在内的4个员工,这是远方公司刚成立时的所有。

创业初期十分艰难,郑晓峰挨家挨户跑客户,公司里大大小小的事宜，他都亲自上手。

2003年冬天，公司的境况一下跌入谷底，员工的工资已经拖了小半年。大雪过后，公司门前的地上甚至看不到一串脚印，办公室里没有暖气，大伙儿只能围着铁炉子，边煮茶边吃干馕。

凭日千难不倒、压不垮战士的信念，郑晓峰调整心态，重整旗鼓。"我们现在虽然难，但我们不能失去了客户的信任，再难，也要把手上的事办好！"郑晓峰认为，公司对外的形象很重要，没有人愿意把业务交给一个松散寒碜的队伍。

"战士要站如松坐如钟行如风；被子方方正正，有棱有角；洗漱用品一条线。这就是精神面貌，做公司也一样。"郑晓峰把军人的作风带到了公司中。

除了外在形象的调整，做事细节也不能马虎。郑晓峰跑完客户后通常已经很晚了，他就同保安一起，一户一户锁好客户的大门。

就这样，郑晓峰和他为数不多的员工齐心协力，在公司最艰难的时期，依旧一丝不苟地处理好身边的每一件小事，很快，公司就被收拾得井井有条，步入了正轨。

"在当时那样的困境下，大家依然选择相信我、相信远方。至今，我都对当时跟随我的那些员工非常感激。"回忆起那段艰苦的日子，郑晓峰很感慨。

如今，远方公司已是门庭若市，每天人流过万，公司员工也发展到600多人。可那间四五十平方米的办公室，以及大家围在火炉边啃干馕的情景，让郑晓峰难以忘怀。

平生的执着与信念，让他和公司走出不平凡的今天。

远方的机遇到了

远方的机遇终于来了。

2010年，喀什成立了经济开发区。开发区是什么样？怎样去开发？怎样抢抓机遇参与开发？如何把这里真正打造成一片热土？

在远方国际物流产业园建设之初，郑晓峰和他的团队却背负着巨大的压力和责任。

"这不仅意味着大额资本投入，更重要的是如何找到一条最适合的技术路线。"郑晓峰陷入了迷茫。

但时间不等人，迎难也要上。郑晓峰要抢抓机遇建设物流园，他亟须获取物流技术、建设和管理等方面的经验。

2012年底，喀什地区行署组织了考察团，前往山东临沂考察物流。郑晓峰受邀在列。

考察完后，他又马不停蹄地考察了国内好几个知名物流园区，受到很大的启发。

"喀什的物流园区虽然起步比较晚，但后来者居上，我一定要把它做成全国最高水准的物流园区。"郑晓峰信心满满。

"不做则已，做就做最好的。"

郑晓峰聘请了国内物流方面的专家和知名的设计院，结合喀什"一带一路"倡议的定位，以及物流园区的实际情况，制定了可行性强的方案。

苦功不负奋斗者。远方国际物流产业园不仅保证了安全生产水平，还在同等规模下节省了不少资金和人力，成为南疆最具规模的综合物流园区。

"没有想到在喀什还有这么上规模的物流园区，这么超前。"

2017年，山东临沂市政府组织代表团前来喀什开展对口援疆工作。考察郑晓峰的企业时，临沂市的领导赞誉有加。

面对已经取得的成就，郑晓峰没有自满和止步，他的目光看向更远的远方。

▍带更多人去远方

"愿不愿意来我们公司学个技术？"郑晓峰问问着面前的青年。

年青人高兴得直点头，跟着车就去了公司，参加新员工培训。

这个年青人叫艾斯卡尔，是郑晓峰帮扶的上百个贫困户当中的一个。

与艾斯卡尔同期参加"远方企业精准扶贫培训班"的91名学员，已经全部脱贫。

事情发生在2017年，喀什地区实施脱贫攻坚工作。

开完动员大会，郑晓峰来到疏附县提热木乡看望一位朋友。午饭时，一位名叫艾斯卡尔的维吾尔族青年来找他。

"你那里有没有适合他的岗位？他家里没什么收入，特别困难。"朋友指着艾斯卡尔问郑晓峰。

郑晓峰问艾斯卡尔有什么特长。

艾斯卡尔说自己喜欢唱歌弹琴，不会其他的，也不会什么技术。

"走，到家里看看。"郑晓峰站起来手一挥，让艾斯卡尔和朋友带路去他家里看看。

走进艾斯卡尔家，家徒四壁，体弱的母亲还在床上呻吟。

郑晓峰决心帮助他。

一开始，艾斯卡尔被安排到公司当保安，干了一个多月，他就不想干了，觉得单调，学不到技术。

"保安工作虽然枯燥单调，但很重要，也是与人接触最多的一个岗位。你利用这个岗位和员工多交流，汉语水平就会很快提高。等汉语流利了，就可以去新的技术岗位。"郑晓峰安慰艾斯卡尔。

4个月后，艾斯卡尔信心满满地提出去工程部学习技术的要求。郑晓峰特意将他托付给一位有经验的水电工师傅。

5年过去了，艾斯卡尔已经成了家，有了孩子，家里也盖起了新房，还买了小汽车。

在远方集团，像艾斯卡尔这样的员工有不少……在个人努力和企业帮扶下，他们全都搬入设备齐全的独立宿舍，有的还购买了电动车、小汽车作为上下班的代步工具，生活质量和幸福指数都大大提升。

远方集团没有止步，2022年又揽下了远方国贸中心的项目。在新项目工地上，很多当年的扶贫对象已经成为物业水电、保安、保洁等部门的骨干力量，在新的创业路上发光发热。

于家乡，喀什是远方；于郑晓峰，远方是山海。

创业感言

战友们，每个人只要有想法，并踔厉前行，就有机会成就一番事业。我从一个管着2000多种车材的战士，成为一位管理着600多人的董事长，除环境、政策、机遇等因素外，更重要的是自身的不懈努力。从我这些年的创业经验来看，创业需要注意以下几点：

首先，创业要树立目标，目标确定后要有战略定力。目标+定力+做人，创业就很容易取得成功。

其次，创业要有抢占战略高地的勇气。在经济和科技飞速发展的今天，我们只有把脉时代，看准机遇，才能立足于时代潮头。

最后，团队是核心竞争力。对员工的真心关爱和积极帮扶，有助于建设一支有凝聚力的队伍。没有可靠的团队，企业是不可能成功的。

战友们，在新时代征程上，星光不负赶路人，让我们一起奋斗吧！

商海泛舟，用人有道

★ 姜土坤

兵团·马卫忠

马卫忠，曾服役4年。2010年创办北屯市顺通建材有限责任公司，主营苯板、彩钢板等七类产品和钢结构。企业曾获第六届兵团诚实守信模范单位、党员创业示范单位、北屯市爱心企业等荣誉称号。累计资助210名家庭困难学生，带动200余人就业。

"国企上班，年薪十几万元，怎么突然要把'金饭碗'换成'泥饭碗'？你脑子进水了吧？"

"你们都别说了，我已经想好了，辞职，创业！"

屋外是寒风呼啸，屋内却吵得火热。

那是2009年的一个冬夜，原本工作稳定的马卫忠做出了一个惊人的决定。话语刚出，立即遭到全家人的反对。

军人往往说一不二。当过4年兵的马卫忠，去意已决。这年年底，他辞掉工作，开启了创业之路。

一晃12年过去了，白手起家的马卫忠如今怎么样了？

▎ 把信誉放在前面

2010年元旦之夜,一场多年不见的大雪把黄金之城阿勒泰裹成了白玉世界。

"还差得很远啊!"

此时,大多数人正在新年的夜晚酣睡,马卫忠却辗转反侧,难以入眠。这几天,他东奔西走地跑市场,经过衡量,决定创办一家建筑材料公司。可盖厂房、购设备、买原材料,少说也得一百多万元资金,自己只有不到10万元,加上东拼西凑的钱,也只有不到30万元。

"去银行贷款吧!"好不容易熬到天明,马卫忠立即前往银行。可跑了十几家也没贷出钱来。此时的他连作抵押的固定资产都没有。

天无绝人之路,阿勒泰市建筑材料协会的5个投资人目睹了马卫忠的执着和质朴,决定入股加盟。

于是,买地、建厂房、购设备、上原材料……很快,阿勒泰市北屯市顺通建材有限责任公司挂牌了。

不料,企业还没开工,就有3个合伙人因家庭变故而提出撤资,马卫忠二话不说,用公司做抵押,贷款还给了合伙人。

"经商必须信守承诺!"这是马卫忠给公司立的铁规。

2010年5月,马卫忠迎来了第一笔生意:加工3万多平方米的彩钢板。这可是一个大订单,马卫忠带着员工干得热火朝天,不到3个月,彩钢板就全部加工完成。

然而,胜利的果实还意犹未尽就出事了。

给农户家房顶铺的彩钢板,本来是绯红色,可经太阳一暴晒,便开始大片地掉色,黑一块黄一块的,像狗皮癣一样难看。

马卫忠主动登门谢罪:"对不起,是原材料出了问题,这些彩钢板,我们全部免费更换。"

然而,当马卫忠马不停蹄地从新疆赶到位于山东的原材料厂家时,顿时傻眼了:厂区已人去楼空。

"要不，咱们喷喷漆，补一补，让大家凑合用吧！"有人提议。可军人的倔劲儿又上来了，马卫忠脖子一梗："就是砸锅卖铁，咱也得给人家换上。"

马卫忠四处筹集资金，把所有的彩钢板为农户更换完毕，赔了51万元。

见马卫忠如此信守承诺，不少建筑商提前全额交上预付款，帮他渡过难关。

2012年的盛夏，酷暑难耐。一个急单送到公司。

"咱们有过承诺，不能失信于协作单位，因此无论多难，咱都不能拒绝这一单。"

马卫忠连夜动员公司上下，日夜连班倒。外边酷热，加之厂房里大型蒸汽锅炉的烘烤，作业区的温度陡增至42℃，马卫忠和一线工人们一起与高温展开了较量。

为避免大家患热射病，马卫忠让每次倒完班的人先转移至通风阴凉的地方，再脱去衣服，用风扇、水池降温。即便如此，马卫忠和十几个员工还是多次出现呼吸困难和脱水的现象。

"这么拼命不是为了多挣钱，完全是出于信守承诺。"马卫忠擦掉满脸的汗水说。

9个昼夜的奋战，为马卫忠赢得了好口碑。

▌ 把员工放在心上

2021年12月，阿勒泰市总工会做了一项"和谐企业"的调查，结果顺通建材公司的员工对企业的满意度名列榜首。

"满意度为啥这么高？"

"因为公司把员工都当成家人来看待！"公司销售员梁俊钢抑制不住内心的激动。

原来，刚结婚的梁俊钢打算在当地买房，可兜里的钱不够。

"本想去银行贷款，可马董事长一把拉住我，说房贷对于我们打工者来说压力太大，公司可以给我提供免息贷款。"说到这儿，梁俊钢眼睛红了，"一个临时打工的，来公司不到一年，竟能享受如此高的待遇，我做梦也没想到啊！"

"马董事长还组织外来务工人员的子女到乌伦古湖公园、天鹅湖水寨等风景区度假呢！"总经理彭海接过话茬儿。

站在一旁的马卫忠笑着解释："这些孩子只有暑假才能来新疆与父母团聚，来了就只能守着公司这'一亩三分地'，我们就想组织孩子们到景区玩一玩。"

"董事长每次都把度假的照片汇集成册，送给这些家庭。"员工方华补充道。

"最让人感动的是李刚的事儿，还没被公司吸收为正式员工，家里就得到公司的记挂。"副总经理韩玉厅也陷入了回忆。

有一天夜里，在家休息的李刚因脑出血不幸去世。马卫忠派人到社保部门跑了3个多月，为逝者父母争取到遗属补助及子女抚恤金。

听着大家你一言我一语地夸着自己，马卫忠倒不好意思了："其实就是一句话：企业把员工放在心上，员工就把企业扛在肩头。"

如今，公司的利润已是最初的5倍还多。

"这一奇迹，是大家齐心协力干事业的结果！"马卫忠说。

▎把自己放在幕后

有件事，一直镌刻在韩玉厅的脑海里。

有一天晚上，马卫忠突然找到刚入职不到5个月的保管员韩玉厅，提出让他出任内勤主管："咱不能干一辈子保管员，还得学点企业管理，将来有本事了，生活岂不更宽裕？"

韩玉厅走马上任之初，对草拟各类报告、处理直销点订单等业务很陌生。马卫忠就派人一点点地传授经验。渐渐地，韩玉厅能把各项业务处理得像模像样了。

马卫忠总是说："给员工最大的福利，就是让他们都长本事。"

为了提高员工管理能力，马卫忠让有发展潜力的员工轮流当部门经理或公司副总，他在幕后当"军师"。看着员工一天天进步，马卫忠别提有多高兴了。

除了重用人才，马卫忠还主动向别的公司推荐人才。

2020年春季的一天，马卫忠找到公司会计付书平："我给你找了一个更好的平台，你去不去？"当确认被推荐到大型集团公司当财务主管，且待遇能翻两番，付书平激动得哭出了声："董事长，我进城能结束和媳妇两地分居的状态，薪金又翻倍，这是天大的好事。可公司拿钱培养我，我不能翅膀硬了就想飞啊！"

经马卫忠再三劝说，付书平还是收拾行李，到新单位报到去了。

见马卫忠把付书平送走，有人很不解："财务人员都掌握着公司的机密，如果机密外泄，不仅会影响公司利润，还可能危及公司安全。"

马卫忠憨然一笑："天塌不下来，这些员工都是自家人，咱要藏着掖着，那还是一家人吗？"

马卫忠除了善于用人，还重于育人。

自主择业军转干部刘喜山刚来公司时，放不下架子。有一天，马卫忠见刘喜山总讲自己的"光辉历史"，就把他拉到一旁："咱退役军人创业，心态要归零，不能把经历当资历，更不能把资历当资本。"

见刘喜山没有生气，马卫忠见缝插针，给刘喜山补"角色调整课"：战场与市场相通，但市场毕竟不同于战场。退役后从"新兵"学起，没什么丢脸的……

接着，又讲"人际交往课"：部队的管理方式可以借鉴，但"命令式管理"未必适合企业……

3年后，刘喜山回到黑龙江老家，也开办了一家建材公司，如今生意也挺红火！

"公司的员工大多是当年和我一起创业的，要不是他们鼎力帮扶，哪有我的今天！"

十几载春秋，马卫忠似商海中的一叶扁舟，在黑暗中默默蓄力，渡心渡己，在风浪后尽己所能，渡人同行。

创业感言

创业者都大多会遇到一个奇怪的现象：刚刚转正的员工，却选择了离职。为什么我们的努力换来的是员工的离开？我觉得症结就是没把员工当成合作伙伴。

我给公司员工的定位，不仅是合作伙伴，更是家人。如果只是上下级关系，用一种俯视的优越感对待员工，结果就是公司留不住人。

影响企业发展速度的往往是员工的成长速度。实践证明，不是企业快速发展了，员工能力才会提高，而是员工能力提高了，企业才会快速发展。而员工成长慢，则必然影响企业的发展。

员工执行力和内驱力不强，是时下企业最大的痛点。因此，创业者一定要结合公司的实际情况，提高薪水、加大培训力度，利益驱动加上内在驱动，企业岂能没有吸引力？又何愁没有执行力？

可能有人会说，员工的翅膀硬了，能不往高处飞？这种担心是没有用的，如果公司有足够多的人才储备、足够好的人文关怀和足够配套的人才替补预案，即便有个别的"飞"了，企业也不会受到太大影响。

由此可见，企业的发展靠员工的贡献，员工的成长离不开企业的支持，创业者必须把员工当家人，如此方能走远。

乌伦古湖畔的牧歌

★ 王安润

兵团·向阳

向阳，曾服役6年。2017年成立山海特种养殖有限公司，占地面积1700余亩，退耕还林700亩，现存栏长白猪2000余头。公司曾获新疆维吾尔自治区首届退役军人创业创新大赛二等奖。公司累计带动80余人就业。

红岩上红梅开/千里冰霜脚下踩/三九严寒何所惧/一片丹心向阳开……站在秋阳灿灿的乌伦古湖畔，向阳感慨万千。

这首《红梅赞》，他不知听了多少遍。

一曲终了，余韵悠长。

艰苦创业的酸甜苦辣，仿佛都在歌中。

1

自呱呱坠地之日，命运似乎已将他的人生安排得丰富多彩。

19岁那年，向阳从乌伦古湖畔的一八二团应征入伍，成为一名光荣的武警战士。6年军旅生涯，他不仅在鲜红的党旗下举起了右手，还练就了一身过硬的野外生存实战技能。

1994年，25岁的他告别朝夕相处的战友，走进一个陌生但人人艳羡的岗位，成为新疆维吾尔自治区高级人民法院伊犁哈萨克自治州分院的一名法务工作者。

伊犁河谷素有塞外江南的美称，在这里，向阳娶妻生子，迈过了人生最重要的节点。可不知为什么，每到夜深人静之时，总有一种情愫挥之不去。

向阳跳下床，披上藏青蓝制服，遥望生他养他的地方。遥望无声，思念无言。一八二团距伊宁800余公里，是名副其实的千里迢迢。

操劳了一辈子的父亲，在2007年的一个夜晚撒手人寰。年事已高的母亲和那片绿色的土地成为向阳的牵挂，这种牵挂在他的心头久久萦绕。

从士官到法官，向阳的人生是精彩的。可年轻的躯体内总有一种想再次创业的冲动。

就在这时，藏香猪闯入向阳的视野，让他寝食难安。

藏香猪又名"人参猪"，是产于青藏高原的瘦肉型猪种，其脂肪含量极低，猪皮薄，肉质鲜美，营养丰富，被称为高原之珍。

向阳激动万分，在反复分析藏香猪生长环境后，他笑了：乌伦古湖畔的地域环境非常适合养殖藏香猪，这让他信心满满。

由此，向阳开启了一名退役军人的创业之旅！

这一年，他47岁。

2

创业前景无限光明，道路却异常曲折。

乌伦古湖，又名布伦托海，位于准噶尔盆地北部，福海县城西北，素以戈壁大海和鲜美福海鱼而著称。

开张需要经费，向银行贷款额度不够，只得找亲戚借，当200万元资金筹措到位，向阳已经欠了一屁股人情。

68头种猪从西藏灵芝引进，向阳给它们取了一个意味深长的名字——福猪。

可起步的头一年，福猪并没有给向阳带来什么福。

藏香猪是原始品种，带有野猪的习性。因天然牧养，向阳将代孕母猪全放在一个围栏里。它们肆无忌惮地掠食其他仔猪，导致当年繁育的仔猪80%被吃。

这年，藏香猪小猪的存活率仅为三成。向阳欲哭无泪。

带着疑虑，他走访福海的兽医。一名经验颇丰的老兽医一语道破天机：傻小子，天然牧养并不等于无序放养呀……

向阳如醍醐灌顶，趁热打铁前往一家又一家猪场虚心求教，观摩现场养殖，一一记下相关数据。

一年秋季，供水系统堵塞，猪舍三天没供水。短短一周，就损失了半大猪仔80多头。

向阳的心里难受不已。

从此，向阳开始一丝不苟地推进科学养殖管理，养殖场很快步入正轨。

2021年1月5日，新疆天康食品公司采购部电话十万火急，要求速送一车藏香猪到乌鲁木齐。向阳放下电话马上安排。

第二天，车一装完，向阳立马驾车出发。去时顺利，可返回途中车辆出现了故障。手机没信号，此时气温已到零下25℃，向阳饥寒交迫，手脚很快就麻木了。1分钟、10分钟……50分钟后，向阳终于拦停了一辆去福海的大货车。

次日一大早，向阳冻僵的身子还未彻底暖和过来，新疆天康食品公司采购部电话就再次响起，要求再向乌鲁木齐送一车藏香猪。而车还在修理厂。

用户就是上帝，军人的豪气回到向阳身上。临近春节，没人愿意出行。偌大一个福海，居然借不到一辆车。向阳没有气馁，四处询问，最终在布尔津一位朋友那里借到了车。

可谁知道，返回途中，他的汽车发电机不充电，两只大灯形同虚设。天说黑就黑了。向阳暗暗告诉自己，就是摸也要赶回去。1公里、2公里……100多公里跑到了夜里12点。

3

2019年5月，向阳与养殖户王子龙签订《合作养殖协议》。

这年年底，王子龙从向阳的山海特种养殖基地领养了60头藏香小猪。在向阳的指导下，仅仅8个月，一头猪的收益就达到了800元。一年下来，60头藏香小猪为王子龙一家增收近5万元。握着向阳的手，王子龙笑得合不拢嘴。

帮助王子龙这样的养殖户走上致富路，是向阳曾经许下的诺言。

"是故乡的水土把我养大，我作为一名退役军人，能为故乡做点事情，我很知足。"

就这样，向阳先后与一八二团两户养殖户签订了协议。采取合作养殖的方式，免费将160头仔猪发放给有意愿或有经验的养殖户，年底回购成品猪进行销售，以此带动团场养殖户共同增收。

绿色养殖事业成功的背后，是家人艰辛的付出。

2016年至今，2100多个日日夜夜，与向阳同甘苦共患难的，是他的妻子。

妻子负责饲养事宜。每天，她要将拌好的饲料提到猪舍倒进猪槽。渐渐地，藏香猪都认识了她。只要她的身影一出现，小猪们就会欢实地来到她面前。

年冬天，妻子在切冬饲料时不幸滑倒，腰椎摔伤。经过好长一段时间的治疗才好，可她的腰刚刚能挺起来，就一步一拐地清扫猪舍了。

转眼间，一家人已齐心协力走到了第六个年头。用向阳的话说，这几年，把过去几十年没吃过的苦都吃了。

向阳的脸上已布满大大小小的晒斑。妻子早已被紫外线晒得黑里透红，哪里还有女性应有的姣好容颜？

顽强的毅力可以征服世界上任何一座高峰，向阳走过的路印证着这句至理名言。

面对6年内3次养殖场搬迁、一年非洲猪瘟和三年疫情，一般人早望而却步了。而向阳恰恰相反，他拓出了一条适合自己的路。

荣誉光环也自然地落到向阳的头上。新疆维吾尔自治区退役军人创业大赛二等奖、乌鲁木齐市退役军人创业大赛三等奖、阿勒泰地区人社局创业大赛一等奖……

奖牌背后，是令人折服的底气——山海特种养殖基地已经形成占地面积1700余亩、饲草地200亩、原始草场800亩、退耕还林地700亩的产业规模。全年藏香猪存栏达1100头，累计带动80余人就业。

"这是合格了吧？"

"嗯，合格。下周就可以发证书了。"

2022年9月的一天，向阳的手机上出现一份猪肉产品检测报告。对方是北京新纪源认证有限公司，认证样品：猪（藏香猪）。

这段平淡的对话后面埋着一个爆炸性新闻，即"藏香猪有机食品认证"通过审核，新疆又一项有机食品获得国际认证。

为了这一天，向阳和他的团队在乌伦古湖畔的养殖场地，奋斗了整整6个春秋。这个成功意味着乌伦古湖畔的水土是绿色环保的，山海特种养殖基地的科学饲养方法已与国际接轨。

乌伦古湖畔，向阳仍然大踏步走在前行的路上……

创业感言

从一名士官到法官，再到一名"猪倌"，回首望去，6年已逝。

有很多人问我为什么，为什么放着荣誉感强、受人尊敬的法官不当，偏偏要跑去当一名"猪倌"？累吗？苦吗？值吗？面对这些疑问，我心里总是五味杂陈。不苦不累是假的，但，很值得！

在远离家乡的日子里，我的心每时每刻都沉浸在浓浓的乡愁之中。是家乡的水土养育了我，我却无以为报，这让我对家乡总怀有愧疚。我就是想回去创业，就是想带动家乡父老一起乘着乡村振兴的东风，一起扬帆远航，一起过上好日子！

创业之路，看似前途无限光明，实则道路异常曲折。资金不足，没有养殖经验、非洲猪瘟、设备保供、疫情影响……一个个困难如一道道沟坎挡住我前进的道路。我要实现梦想，就要迈过它们！我曾是一名军人，虽然脱下了戎装，但光荣的军旅生涯磨砺了我坚强的意志，造就了我吃苦耐劳、坚毅拼搏、永葆赤诚的品格。经过6年的创业，我累计带动80余人就业，免费发放近200头仔猪，实现了让家乡人民增收致富的梦想。

回首创业路，我认为有以下几点要切记：一是选择项目要迎合未来，要有发展空间，乘势而上；二是创业中既要有敬业精神又要有持之以恒的耐力，临难不惧；三是要诚实守信，坚定梦想的方向，勇毅前行。最后，我们还要有一颗求知进取的心，不断学习，跟上时代的发展，把握时代的脉搏。梦想的路上总是布满荆棘，战友们不要退缩，要相信自己就是那个披荆斩棘、奋勇向前的开路人！